汪曾祺小说

汪曾祺

人民文学出版社

图书在版编目（CIP）数据

汪曾祺小说／汪曾祺著 .—北京：人民文学出版社，2023
ISBN 978-7-02-018045-5

Ⅰ . ①汪… Ⅱ . ①汪… Ⅲ . ①短篇小说—小说集—中国—当代 Ⅳ . ① I247.7

中国国家版本馆 CIP 数据核字（2023）第 099578 号

责任编辑　郭　娟
装帧设计　刘　静
责任印制　任　玮

出版发行　人民文学出版社
社　　址　北京市朝内大街166号
邮政编码　100705

印　　刷　三河市宏盛印务有限公司
经　　销　全国新华书店等

字　　数　215千字
开　　本　880毫米×1230毫米　1/32
印　　张　11.875　插页9
印　　数　1—6000
版　　次　2023年7月北京第1版
印　　次　2023年7月第1次印刷

书　　号　978-7-02-018045-5
定　　价　49.00元

如有印装质量问题，请与本社图书销售中心调换。电话：010-65233595

80 年代末在家中

西南联大时期，与同学朱德熙（右）、李荣（左）

1961 年与沈从文先生在北京中山公园

1961 年全家在北京中山公园

50 年代后期与中国民间文艺研究会的同事，
左五为汪曾祺

1958 年被补划成"右派",在张家口农业研究所下放劳动

1986 年回高邮，与大姐及弟、妹、甥辈

1987 年在美国爱荷华聂华苓（中）家

80 年代末在家中写作

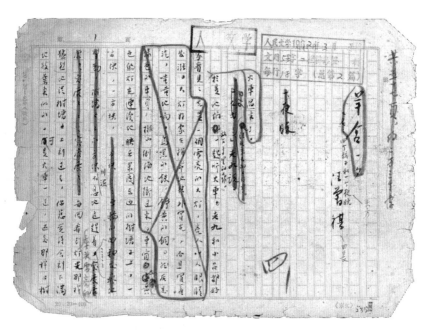

《羊舍一夕》手稿

画作

万古虚空　一朝风月　丙子初冬　曾祺书

目　录

异　秉①

王二是这条街的人看着他发达起来的。

不知从什么时候起，他就在保全堂药店廊檐下摆一个熏烧摊子。"熏烧"就是卤味。他下午来，上午在家里。

他家在后街濒河的高坡上，四面不挨人家。房子很旧了，碎砖墙，草顶泥地，倒是不仄逼，也很干净，夏天很凉快。一共三间。正中是堂屋，在"天地君亲师"的下面便是一具石磨。一边是厨房，也就是作坊。一边是卧房，住着王二的一家。他上无父母，嫡亲的只有四口人，一个媳妇，一儿一女。这家总是那么安静，从外面听不到什么声音。后街的人家总是吵吵闹闹的。男人揪着头发打老婆，女人拿火叉打孩子，老太婆用菜刀剁着砧板诅咒偷了她的下蛋鸡的贼。王家从来没有这些声音。他们家起得很早。天不亮王二就起来备料，然后就烧煮。他媳妇梳好头就推磨磨豆腐。——王二的熏烧摊每天要卖出很多回卤豆腐干，这豆腐干是自家做的。磨得了豆腐，就帮王二烧火。

1

火光照得她的圆盘脸红红的。（附近的空气里弥漫着王二家飘出的五香味。）后来王二喂了一头小毛驴，她就不用围着磨盘转了，只要把小驴牵上磨，不时往磨眼里倒半碗豆子，注一点水就行了。省出时间，好做针线。一家四口，大裁小剪，很费功夫。两个孩子，大儿子长得像妈，圆乎乎的脸，两个眼睛笑起来一道缝。小女儿像父亲，瘦长脸，眼睛挺大。儿子念了几年私塾，能记账了，就不念了。他一天就是牵了小驴去饮，放它到草地上去打滚。到大了一点，就帮父亲洗料备料做生意，放驴的差事就归了妹妹了。

每天下午，在上学的孩子放学，人家淘晚饭米的时候，他就来摆他的摊子。他为什么选中保全堂来摆他的摊子呢？是因为这地点好，东街西街和附近几条巷子到这里都不远；因为保全堂的廊檐宽，柜台到铺门有相当的余地；还是因为这是一家药店，药店到晚上生意就比较清淡，——很少人晚上上药铺抓药的，他摆个摊子碍不着人家的买卖，都说不清。当初还一定是请人向药店的东家说了好话，亲自登门叩谢过的。反正，有年头了。他的摊子的全副"生财"——这地方把做买卖的用具叫做"生财"，就寄放在药店店堂的后面过道里，挨墙放着，上面就是悬在二梁上的赵公元帅的神龛。这些"生财"包括两块长板，两条三条腿的高板凳，以及好几个一面装了玻璃的匣子。他把板凳支好，长板放平，玻璃匣子排开。这些玻璃匣子里装的是黑瓜子、白瓜子、盐炒豌豆、油炸豌豆、兰花豆、五香花生米。长板的一头摆开"熏烧"。"熏烧"除回卤豆腐干之外，主要是牛肉、蒲包肉和猪头肉。这地方一般人家是不大吃牛肉的。吃，也极少红烧、清炖，只是到熏烧摊子去买。这种牛肉是五香加盐煮好，外面染了通红的红曲，一大块一大块的堆在那里。买多少，现切，放在送过来的盘子里，抓一把清蒜，浇一勺辣椒糊。蒲包肉似乎是这个县里特有的。用一个三寸来长直径寸半的蒲包，里面衬上豆腐皮，塞满了加了粉子的碎肉，封了口，拦腰用一道麻绳系紧，成一个葫芦形。煮熟以后，倒出来，也是一个带有蒲包印迹的葫芦。切成片，很香。猪头肉则分门别类的卖，拱嘴、耳朵、脸子，——脸子有个专门名词，叫"大肥"。要什么，切什么。到了上灯以后，王二的生意就到了高潮。只见他拿了刀不停地切，一面还忙着收钱，包油炸的、盐炒的豌豆、瓜子，很少有歇一歇的时候。一直忙到九点多钟，在他的两盏高罩的煤油灯里煤油已经点去了一多半，装熏烧的盘子和装豌豆的匣子都已经见了底的时候，他媳妇给他送饭来了，他才用热水擦一把脸，吃晚饭。吃完晚饭，总还有一些零零星星的生意，他不忙收摊子，就端了一杯热茶，坐到保全堂店堂里的椅子上，听人聊天，一面拿眼睛瞟着他的摊子，见有人走来，就起身切一盘，包两包。他的主顾都是熟人，谁什么时候来，买什么，他心里都是有数的。

这一条街上的店铺、摆摊的，生意如何，彼此都很清楚。近几年，景况都不大好。有几家好一些，但也只是能维持。有的是逐渐地败落下来了。先是货架上的东西越来越空，只出不进，最后就出让"生财"，关门歇业。只有王二的生意却越做越兴旺。他的摊子越摆越大，装炒货的匣子，装熏烧的洋磁盘子，越来越多。每天晚上到了买卖高潮的时候，摊子外面有时会拥着好些人。好天气还好，遇上下雨下雪（下雨下雪买他的东西的比平常更多），叫主顾在当街打伞站着，实在很不过意。于是经人说合，出了租钱，他就把他的摊子搬到隔壁源昌烟店的店堂里去了。

源昌烟店是个老字号，专卖旱烟，做门市，也做批发。一边是柜台，一边是刨烟的作坊。这一带抽的旱烟是刨成丝的。刨烟师傅把烟叶子一张一张立着迭在一个特制的木床子上，用皮绳木楔卡紧，两腿夹着床子，用一个刨刃有半尺宽的大刨子刨。烟是黄的。他们都穿了白布套裤。这套裤也都变黄了。下了工，脱了套裤，他们身上也到处是黄的。头发也是黄的。——手艺人都带着他那个行业特有的颜色。染坊师傅的指甲缝里都是蓝的，碾米师傅的眉毛总是白蒙蒙的。原来，源昌号每天有四个师傅、四副床子刨烟。每天总有一些大人孩子站在旁边看。后来减成三个，两个，一个。最后连这一个也辞了。这家的东

家就靠卖一点纸烟、火柴、零包的茶叶维持生活，也还卖一点
蒐来的旱烟、皮丝烟。不知道为什么，原来挺敞亮的店堂变得
黑暗了，牌匾上的金字也都无精打采了。那座柜台显得特别的
大。大，而空。

王二来了，就占了半边店堂，就是原来刨烟师傅刨烟的地
方。他的摊子原来在保全堂廊檐是东西向横放着的，迁到源昌，
就改成南北向，直放了。所以，已经不能算是一个摊子，而是
半个店铺了。他在原有的板子之外增加了一块，摆成一个曲尺
形，俨然也就是一个柜台。他所卖的东西的品种也增加了。即
以熏烧而论，除了原有的回卤豆腐干、牛肉、猪头肉、蒲包肉
之外，春天，卖一种叫做"鵽"的野味，——这是一种候鸟，
长嘴长脚，因为是桃花开时来的，不知是哪位文人雅士给它起
了一个名称叫"桃花鵽"；卖鹌鹑；入冬以后，他就挂起一个
长条形的玻璃镜框，里面用大红蜡笺写了泥金字："即日起新
添美味羊糕五香兔肉"。这地方人没有自己家里做羊肉的，都
是从熏烧摊上买。只有一种吃法：带皮白煮，冻实，切片，加
青蒜、辣椒糊，还有一把必不可少的胡萝卜丝（据说这是最能
解膻气的）。酱油、醋，买回来自己加。兔肉，也像牛肉似的
加盐和五香煮，染了通红的红曲。

这条街上过年时的春联是各式各样的。有的是特制嵌了字
号的。比如保全堂，就是由该店拔贡出身的东家拟制的"保我

黎民,全登寿域";有些大字号,比如布店,口气很大,贴的是"生涯宗子贡,贸易效陶朱",最常见的是"生意兴隆通四海,财源茂盛达三江";小本经营的买卖的则很谦虚地写出:"生意三春草,财源雨后花"。这末一副春联,用于王二的超摊子准铺子,真是再贴切不过了,虽然王二并没有想到贴这样一副春联,——他也没处贴呀,这铺面的字号还是"源昌"。他的生意真是三春草、雨后花一样的起来了。"起来"最显眼的标志是他把长罩煤油灯撤掉,挂起一盏呼呼作响的汽灯。须知,汽灯这东西只有钱庄、绸缎庄才用,而王二,居然在一个熏烧摊子的上面,挂起来了。这白亮白亮的汽灯,越显得源昌柜台里的一盏煤油灯十分的暗淡了。

王二的发达,是从他的生活也看得出来的。第一,他可以自由地去听书。王二最爱听书。走到街上,在形形色色招贴告示中间,他最注意的是说书的报条。那是三寸宽,四尺来长的一条黄颜色的纸,浓墨写道:"特聘维扬×××先生在×××(茶馆)开讲××(三国、水浒、岳传……)是月×日起风雨无阻"。以前去听书都要经过考虑。一是花钱,二是费时间,更主要的是考虑这于他的身份不大相称:一个卖熏烧的,常常听书,怕人议论。近年来,他觉得可以了,想听就去。小蓬莱、五柳园(这都是说书的茶馆),都去,三国、水浒、岳传,都听。尤其是夏天,天长,穿了竹布的或夏布的长衫,拿了一吊钱,就去了。下午的书一点开书，不到四点钟就"明日请早"了（这里说书的规矩是在说书先生说到预定的地方，留下一个扣子，跑堂的茶房高喝一声"明日请早——！"听客们就纷纷起身散场），这耽误不了他的生意。他一天忙到晚，只有这一段时间得空。第二，过年推牌九，他在下注时不犹豫。王二平常绝不赌钱，只有过年赌五天。过年赌钱不犯禁，家家店铺里都可赌钱。初一起，不做生意，铺门关起来，里面黑洞洞的。保全堂柜台里身，有一个小穿堂，是供神农祖师的地方，上面有个天窗，比较亮堂。拉开神农画像前的一张方桌，哗啦一声，骨牌和骰子就倒出来了。打麻将多是社会地位相近的，推牌九则不论。谁都可以来。保全堂的"同仁"（除了陶先生和陈相公），替人家收房钱的抡元，卖活鱼的疤眼——他曾得外症，治愈后左眼留一大疤，小学生给他起了个外号叫"巴颜喀拉山"，这外号竟传开了，一街人都叫他巴颜喀拉山，虽然有人不知道这是什么意思，——王二。输赢说大不大，说小可也不小。十吊钱推一庄。十吊钱相当于三块洋钱。下注稍大的是一吊钱三三四。一吊钱分三道：三百、三百、四百。七点赢一道，八点赢两道，若是抓到一副九点或是天地杠，庄家赔一吊钱。王二下"三三四"是常事。有时竟会下到五吊钱一注孤丁，把五吊钱稳稳地推出去，心不跳，手不抖。（收房钱的抡元下到五百钱一注时手就抖个不住。）赢得多了，他也能上去推两庄。推牌九这玩意，财越大，气越粗，王二输的时候竟不多。

王二把他的买卖乔迁到隔壁源昌去了，但是每天九点以后他一定还是端了一杯茶到保全堂店堂里来坐个点把钟。儿子大了，晚上再来的零星生意，他一个人就可以应付了。

且说保全堂。

这是一家门面不大的药店。不知为什么，这药店的东家用人，不用本地人，从上到下，从管事的到挑水的，一律是淮城人。他们每年有一个月的假期，轮流回家，去干传宗接代的事。其余十一个月，都住在店里。他们的老婆就守十一个月的寡。药店的"同仁"，一律称为"先生"。先生里分为几等。一等的是"管事"，即经理。当了管事就是终身职务，很少听说过有东家把管事辞了的。除非老管事病故，才会延聘一位新管事。当了管事，就有"身股"，或称"人股"，到了年底可以按股分红。因此，他对生意是兢兢业业，忠心耿耿的。东家从不到店，管事负责一切。他照例一个人单独睡在神农像后面的一间屋子里，名叫"后柜"。总账、银钱，贵重的药材如犀角、羚羊、麝香，都锁在这间屋子里，钥匙在他身上，——人参、鹿茸不算什么贵重东西。吃饭的时候，管事总是坐在横头末席，以示代表东家奉陪诸位先生。熬到"管事"能有几人？全城一共才有那么几家药店。保全堂的管事姓卢。二等的叫"刀上"，管切药和"跌"丸药。药店每天都有很多药要切。"饮片"切得整齐不整齐，漂亮不漂亮，直接影响生意好坏。内行人一看，就知道这药是什么人切出来的。"刀上"是个技术人员，薪金最高，在店中地位也最尊。吃饭时他照例坐在上首的二席，——除了有客，头席总是虚着的。逢年过节，药王生日（药王不是神农氏，却是孙思邈），有酒，管事的举杯，必得"刀上"先喝一口，大家才喝。保全堂的"刀上"是全县头一把刀，他要是闹脾气辞职，马上就有别家抢着请他去。好在此人虽有点高傲，有点倔，却轻易不发脾气。他姓许。其余的都叫"同事"。那读法却有点特别，重音在"同"字上。他们的职务就是抓药，写账。"同事"是没有什么了不起的，每年都有被辞退的可能。辞退时"管事"并不说话，只是在腊月有一桌辞年酒，算是东家向"同仁"道一年的辛苦，只要是把哪位"同事"请到上席去，该"同事"就二话不说，客客气气地卷起铺盖另谋高就。当然，事前就从旁漏出一点风声的，并不当真是打一闷棍。该辞退"同事"在八月节后就有预感。有的早就和别家谈好，很潇洒地走了；有的则请人斡旋，留一年再看。后一种，总要作一点"检讨"，下一点"保证"。"回炉的烧饼不香"，辞而不去，面上无光，身价就低了。保全堂的陶先生，就已经有三次要被请到上席了。他咳嗽痰喘，人也不精明。终于没有坐上席，一则是同行店伙纷纷来说情；辞了他，他上谁家去呢？谁家会要这样一个痰篓子呢？这岂非

9

绝了他的生计？二则，他还有一点好处，即不回家。他四十多岁了，却没有传宗接代的任务，因为他没有娶过亲。这样，陶先生就只有更加勤勉，更加谨慎了。每逢他的喘病发作时，有人问："陶先生，你这两天又不大好吧？"他就一面喘嗽着一面说："啊不，很好，很（呼噜呼噜）好！"

以上，是"先生"一级。"先生"以下，是学生意的。药店管学生意的却有一个奇怪称呼，叫做"相公"。

因此，这药店除煮饭挑水的之外，实有四等人："管事"、"刀上"、"同事"、"相公"。

保全堂的几位"相公"都已经过了三年零一节，满师走了。现有的"相公"姓陈。

陈相公脑袋大大的，眼睛圆圆的，嘴唇厚厚的，说话声气粗粗的——呜噜呜噜地说不清楚。

他一天的生活如下：起得比谁都早。起来就把"先生"们的尿壶都倒了涮干净控在厕所里。扫地。擦桌椅、擦柜台。到处掸土。开门。这地方的店铺大都是"铺闼子门"，——一列宽可一尺的厚厚的门板嵌在门框和门槛的槽子里。陈相公就一块一块卸出来，按"东一"、"东二"、"东三"、"东四"，"西一"、"西二"、"西三"、"西四"次序，靠墙竖好。晒药，收药。太阳出来时，把许先生切好的"饮片"、"跌"好的丸药，——都放在匾筛里，用头顶着，爬上梯子，到屋顶的晒台上放好；傍晚时再收下来。这是他一天最快乐的时候。他可以登高四望。看得见许多店铺和人家的房顶，都是黑黑的。看得见远处的绿树，绿树后面缓缓移动的帆。看得见鸽子，看得见飘动摇摆的风筝。到了七月，傍晚，还可以看巧云。七月的云多变幻，当地叫做"巧云"。那是真好看呀：灰的、白的、黄的、橘红的，镶着金边，一会一个样，像狮子的，像老虎的，像马、像狗的。此时的陈相公，真是古人所说的"心旷神怡"。其余的时候，就很刻板枯燥了。碾药。两脚踏着木板，在一个船形的铁碾槽子里碾。倘若碾的是胡椒，就要不停地打嚏喷。裁纸。用一个大弯刀，把一沓一沓的白粉连纸裁成大小不等的方块，包药用。刷印包装纸。他每天还有两项例行的公事。上午，要搓很多抽水烟用的纸枚子。把装铜钱的钱板翻过来，用"表心纸"一根一根地搓。保全堂没有人抽水烟，但不知什么道理每天都要搓许多纸枚子，谁来都可取几根，这已经成了一种"传统"。下午，擦灯罩。药店里里外外，要用十来盏煤油灯。所有灯罩，每天都要擦一遍。晚上，摊膏药。从上灯起，直到王二过店堂里来闲坐，他一直都在摊膏药。到十点多钟，把先生们的尿壶都放到他们的床下，该吹灭的灯都吹灭了，上了门，他就可以准备睡觉了。先生们都睡在后面的厢屋里，陈相公睡在店堂里。把铺板一放，铺盖摊开，这就是他一个人的天地了。临睡前他总要背两篇《汤头歌诀》，——药店的先生总要懂一点医道。小户人家有病不求医，到药店来说明病状，先生们随口就要说出："吃一剂小柴胡汤吧"，"服三服藿香正气丸"，"上一点七厘散"。有时，坐在被窝里想一会家，想想他的多年守寡的母亲，想想他家房门背后的一张贴了多年的麒麟送子的年画。想不一会，困了，把脑袋放倒，立刻就响起了很大的鼾声。

陈相公已经学了一年多生意了。他已经给赵公元帅和神农爷烧了三十次香。初一、十五，都要给这二位烧香，这照例是陈相公的事。赵公元帅手执金鞭，身骑黑虎，两旁有一副八寸长的小对联："手执金鞭驱宝至，身骑黑虎送财来"。神农爷虬髯披发，赤身露体，腰里围着一圈很大的树叶，手指甲、脚指甲都很长，一只手捏着一棵灵芝草，坐在一块石头上。陈相公对这二位看得很熟，烧香的时候很虔敬。

陈相公老是挨打。学生意没有不挨打的，陈相公挨打的次数也似稍多了一点。挨打的原因大都是因为做错了事：纸裁歪了，灯罩擦破了。这孩子也好像不大聪明，记性不好，做事迟钝。打他的多是卢先生。卢先生不是暴脾气，打他是为他好，要他成人。有一次可挨了大打。他收药，下梯一脚踩空了，把一匾筛泽泻翻到了阴沟里。这回打他的是许先生。他用一根闩门的木棍没头没脸的把他痛打了一顿，打得这孩子哇哇地乱叫："哎呀！哎呀！我下回不了！下回不了！哎呀！哎呀！我错了！哎呀！哎呀！"谁也不能去劝，因为知道许先生的脾气，越劝越打得凶，何况他这回的错是不小。后来还是煮饭的老朱来劝住了。这老朱来得比谁都早，人又出名的忠诚梗直。他从来没有正经吃过一顿饭，都是把大家吃剩的残汤剩水泡一点锅巴吃。因此，一店人都对他很敬畏。他一把夺过许先生手里的门闩，说了一句话："他也是人生父母养的！"

陈相公挨了打，当时没敢哭。到了晚上，上了门，一个人呜呜地哭了半天。他向他远在故乡的母亲说："妈妈，我又挨打了！妈妈，不要紧的，再挨两年打，我就能养活你老人家了！"

王二每天到保全堂店堂里来，是因为这里热闹。别的店铺到九点多钟，就没有什么人，往往只有一个管事在算账，一个学徒在打盹。保全堂正是高朋满座的时候。这些先生都是无家可归的光棍，这时都聚集到店堂里来。还有几个常客，收房钱的抡元，卖活鱼的巴颜喀拉山，给人家熬鸦片烟的老炳，还有一个张汉。这张汉是对门万顺酱园连家的一个亲戚兼食客，全名是张汉轩，大家却都叫他张汉。此人有七十岁了，长得活脱像一个伏尔泰，一个尖尖的鼻子。他年轻时在外地做过幕，走过很多地方，见多识广，什么都知道，是个百事通。比如说抽烟，他就告诉你烟有五种：水、旱、鼻、雅、潮，"雅"是鸦片。"潮"是潮烟，这地方谁也没见过。说喝酒，他就能说出山东黄、状元红、莲花白……说喝茶，他就告诉你狮峰龙井、苏州的碧螺春，云南的"烤茶"是在怎样一个罐里烤的，福建的功夫茶的茶杯比酒盅还小，就是吃了一只炖肘子，也只能喝三杯，这茶太酽了。他熟读《子不语》、《夜雨秋灯录》，能讲许多鬼狐故事。他还知道云南怎样放蛊，湘西怎样赶尸。他还亲眼见到过旱魃、僵尸、狐狸精，有时间，有地点，有鼻子有眼。三教九流，医、卜、星、相，他全知道。他读过《麻衣神相》、《柳庄神相》，会算"奇门遁甲"、"六壬课"、"灵棋经"。他总要到快九点钟时才出现（白天不知道他干什么），他一来，大家精神为之一振，这一晚上就全听他一个人刮话。他很会讲，起承转合，抑扬顿挫，有声有色。他也像说书先生一样，说到筋节处就停住了，慢慢地抽烟，急得大家一劲地催他："后来呢？后来呢？"这也是陈相公一天比较快乐的时候。他一边摊着膏药，一边听着。有时，听得太入神了，摊膏药的扦子停留在油纸上，会废掉一张膏药。他一发现，赶紧偷偷塞进口袋里。这时也不会被发现，不会挨打。

有一天，张汉谈起人生有命。说朱洪武、沈万山、范丹是同年同月同日同时，都是丑时建生，鸡鸣头遍。但是一声鸡叫，可就命分三等了：抬头朱洪武，低头沈万山，勾一勾就是穷范丹。朱洪武贵为天子，沈万山富甲天下，穷范丹冻饿而死。他又说凡是成大事业，有大作为，兴旺发达的，都有异相，或有特殊的秉赋。汉高祖刘邦，股有七十二黑子，——就是屁股上有七十二颗黑痣，谁有过？明太祖朱元璋，生就是五岳朝天，——两额、两颧、下巴，都突出，状如五岳，谁有过？樊哙能把一个整猪腿生吃下去，燕人张翼德，睡着了也睁着眼睛。就是市井之人，凡有走了一步好运的，也莫不有与众不同之处。必有非常之人，乃成非常之事。大家听了，不禁暗暗点头。

张汉猛吸了几口旱烟，忽然话锋一转，向王二道：

"即以王二而论，他这些年飞黄腾达，财源茂盛，也必有其异秉。"

"……？"

王二不解何为"异秉"。

"就是与众不同，和别人不一样的地方。你说说，你说说！"

大家也都怂恿王二："说说！说说！"

王二虽然发了一点财，却随时不忘自己的身份，从不僭越自大，在大家敦促之下，只有很诚恳地欠一欠身说：

"我呀，有那么一点：大小解分清。"他怕大家不懂，又解释道："我解手时，总是先解小手，后解大手。"

张汉一听，拍了一下手，说："就是说，不是屎尿一起来，难得！"

说着，已经过了十点半了，大家起身道别。该上门了。卢先生向柜台里一看，陈相公不见了，就大声喊："陈相公！"

喊了几声，没人应声。

原来陈相公在厕所里。这是陶先生发现的。他一头走进厕所，发现陈相公已经蹲在那里。本来，这时候都不是他们俩解大手的时候。

一九四八年旧稿

一九八〇年五月二十日重写

注释

① 本篇原载《雨花》1981年第一期，是同题旧作重写；初收《汪曾祺短篇小说选》，北京出版社，1982年2月。

受　戒①

明海出家已经四年了。

他是十三岁来的。

这个地方的地名有点怪，叫庵赵庄。赵，是因为庄上大都姓赵。叫做庄，可是人家住得很分散，这里两三家，那里两三家。一出门，远远可以看到，走起来得走一会，因为没有大路，都是弯弯曲曲的田埂。庵，是因为有一个庵。庵叫菩提庵，可是大家叫讹了，叫成荸荠庵。连庵里的和尚也这样叫。"宝刹何处？"——"荸荠庵。"庵本来是住尼姑的。"和尚庙"、"尼姑庵"嘛。可是荸荠庵住的是和尚。也许因为荸荠庵不大，大者为庙，小者为庵。

明海在家叫小明子。他是从小就确定要出家的。他的家乡不叫"出家"，叫"当和尚"。他的家乡出和尚。就像有的地方出劁猪的，有的地方出织席子的，有的地方出箍桶的，有的地方出弹棉花的，有的地方出画匠，有的地方出婊子，他的家乡

17

出和尚。人家弟兄多，就派一个出去当和尚。当和尚也要通过关系，也有帮。这地方的和尚有的走得很远。有到杭州灵隐寺的、上海静安寺的、镇江金山寺的、扬州天宁寺的。一般的就在本县的寺庙。明海家田少，老大、老二、老三，就足够种的了。他是老四。他七岁那年，他当和尚的舅舅回家，他爹、他娘就和舅舅商议，决定叫他当和尚。他当时在旁边，觉得这实在是在情在理，没有理由反对。当和尚有很多好处。一是可以吃现成饭。哪个庙里都是管饭的。二是可以攒钱。只要学会了放瑜伽焰口，拜梁皇忏，可以按例分到辛苦钱。积攒起来，将来还俗娶亲也可以；不想还俗，买几亩田也可以。当和尚也不容易，一要面如朗月，二要声如钟磬，三要聪明记性好。他舅舅给他相了相面，叫他前走几步，后走几步，又叫他喊了一声赶牛打场的号子："格当嘚——"，说是"明子准能当个好和尚，我包了！"要当和尚，得下点本，——念几年书。哪有不认字的和尚呢！于是明子就开蒙入学，读了《三字经》、《百家姓》、《四言杂字》、《幼学琼林》、《上论、下论》、《上孟、下孟》，每天还写一张仿。村里都夸他字写得好，很黑。

舅舅按照约定的日期又回了家，带了一件他自己穿的和尚领的短衫，叫明子娘改小一点，给明子穿上。明子穿了这件和尚短衫，下身还是在家穿的紫花裤子，赤脚穿了一双新布鞋，跟他爹、他娘磕了一个头，就随舅舅走了。

他上学时起了个学名，叫明海。舅舅说，不用改了。于是"明海"就从学名变成了法名。

过了一个湖。好大一个湖！穿过一个县城。县城真热闹：官盐店，税务局，肉铺里挂着成边的猪，一个驴子在磨芝麻，满街都是小磨香油的香味，布店，卖茉莉粉、梳头油的什么斋，卖绒花的，卖丝线的，打把式卖膏药的，吹糖人的，耍蛇的，……他什么都想看看。舅舅一劲地推他："快走！快走！"

到了一个河边，有一只船在等着他们。船上有一个五十来岁的瘦长瘦长的大伯，船头蹲着一个跟明子差不多大的女孩子，在剥一个莲蓬吃。明子和舅舅坐到舱里，船就开了。

明子听见有人跟他说话，是那个女孩子。

"是你要到荸荠庵当和尚吗？"

明子点点头。

"当和尚要烧戒疤呕！你不怕？"

明子不知道怎么回答，就含含糊糊地摇了摇头。

"你叫什么？"

"明海。"

"在家的时候？"

"叫明子。"

"明子！我叫小英子！我们是邻居。我家挨着荸荠庵。——给你！"

小英子把吃剩的半个莲蓬扔给明海，小明子就剥开莲蓬壳，一颗一颗吃起来。

大伯一桨一桨地划着，只听见船桨泼水的声音：

"哗——许！哗——许！"

…………

荸荠庵的地势很好，在一片高地上。这一带就数这片地高，当初建庵的人很会选地方。门前是一条河。门外是一片很大的打谷场。三面都是高大的柳树。山门里是一个穿堂。迎门供着弥勒佛。不知是哪一位名士撰写了一副对联：

大肚能容容天下难容之事
开颜一笑笑世间可笑之人

弥勒佛背后，是韦驮。过穿堂，是一个不小的天井，种着两棵白果树。天井两边各有三间厢房。走过天井，便是大殿，供着三世佛。佛像连龛才四尺来高。大殿东边是方丈，西边是库房。大殿东侧，有一个小小的六角门，白门绿字，刻着一副对联：

一花一世界

　　三藐三菩提

　　进门有一个狭长的天井，几块假山石，几盆花，有三间小房。

　　小和尚的日子清闲得很。一早起来，开山门，扫地。庵里的地铺的都是箩底方砖，好扫得很，给弥勒佛、韦驮烧一炷香，正殿的三世佛面前也烧一炷香、磕三个头，念三声"南无阿弥陀佛"，敲三声磬。这庵里的和尚不兴做什么早课、晚课，明子这三声磬就全都代替了。然后，挑水，喂猪。然后，等当家和尚，即明子的舅舅起来，教他念经。

　　教念经也跟教书一样，师父面前一本经，徒弟面前一本经，师父唱一句，徒弟跟着唱一句。是唱哎。舅舅一边唱，一边还用手在桌上拍板。一板一眼，拍得很响，就跟教唱戏一样。是跟教唱戏一样，完全一样哎。连用的名词都一样。舅舅说，念经：一要板眼准，二要合工尺。说：当一个好和尚，得有条好嗓子。说：民国二十年闹大水，运河倒了堤，最后在清水潭合龙，因为大水淹死的人很多，放了一台大焰口，十三大师——十三个正座和尚，各大庙的方丈都来了，下面的和尚上百。谁当这个首座？推来推去，还是石桥——善因寺的方丈！他往上一坐，就跟地藏王菩萨一样，这就不用说了；那一声"开香赞"，围看的上千人立时鸦雀无声。说：嗓子要练，夏练三伏，冬练三九，要练丹田气！说：要吃得苦中苦，方为人上人！说：和尚里也有状元、榜眼、探花！要用心，不要贪玩！舅舅这一番大法说得明海和尚实在是五体投地，于是就一板一眼地跟着舅舅唱起来：

"炉香乍爇——"

"炉香乍爇——"

"法界蒙薰——"

"法界蒙薰——"

"诸佛现金身……"

"诸佛现金身……"

…………

等明海学完了早经，——他晚上临睡前还要学一段，叫做晚经，——荸荠庵的师父们就都陆续起床了。

这庵里人口简单，一共六个人。连明海在内，五个和尚。

有一个老和尚，六十几了，是舅舅的师叔，法名普照，但是知道的人很少，因为很少人叫他法名，都称之为老和尚或老师父，明海叫他师爷爷。这是个很枯寂的人，一天关在房里，就是那"一花一世界"里。也看不见他念佛，只是那么一声不响地坐着。他是吃斋的，过年时除外。

下面就是师兄弟三个，仁字排行：仁山、仁海、仁渡。庵里庵外，有的称他们为大师父、二师父；有的称之为山师父、海师父。只有仁渡，没有叫他"渡师父"的，因为听起来不像话，大都直呼之为仁渡。他也只配如此，因为他还年轻，才二十多岁。

仁山，即明子的舅舅，是当家的。不叫"方丈"，也不叫"住持"，却叫"当家的"，是很有道理的，因为他确确实实干的是当家的职务。他屋里摆的是一张账桌，桌子上放的是账簿和算盘。账簿共有三本。一本是经账，一本是租账，一本是债账。和尚要做法事，做法事要收钱，——要不，当和尚干什么？常做的法事是放焰口。正规的焰口是十个人。一个正座，一个敲鼓的，两边一边四个。人少了，八个，一边三个，也凑合了。荸荠庵只有四个和尚，要放整焰口就得和别的庙里合伙。这样的时候也有过。通常只是放半台焰口。一个正座，一个敲鼓，另外一边一个。一来找别的庙里合伙费事；二来这一带放得起整焰口的人家也不多。有的时候，谁家死了人，就只请两个，甚至一个和尚咕噜咕噜念一通经，敲打几声法器就算完事。很多人家的经钱不是当时就给，往往要等秋后才还。这就得记账。另外，和尚放焰口的辛苦钱不是一样的。就像唱戏一样，有份子。正座第一份。因为他要领唱，而且还要独唱。当中有一大段"叹骷髅"，别的和尚都放下法器休息，只有首座一个人有板有眼地曼声吟唱。第二份是敲鼓的。你以为这容易呀？哼，单是一开头的"发擂"，手上没功夫就敲不出迟疾顿挫！其余的，就一样了。这也得记上：某月某日、谁家焰口半台，谁正座，谁敲鼓……省得到年底结账时赌咒骂娘。……这庵里有几十亩庙产，租给人种，到时候要收租。庵里还放债。租、债一向倒很少亏欠，因为租佃借钱的人怕菩萨不高兴。这三本账就够仁山忙的了。另外香烛灯火、油盐"福食"，这也得随时记记账呀。除了账簿之外，山师父的方丈的墙上还挂着一块水牌，上漆四个红字："勤笔免思"。

仁山所说当一个好和尚的三个条件，他自己其实一条也不具备。他的相貌只要用两个字就说清楚了：黄，胖。声音也不像钟磬，倒像母猪。聪明么？难说，打牌老输。他在庵里从不穿袈裟，连海青直裰也免了。经常是披着件短僧衣，袒露着一个黄色的肚子。下面是光脚趿拉着一双僧鞋，——新鞋他也是趿拉着。他一天就是这样不衫不履地这里走走，那里走走，发出母猪一样的声音："嗯——嗯——"。

二师父仁海。他是有老婆的。他老婆每年夏秋之间来住几个月，因为庵里凉快。庵里有六个人，其中之一，就是这位和尚的家眷。仁山、仁渡叫她嫂子，明海叫她师娘。这两口子都很爱干净，整天的洗涮。傍晚的时候，坐在天井里乘凉。白天，闷在屋里不出来。

三师父是个很聪明精干的人。有时一笔账大师兄扒了半天算盘也算不清，他眼珠子转两转，早算得一清二楚。他打牌赢的时候多，二三十张牌落地，上下家手里有些什么牌，他就差不多都知道了。他打牌时，总有人爱在他后面看歪头胡。谁家约他打牌，就说"想送两个钱给你。"他不但经忏俱通（小庙的和尚能够拜忏的不多），而且身怀绝技，会"飞铙"。七月间有些地方做盂兰会，在旷地上放大焰口，几十个和尚，穿绣花袈裟，飞铙。飞铙就是把十多斤重的大铙钹飞起来。到了一定的时候，全部法器皆停，只几十副大铙紧张急促地敲起来。忽然起手，大铙向半空中飞去，一面飞，一面旋转。然后，又落下来，接住。接住不是平平常常地接住，有各种架势，"犀牛望月"、"苏秦背剑"……这哪是念经，这是耍杂技。也许是地藏王菩萨爱看这个，但真正因此快乐起来的是人，尤其是妇女和孩子。这是年轻漂亮的和尚出风头的机会。一场大焰口过后，也像一个好戏班子过后一样，会有一个两个大姑娘、小媳妇失踪，——跟和尚跑了。他还会放"花焰口"。有的人家，亲戚中多风流子弟，在不是很哀伤的佛事——如做冥寿时，就会提出放花焰口。所谓"花焰口"就是在正焰口之后，叫和尚唱小调，拉丝弦，吹管笛，敲鼓板，而且可以点唱。仁渡一个人可以唱一夜不重头。仁渡前几年一直在外面，近二年才常住在庵里。据说他有相好的，而且不止一个。他平常可是很规矩，看到姑娘媳妇总是老老实实的，连一句玩笑话都不说，一句小调山歌都不唱。有一回，在打谷场上乘凉的时候，一伙人把他围起来，非叫他唱两个不可。他却情不过，说："好，唱一个。不唱家乡的。家乡的你们都熟。唱个安徽的。"

> 姐和小郎打大麦，
> 一转子讲得听不得。
> 听不得就听不得，
> 打完了大麦打小麦。

唱完了，大家还嫌不够，他就又唱了一个：

> 姐儿生得漂漂的，
> 两个奶子翘翘的。
> 有心上去摸一把，
> 心里有点跳跳的。
> …………

这个庵里无所谓清规，连这两个字也没人提起。

仁山吃水烟，连出门做法事也带着他的水烟袋。

他们经常打牌。这是个打牌的好地方。把大殿上吃饭的方桌往门口一搭，斜放着，就是牌桌。桌子一放好，仁山就从他的方丈里把筹码拿出来，哗啦一声倒在桌上。斗纸牌的时候多，搓麻将的时候少。牌客除了师兄弟三人，常来的是一个收鸭毛的，一个打兔子兼偷鸡的，都是正经人。收鸭毛的担一副竹筐，串乡串镇，拉长了沙哑的声音喊叫：

"鸭毛卖钱——！"

偷鸡的有一件家什——铜蜻蜓。看准了一只老母鸡，把铜蜻蜓一丢，鸡婆子上去就是一口。这一啄，铜蜻蜓的硬簧绷开，鸡嘴撑住了，叫不出来了。正在这鸡十分纳闷的时候，上去一把薅住。

明子曾经跟这位正经人要过铜蜻蜓看看。他拿到小英子家门前试了一试，果然！小英子的娘知道了，骂明子：

"要死了！儿子！你怎么到我家来玩铜蜻蜓了！"

小英子跑过来：

"给我！给我！"

她也试了试，真灵，一个黑母鸡一下子就把嘴撑住，傻了眼了！

下雨阴天，这二位就光临荸荠庵，消磨一天。

有时没有外客，就把老师叔也拉出来，打牌的结局，大都是当家和尚气得鼓鼓的："×妈妈的！又输了！下回不来了！"

他们吃肉不瞒人。年下也杀猪。杀猪就在大殿上。一切都和在家人一样，开水、木桶、尖刀。捆猪的时候，猪也是没命地叫。跟在家人不同的，是多一道仪式，要给即将升天的猪念

一道"往生咒",并且总是老师叔念,神情很庄重:

"……一切胎生、卵生、息生,来从虚空来,还归虚空去。往生再世,皆当欢喜。南无阿弥陀佛!"

三师父仁渡一刀子下去,鲜红的猪血就带着很多沫子喷出来。

…………

明子老往小英子家里跑。

小英子的家像一个小岛,三面都是河,西面有一条小路通到荸荠庵。独门独户,岛上只有这一家。岛上有六棵大桑树,夏天都结大桑椹,三棵结白的,三棵结紫的;一个菜园子,瓜豆蔬菜,四时不缺。院墙下半截是砖砌的,上半截是泥夯的。大门是桐油油过的,贴着一副万年红的春联:

向阳门第春常在
积善人家庆有余

门里是一个很宽的院子。院子里一边是牛屋、碓棚;一边是猪圈、鸡窠,还有个关鸭子的栅栏。露天地放着一具石磨。正北面是住房,也是砖基土筑,上面盖的一半是瓦,一半是草。房子翻修了才三年,木料还露着白茬。正中是堂屋,家神菩萨的画像上贴的金还没有发黑。两边是卧房。隔扇窗上各嵌了一块一尺见方的玻璃，明亮亮的，——这在乡下是不多见的。房檐下一边种着一棵石榴树，一边种着一棵栀子花，都齐房檐高了。夏天开了花，一红一白，好看得很。栀子花香得冲鼻子。顺风的时候，在荸荠庵都闻得见。

这家人口不多。他家当然是姓赵。一共四口人：赵大伯、赵大妈，两个女儿，大英子、小英子。老两口没有儿子。因为这些年人不得病，牛不生灾，也没有大旱大水闹蝗虫，日子过得很兴旺。他们家自己有田，本来够吃的了，又租种了庵上的十亩田。自己的田里，一亩种了荸荠，——这一半是小英子的主意，她爱吃荸荠，一亩种了茨菇。家里喂了一大群鸡鸭，单是鸡蛋鸭毛就够一年的油盐了。赵大伯是个能干人。他是一个"全把式"，不但田里场上样样精通，还会罩鱼、洗磨、凿砻、修水车、修船、砌墙、烧砖、箍桶、劈篾、绞麻绳。他不咳嗽，不腰疼，结结实实，像一棵榆树。人很和气，一天不声不响。赵大伯是一棵摇钱树，赵大娘就是个聚宝盆。大娘精神得出奇。五十岁了，两个眼睛还是清亮亮的。不论什么时候，头都是梳得滑滴滴的，身上衣服都是格挣挣的。像老头子一样，她一天不闲着。煮猪食，喂猪，腌咸菜，——她腌的咸萝卜干非常好吃，舂粉子，磨小豆腐，编蓑衣，织芦箔。她还会剪花样子。这里嫁闺女，陪嫁妆，磁坛子、锡罐子，都要用梅红纸剪出吉祥花样，贴在上面,讨个吉利,也才好看:"丹凤朝阳"呀、"白头到老"呀、"子孙万代"呀、"福寿绵长"呀。二三十里的人家都来请她:"大娘,好日子是十六,你哪天去呀?"——"十五,我一大清早就来!"

"一定呀!"——"一定!一定!"

两个女儿,长得跟她娘像一个模子里托出来的。眼睛长得尤其像,白眼珠鸭蛋青,黑眼珠棋子黑,定神时如清水,闪动时像星星。浑身上下,头是头,脚是脚。头发滑滴滴的,衣服格挣挣的。——这里的风俗,十五六岁的姑娘就都梳上头了。这两个丫头,这一头的好头发!通红的发根,雪白的簪子!娘女三个去赶集,一集的人都朝她们望。

姐妹俩长得很像,性格不同。大姑娘很文静,话很少,像父亲。小英子比她娘还会说,一天咭咭呱呱地不停。大姐说:

"你一天到晚咭咭呱呱——"

"像个喜鹊!"

"你自己说的!——吵得人心乱!"

"心乱?"

"心乱!"

"你心乱怪我呀!"

二姑娘话里有话。大英子已经有了人家。小人她偷偷地看过,人很敦厚,也不难看,家道也殷实,她满意。已经下过小定,日子还没有定下来。她这二年，很少出房门，整天赶她的嫁妆。大裁大剪，她都会。挑花绣花，不如娘。她可又嫌娘出的样子太老了。她到城里看过新娘子，说人家现在绣的都是活花活草。这可把娘难住了。最后是喜鹊忽然一拍屁股："我给你保举一个人！"

这人是谁？是明子。明子念"上孟下孟"的时候，不知怎么得了半套《芥子园》，他喜欢得很。到了荸荠庵，他还常翻出来看，有时还把旧账簿子翻过来，照着描。小英子说：

"他会画！画得跟活的一样！"

小英子把明海请到家里来，给他磨墨铺纸，小和尚画了几张，大英子喜欢得了不得：

"就是这样！就是这样！这就可以乱孱！"——所谓"乱孱"是绣花的一种针法：绣了第一层，第二层的针脚插进第一层的针缝，这样颜色就可由深到淡，不露痕迹，不像娘那一代绣的花是平针，深浅之间，界限分明，一道一道的。小英子就像个书僮，又像个参谋：

"画一朵石榴花！"

"画一朵栀子花！"

她把花掐来，明海就照着画。

到后来，凤仙花、石竹子、水蓼、淡竹叶、天竺果子、腊梅花，他都能画。

大娘看着也喜欢，搂住明海的和尚头：

"你真聪明！你给我当一个干儿子吧！"

小英子捺住他的肩膀，说：

"快叫！快叫！"

小明子跪在地下磕了一个头，从此就叫小英子的娘做干娘。

大英子绣的三双鞋，三十里方圆都传遍了。很多姑娘都走路坐船来看。看完了，就说："啧啧啧，真好看！这哪是绣的，这是一朵鲜花！"她们就拿了纸来央大娘求了小和尚来画。有求画帐檐的，有求画门帘飘带的，有求画鞋头花的。每回明子来画花，小英子就给他做点好吃的，煮两个鸡蛋，蒸一碗芋头，煎几个藕团子。

因为照顾姐姐赶嫁妆，田里的零碎生活小英子就全包了。她的帮手，是明子。

这地方的忙活是栽秧、车高田水、薅头遍草，再就是割稻子、打场了。这几茬重活，自己一家是忙不过来的。这地方兴换工。排好了日期，几家顾一家，轮流转。不收工钱，但是吃好的。一天吃六顿，两头见肉，顿顿有酒。干活时，敲着锣鼓，唱着歌，热闹得很。其余的时候，各顾各，不显得紧张。

薅三遍草的时候，秧已经很高了，低下头看不见人。一听见非常脆亮的嗓子在一片浓绿里唱：

栀子哎开花哎六瓣头哎……

姐家哎门前哎一道桥哎……

明海就知道小英子在哪里，三步两步就赶到，赶到就低头薅起草来。傍晚牵牛"打汪"，是明子的事。——水牛怕蚊子。这里的习惯，牛卸了轭，饮了水，就牵到一口和好泥水的"汪"里，由它自己打滚扑腾，弄得全身都是泥浆，这样蚊子就咬不透了。低田上水，只要一挂十四轧的水车，两个人车半天就够了。明子和小英子就伏在车杠上，不紧不慢地踩着车轴上的拐子，轻轻地唱着明海向三师父学来的各处山歌。打场的时候，明子能替赵大伯一会，让他回家吃饭。——赵家自己没有场，每年都在荸荠庵外面的场上打谷子。他一扬鞭子，喊起了打场号子：

"格当嘚——"

这打场号子有音无字，可是九转十三弯，比什么山歌号子都好听。赵大娘在家，听见明子的号子，就侧起耳朵：

"这孩子这条嗓子！"

连大英子也停下针线：

"真好听！"

小英子非常骄傲地说：

"一十三省数第一！"

晚上，他们一起看场。——荸荠庵收来的租稻也晒在场上。

他们并肩坐在一个石碌子上，听青蛙打鼓，听寒蛇唱歌，——这个地方以为蝼蛄叫是蚯蚓叫，而且叫蚯蚓叫"寒蛇"，听纺纱婆子不停地纺纱，"唦——"，看萤火虫飞来飞去，看天上的流星。

"呀！我忘了在裤带上打一个结！"小英子说。

这里的人相信，在流星掉下来的时候在裤带上打一个结，心里想什么好事，就能如愿。

…………

"捵"荸荠，这是小英子最爱干的生活。秋天过去了，地净场光，荸荠的叶子枯了，——荸荠的笔直的小葱一样的圆叶子里是一格一格的，用手一捋，哔哔地响，小英子最爱捋着玩，——荸荠藏在烂泥里。赤了脚，在凉浸浸滑溜溜的泥里踩着，——哎，一个硬疙瘩！伸手下去，一个红紫红紫的荸荠。她自己爱干这生活，还拉了明子一起去。她老是故意用自己的光脚去踩明子的脚。

她挎着一篮子荸荠回去了，在柔软的田埂上留了一串脚印。明海看着她的脚印，傻了。五个小小的趾头，脚掌平平的，脚跟细细的，脚弓部分缺了一块。明海身上有一种从来没有过的感觉，他觉得心里痒痒的。这一串美丽的脚印把小和尚的心搞乱了。

…………

明子常搭赵家的船进城，给庵里买香烛，买油盐。闲时是赵大伯划船；忙时是小英子去，划船的是明子。

从庵赵庄到县城，当中要经过一片很大的芦花荡子。芦苇长得密密的，当中一条水路，四边不见人。划到这里，明子总是无端端地觉得心里很紧张，他就使劲地划桨。

小英子喊起来：

"明子！明子！你怎么啦？你发疯啦？为什么划得这么快？"

…………

明海到善因寺去受戒。

"你真的要去烧戒疤呀？"

"真的。"

"好好的头皮上烧八个洞，那不疼死啦？"

"咬咬牙。舅舅说这是当和尚的一大关，总要过的。"

"不受戒不行吗？"

"不受戒的是野和尚。"

"受了戒有啥好处？"

"受了戒就可以到处云游，逢寺挂褡。"

"什么叫'挂褡'？"

"就是在庙里住。有斋就吃。"

"不把钱？"

"不把钱。有法事，还得先尽外来的师父。"

"怪不得都说'远来的和尚会念经'。就凭头上这几个戒疤？"

"还要有一份戒牒。"

"闹半天，受戒就是领一张和尚的合格文凭呀！"

"就是！"

"我划船送你去。"

"好。"

小英子早早就把船划到荸荠庵门前。不知是什么道理，她兴奋得很。她充满了好奇心，想去看看善因寺这座大庙，看看受戒是个啥样子。

善因寺是全县第一大庙，在东门外，面临一条水很深的护城河，三面都是大树，寺在树林子里，远处只能隐隐约约看到一点金碧辉煌的屋顶，不知道有多大。树上到处挂着"谨防恶犬"的牌子。这寺里的狗出名的厉害。平常不大有人进去。放戒期间，任人游看，恶狗都锁起来了。

好大一座庙！庙门的门坎比小英子的胁膝都高。迎门蠢着两块大牌，一边一块，一块写着斗大两个大字："放戒"，一块是：“禁止喧哗”。这庙里果然是气象庄严，到了这里谁也不敢大声咳嗽。明海自去报名办事，小英子就到处看看。好家伙，这哼哈二将、四大天王，有三丈多高，都是簇新的，才装修了不久。天井有二亩地大，铺着青石，种着苍松翠柏。“大雄宝殿”，这才真是个“大殿”！一进去，凉飕飕的。到处都是金光耀眼。释迦牟尼佛坐在一个莲花座上。单是莲座，就比小英子还高。抬起头来也看不全他的脸，只看到一个微微闭着的嘴唇和胖敦敦的下巴。两边的两根大红蜡烛，一搂多粗。佛像前的大供桌上供着鲜花、绒花、绢花，还有珊瑚树、玉如意、整棵的大象牙。香炉里烧着檀香。小英子出了庙，闻着自己的衣服都是香的。挂了好些幡。这些幡不知是什么缎子的，那么厚重，绣的花真细。这么大一口磬，里头能装五担水！这么大一个木鱼，有一头牛大，漆得通红的。她又去转了转罗汉堂，爬到千佛楼上看了看。真有一千个小佛！她还跟着一些人去看了看藏经楼。藏经楼没有什么看头，都是经书！妈吔！逛了这么一圈，腿都酸了。小英子想起还要给家里打油，替姐姐配丝线，给娘买鞋面布，给自己买两个坠围裙飘带的银蝴蝶，给爹买旱烟，就出庙了。

等把事情办齐，晌午了。她又到庙里看了看，和尚正在吃粥。好大一个“膳堂”，坐得下八百个和尚。吃粥也有这样多讲究：正面法座上摆着两个锡胆瓶，里面插着红绒花，后面盘膝坐着一个穿了大红满金绣袈裟的和尚，手里拿了戒尺。这戒尺是要打人的。哪个和尚吃粥吃出了声音，他下来就是一戒尺。不过他并不真的打人，只是做个样子。真稀奇，那么多的和尚吃粥，竟然不出一点声音！她看见明子也坐在里面，想跟他打个招呼又不好打。想了想，管他禁止不禁止喧哗，就大声喊了一句："我走啦！"她看见明子目不斜视地微微点了点头，就不管很多人都朝自己看，大摇大摆地走了。

第四天一大清早小英子就去看明子。她知道明子受戒是第三天半夜，——烧戒疤是不许人看的。她知道要请老剃头师傅剃头，要剃得横摸顺摸都摸不出头发茬子，要不然一烧，就会"走"了戒，烧成了一片。她知道是用枣泥子先点在头皮上，然后用香头子点着。她知道烧了戒疤就喝一碗蘑菇汤，让它"发"，还不能躺下，要不停地走动，叫做"散戒"。这些都是明子告诉她的。明子是听舅舅说的。

她一看，和尚真在那里"散戒"，在城墙根底下的荒地里。一个一个，穿了新海青，光光的头皮上都有八个黑点子。——这黑疤掉了，才会露出白白的、圆圆的"戒疤"。和尚都笑嘻嘻的，好像很高兴。她一眼就看见了明子。隔着一条护城河，就喊他：

"明子！"

"小英子！"

"你受了戒啦？"

"受了。"

"疼吗？"

"疼。"

"现在还疼吗？"

"现在疼过去了。"

"你哪天回去？"

"后天。"

"上午？下午？"

"下午。"

"我来接你！"

"好！"

…………

小英子把明海接上船。

小英子这天穿了一件细白夏布上衣，下边是黑洋纱的裤子，赤脚穿了一双龙须草的细草鞋，头上一边插着一朵栀子花，一边插着一朵石榴花。她看见明子穿了新海青，里面露出短褂子的白领子，就说："把你那外面的一件脱了，你不热呀！"

他们一人一把桨。小英子在中舱，明子扳艄，在船尾。

她一路问了明子很多话，好像一年没有看见了。

她问，烧戒疤的时候，有人哭吗？喊吗？

明子说，没有人哭。有个山东和尚骂人：

"俺日你奶奶！俺不烧了！"

她问善因寺的方丈石桥是相貌和声音都很出众吗？

"是的。"

"说他的方丈比小姐的绣房还讲究？"

"讲究。什么东西都是绣花的。"

"他屋里很香？"

"很香。他烧的是伽楠香，贵得很。"

"听说他会做诗。会画画，会写字？"

"会。庙里走廊两头的砖额上，都刻着他写的大字。"

"他是有个小老婆吗？"

"有一个。"

"才十九岁？"

"听说。"

"好看吗？"

"都说好看。"

"你没看见？"

"我怎么会看见？我关在庙里。"

明子告诉她，善因寺一个老和尚告诉他，寺里有意选他当沙弥尾，不过还没有定，要等主事的和尚商议。

"什么叫'沙弥尾'？"

“放一堂戒，要选出一个沙弥头，一个沙弥尾。沙弥头要老成，要会念很多经。沙弥尾要年轻，聪明，相貌好。”

“当了沙弥尾跟别的和尚有什么不同？”

“沙弥头，沙弥尾，将来都能当方丈。现在的方丈退居了，就当。石桥原来就是沙弥尾。”

“你当沙弥尾吗？”

“还不一定哪。”

“你当方丈，管善因寺？管这么大一个庙？！”

“还早呐！”

划了一气，小英子说：“你不要当方丈！”

“好，不当。”

“你也不要当沙弥尾！”

“好，不当。”

又划了一气，看见那一片芦花荡子了。

小英子忽然把桨放下，走到船尾，趴在明子的耳朵旁边，小声地说：

“我给你当老婆，你要不要？”

明子眼睛鼓得大大的。

“你说话呀！”

明子说：“嗯。”

“什么叫‘嗯’呀！要不要，要不要？”

明子大声地说："要！"

"你喊什么！"

明子小小声说："要——！"

"快点划！"

英子跳到中舱，两只桨飞快地划起来，划进了芦花荡。

芦花才吐新穗。紫灰色的芦穗，发着银光，软软的，滑溜溜的，像一串丝线。有的地方结了蒲棒，通红的，像一枝一枝小蜡烛。青浮萍，紫浮萍。长脚蚊子，水蜘蛛。野菱角开着四瓣的小白花。惊起一只青桩（一种水鸟），擦着芦穗，扑鲁鲁鲁飞远了。

…………

一九八〇年八月十二日，写四十三年前的一个梦

注释

① 本篇原载《北京文学》1980年第十期；初收《汪曾祺短篇小说选》，北京出版社，1982年2月。

鸡鸭名家[①]

刚才那两个老人是谁？

父亲在洗刮鸭掌，每个蹯蹼都撑开细细看过，是不是还有一丝泥垢，一片没有刮尽的皮，样子就像是作着一件精巧的手工似的。两付鸭掌，白白净净，一只一只，妥妥停停的一排。四个鸭翅，也白白净净，一只一只，妥妥停停一排。看起来简直绝对想不到那是从一只鸭子身上取下来的，仿佛天生成这么一种好吃东西，就这样生的就可以吃了，入口且一定爽糯鲜甜无比，漂亮极了，可爱极了。我忍不住伸手用指头去捏捏弄弄，觉得非常舒服。鸭翅尤其是血色和匀丰满而肉感。就是那个教我拿着简直无法下手的鸭肫，父亲也把它处理得极美，他握在手里，掂了一掂，"真不小，足有六两重！"用他那把角柄小刀从栗紫色当中闪着钢蓝色的那儿一个微微凹处轻轻一划，一翻，蓝黄色鱼子状的东西绽出来了。"你说脏，脏甚么！一点都不！"是不脏，他弄得教我觉得不脏，我甚至没有觉得臭味。

洗涮了几次，往鸭掌鸭翅之间一放，样子名贵极了，一个甚么珍奇的果品似的。我看他作这一切，用他的洁白的，熨贴的，然而男性的，有精力，果断，可靠的手作这一切，看得很感动。王羲之论钟张书，"张精熟过人，"又曰"须得书意转深，点画之间皆有意，自有言所不得尽其妙者，事事皆然。""精熟"，"有意"，说得真好。我追随他的每一动作，以心，以目，正如小时，看他作画。父亲一路来直称赞鸡鸭店那个伙计，说他拗折鸭掌鸭翅，准确极了，轻轻一来，毫不费事，毫不牵皮带肉，再三赞叹他得着了"诀窍"，所好者技，进乎道矣，相信父亲自己落到鸡鸭店作伙计，也一定能作到如此地步的！

这个地方鸡鸭多，鸡鸭店多，教门馆子多，一定有不少回回。回回多，当有来历，是一颇有兴趣问题，我们家乡信回教的极少，数得出来的，鸡鸭店则全城似只一家。小小一间铺面，干净而寂寞，经过时总为一种深刻印象所袭，一种说不出来的东西与别人家截然不同。铺子在我舅舅家附近，出一个深巷高坡，上了大街，拐角上第一家就是。主人相貌奇古，一个非常的大鼻子，真大！鼻子上一个洞，一个洞，通红通红，十分鲜艳，一个酒糟鼻子。我从那一个鼻子上认得了什么叫酒糟鼻子。没有人告诉过我，我无师自通，一看见那个鼻子就知道了："酒糟鼻子！"日后我在别处看见了类似而远比不上的鼻子，我就想到那个店主人。刚才在鸡鸭店我又想到那个鼻子！从来没有去买过鸡鸭，不知那个鼻子有没有那样的手段？现在那个人，那爿店，那条斜阳古柳的巷子不知如何了。……

一串螃蟹在门后叽哩咕噜吐着泡沫。

打气炉子呼呼的响。这个机械文明在这个小院落里也发出一种古代的声音，仿佛是《天工开物》甚至《考工记》上的玩意了。

一声鸡啼。一个金彩烂丽的大公鸡，一只很好的鸡，在小天井里徘徊顾盼，高傲冷清，架上两盆菊花，一盆晓色，一盆懒梳妆。——大概多数人一定欣赏懒梳妆名目，但那不免过于雕琢著意，太贴附事实，远不比晓色之得其神理，不落形象，妙手偶得，可遇不可求。看过又画过这种花的就可以晓得，再没有比这更难捉摸的颜色了，差一点就完全不是那回事！天晓的颜色是甚么样子呢，可是一看到这种花暧暧暧暧，清新醒活的劲儿，你就觉得一点不错，这正是"晓色"！心中所有，笔下所无的两个字。

我们刚回来一会儿，买了鸭翅，鸭掌，鸭舌，鸭肫，八只蟹，青菜两棵，葱一小把，姜一块回来，我来看父亲，父亲整天请我吃，来了几天，吃了几天。昨天晚上隔了一层板壁，他睡在外面房间，我睡在里头，躺在床上商议明天不出去吃了，在家里自己作。不要多，菜只要两个，一个蟹，蒸一蒸，不费事，——喝酒；一个舌掌汤，放两个菜头烩一烩——吃饭。我父亲实在很会过日子，一个人在外头，一高兴就自己作饭，很会自得其乐！——那几只蟹买得好，在路上已经有两个人问过，好大蟹，甚么地方买的，多少钱一斤，很赞许的样子，一个老先生，一个女人，全都自然极了，亲切极了，可是我们一点也不认识，真有意思！大都市里恐怕很少这种情形了。

那两个老人是谁呢，父亲跟他们招呼的，在沙滩上？——

街上回来，行过沙滩。沙滩上有人分鸭子。三个，——后来又来了一个，四个，四个汉子站在一个大鸭圈里，在熙熙攘攘的鸭子里，一个一个，提起鸭脖子，看一看，分别丢在四边几个较小鸭圈里。看的甚么？——四个人都是短棉袄。有纽子扣得好好的，有的只披上，下面皆系青布鱼裙，这一带江边湖边，荡口桥头，依水而住，靠水吃水的人，卖鱼的，贩菱藕的，收鸡头芡实，经营芦柴茭草生意的，类多有这么一条青布裙子。昨天在渡口市滩看见有这种裙子在那儿卖，我说我想买一条，父亲笑笑。我要当真去买，人家不卖，以为我是开玩笑的。真想看一个人走来讨价还价，说好说歹，这一定是很值得一看的。然而过去又过来，那两条裙子竟是原样放着，似乎没有人抖开前前后后看过！这种裙子穿在身上，有甚么好处，甚么方便，有甚么感情洋溢出来呢？这与其说是一种特别装束，不如说是一种特别装束的遗制，其由来盖当相当古远，似乎为了一点纪念的深心！他们才那么爱好这条裙子，和头上那种瓦块毡帽。这么一打扮，就"像"了，所有的身份就都出来了。

"我与我周旋久，宁作我，"生养于水的，必将在水边死亡，他们从不梦想离开水，到另一处去过另外一种日子，他们简直自成一个族类，有他们不改的风教遗规。看的是鸭头，分别公鸭母鸭？母鸭下蛋，可能价钱卖得贵些？不对！鸭子上了市，多是卖给人吃，养老了下蛋的十只里没有一只。要单别公母，弄两个大圈就行了，把公的赶到一边，剩下不就全是母的了，无须这么麻烦。是公是母，一眼还不就看出来，得要那么捉起来放到眼前认一认么？那几个小圈里分明灰头绿头都有。——沙滩上悠悠宕宕，安静极了，然而万籁有声，江流浩浩，飘忽着一种广大深微的呼吁，一种半消沉半积极的神秘意向，极其悄怆感人。东北风。交过小雪了，真的入了冬了，可是江南地暖，虽已至"相逢不出手"时候，身体各处却还觉得舒舒服服，饶有清兴，不很肃杀。天有默阴，空气里潮润润的。新麦，旧柳，抽了卷须的豌豆苗，散过了絮的蒲公英，全都欣然接受这点水气，很久没有下雨。鸭子似乎也很满意这样的天气，显得比平常安静得多。脖子被提起来，并不表示抗议，——也由于那几个鸭贩子提得是地方，一提起，就势儿就捭了过去，不致令它们痛苦，甚至那一捭还会教它们得到筋肉伸张的快感，所以往来走动，煦煦然很自在的样子，一点也看不出悲惨。人多以为鸭子是很会唠叨的动物，其实鸭子也有默处的时候，不过这么一大群鸭子而能如此雍雍雅雅，我还从未见过！它们今天早上大都得到一顿饱餐了罢。——甚么地方来了一阵煮大麦芽的气味，香得很，一定有人用长柄大铲子慢慢的搅和着，就要出糖了。——是称称斤量，分开新鸭老鸭？也不对。这些鸭子全差不多大，没有问题，全是今年养的，生日不是四月就是五月初头，上下差也差不了几天。骡马看牙口，鸭子不是骡马。要看，也得叫鸭子张嘴，而鸭子嘴全闭得扁扁的！黄嘴也扁扁的，绿嘴也扁扁的。掰开来看全都是一圈细锯齿，它的板牙在肚子里，膆囊里那堆石粒子！嘴上看甚么呢？——我已经断定他们看的是鸭嘴。看甚么呢？哦，鸭嘴上有点东西！有一个一个印子，刻出来的。有的是一道，有的两道，有的一个十字叉叉，那个脸红通通的小伙子，（他棉袄是新的，鞋袜干干净净，他不喝酒，不赌钱，他是个好"儿子"，他有个很疼爱他的母亲。我并不嫉妒你！）尽挑那种嘴上两道的。这是记认。这一群鸭子不是一家养的，主人相熟，一伙运过江来，搅乱了，现在再分开各自出卖。对了，不会错的，这个记认作得实在有道理。

江边风大，立久了究竟有点冷，走罢。

刚才运那一车子鸡的夫妻俩不知到了那里。一板车的鸡，一笼一笼堆得高高的。这些鸡算不算他们自己的？算他们的，该不坏了，很值几文呢。看样子似不大像，他们穿得可大不齐整。这是作活，不是上庙烧香，不是回娘家过节，用不着打扮，也许。这付板车未免太笨重了一点，车本身比那些鸡一定重得多。——虽然空车子拉起来一定又觉得很轻松的。我起初真有点不平，这男人岂有此理，让女人在前头拉，自己提了两个看起来没有多大分量的蒲包在后头自自在在的踱方步，你就在后头推一把也不妨呀！父亲不说甚么，很关心的看他们过去。一直到了快拐弯的地方，我们一相视，心里有同样感动了。这一带地怎么那么不平，那么多的坑！车子拉动了之后，并不怎么费力的，陷在坑里要推上来才不容易。一下子歪倒了，赶紧上去救住，不但要气力，而且要机警灵活，压着撞着都不轻。这一下子，够受的！他抵住了，然而一个轮子还是上不来。我们走过来，两个老人也跑了过来。我上去推了一把，毫无用处，还是老人之一检了一块砖煞住一个老往后滑的轮子，那个男人（我现在觉得他很伟大，很敬佩他），发一声喊，车子来了！不该走这条路的，该稍为绕绕，旁边不还稍为平点么。她是没有看到？是想一冲冲过去的？他要发脾气了，埋怨了！然而他没有，不但脸上没有，心里也没有。接过女人为他拾回来的落掉的瓦块帽子，掸一掸草屑，戴上，"难为了，"又走了，车子吱吱咂咂拉了过去。我这才听见，怎么刚才车轴似乎没有声音呢？加点油是否好些？他那两个蒲包里是甚么东西？鸡食？路上"歪掉"的鸡？两包盐？

我想起《打花鼓》，

　　恩爱的夫妻

　　槌不离锣

这两句老在我心里唱，连底下那个"啊呃哎"。这个"啊呃哎"一声一声的弄得我心里很凄楚起来。小时杂在商贾负贩人中听过庙戏多回，不知怎么记得这么两句《一枝花》。后来翻查过戏谱，曾记诵过《打花鼓》全出，可是一有甚么感触时仍是这两句，没头没脑的尽是哼哼。

　　这个记认作得实在很有道理。遍观鸭子全身，还有甚么其他地方可以作记认呢？不像鸡，鸡长大了毛色各各不同，养鸡人全都记得，在他们眼中世界上没有两只同样的鸡，（《王婆骂鸡》曲本中列鸡色目甚繁夥贴当，可惜背不全了！）偷去杀了吃掉，剥下一堆毛，他认也认得清，小鸡子则都给染了颜色，在肩翅之间，或红或绿。有老母鸡领着，也不大容易走失。染了颜色不大好看，我小时颇不赞成，但人家养鸡可不是为的给我看！鸭子麻烦，身上不能染红绿颜色，它要下水，整天浸在水里颜色要褪。到一放大毛，普天之下的鸭子就只有两种样子了，公鸭，母鸭。所有的公鸭都一样，所有的母鸭也全一样。鸭子养在河里，你家养，他家养，在河里会面打伙时极多，虽然赶鸭人对自己的鸭有法调度，可是有时不免要混杂。可以作记认，一看就看出来的只有那张嘴。（沈石田画鸭，总是把鸭嘴画得比实际的要宽长些，看过他三幅有鸭子或专画鸭子的画，莫不如是。）上帝造鸭，没有想到鸭嘴有这么个用处罢。小鸭子，嘴嫩嫩的，刻起来大概很容易，用把小洋刀，钳子，钉头，或者随便甚么，甚至荆棘的刺，但没有问题，养鸭人家一定专有一个甚么东西，轻轻那么一划就成了。鸭嘴是角质，就像指甲似的没有神经，刻起来不痛。刻过的，没有刻过的，只要是一张嘴，一样的吃碎米，浮萍，蛆虫，虾蚤，猫杀子罗汉狗子小鱼，鸭子们大概毫不在乎，不会有一只鸭子发现了，大叫出来，"咦，老哥，你嘴上怎么回事，雕了花？"想出这个主意的必然是个伶俐聪敏人。这四个汉子中那一个会发明出来，如果从前从未有过这么一个办法？那个红脸小伙子眼睛生得很美，很撩人的，他可以去演电影。——不，还是鱼裙瓦块帽做鸭子生意！

然而那两个老人是谁呢？

父亲揭起煨罐盖子看看，闻了闻气味，"差不多了，"把一束葱放下去，拨到另一小火的炉上闷起来，打汽炉子空出来蒸蟹。碗筷摆出来，两个杯子里酌满了酒，就要吃饭了。酒真好，我十年来没有喝过这样好酒。父亲说我来了这几天，他比平常喝得要多些，我很喜欢。

"那两个年纪大的是谁？"

"怎么，——你不记得了？"

我还以为我的话问得突兀，我们今天看见过好几个老人，虽然同时看见，在一处的，只有那两个；虽然父亲跟他们招呼过，未必像我一样对他们有兴趣，一直存在心里罢。他这一反问教我很高兴，分明这是很值得记得的两个人，我的眼睛没有错，他们确是有吸引人的地方的！我以为父亲跟他们招呼时有种特殊的敬爱，也没有错，我一问，他即知道问的是谁。大概父亲也会谈起的。

"一个是余老五。"

余老五！这我立刻就知道了，是高大，广额方颧，一腮帮子白胡子根的那个。刚才我就觉得似曾相识，那里看见过的，想来想去，找不到那个名字，我还以为又是把在另一处看过的一个老人的影子错借来了。他是余老五，真不该忘记。近二十年了，我从前想过他，若是老了该是甚么样子，正是这个样子！难怪那么面熟。他不该上这里来，若在家乡街上，我能不认得？——那个瘦瘦小小，目光精利，一小撮山羊胡子，头老微微扬起，眼角微有嘲讽痕迹，行动不像是六十几的人，是——

"陆长庚。"

"陆长庚。"

"陆鸭。"

陆鸭！不过我只能说是知道他，那时候我还小。——不像余老五那是天天见得到的老街坊。

说是老街坊，余大房离我们家很有一截子路，地名大溏，已经是附郭最外一圈，是这条街的尾闾了。余大房是一个炕，余老五在余大房炕房当师傅。他虽姓余，炕房可不是他开的，虽然他是这个炕房里顶重要的一个人。老板或者是他一宗，恐怕相当远，不大清楚了。大溏是一片大水，由此可至东北各乡及下河县城水道，而水边有人家处亦称大溏。这是个很动人的地方，风景人物皆极有佳胜处，产生故事极多。在这里出入的，多是那种戴瓦块毡帽系鱼裙朋友。用一个小船在河心里顺流而下，可以看到垂杨柳，脆皮榆，茅棚瓦屋之间高爽地段常有一座比较齐整的房子，两边墙上粉得雪白，几个黑漆大字，显明阅目，一望可见，夏天外头多用芦席搭一个凉棚，绿缸中渍着凉茶，冬天照例有卖花生薄脆的孩子在门口踢毽子，树顶常飘有做会的纸幡或红绿灯笼的那是"行"。一种是鲜货行，代客投牙买卖鱼虾水货，荸荠慈菇，芋艿山药，鸡头薏米，种种杂物。一种是鸡鸭蛋行。鸡鸭蛋行旁边常常是一爿炕房。炕房无字号，多称姓某几房，似颇有古意，而余大房声誉最著，一直是最大的一家。

余五整天没有甚么事情，老看他在街上逛来逛去，而且到哪里提了他那把紫沙茶壶，坐下来就聊，一聊一半天。而且好喝酒，一天两顿，一顿四两。而且好管闲事，跟他毫无关系的事，他也要挤上来说话。而且声音奇大，这条街上一爿茶馆里随时听见他的声音。有时炕房里差个小孩子来找他有事，问人看见没有。答话人常是"看没有看见，听倒听见的。再走过三家门面，你把耳朵竖起来，找不到，再回来问我。"他一年闲到头，吃，喝，穿，用，全不缺。余大房养他。只有春夏之间，不大看见他影子了。

不知多少年没有吃那种"巧蛋"了。巧蛋是孵小鸡没有孵出来的蛋。不知甚么道理，常常有些小鸡长不全，多半是长了一个小头，下面还是个蛋，不过颜色已变，黄黄的，上面略有几根毛丝；有的甚至连翅膀也全了。只是出不了壳。出不了壳，是鸡生得笨，所以这种蛋也称为"拙蛋"，说是小孩吃不得的，吃了书念不好。可是通常反过来，称为"巧蛋"了，念书的孩子也就马马虎虎准许吃了，虽然并不因为带一个巧字而鼓励孩子吃。这东西很多人不吃的。因为看上去有点发酥发麻，想一想也怪不舒服。对于不吃的人，我并不反对。有人很爱，到时候千方百计的去找。很惭愧，我是吃过的，而且只好老实说，味道很不错。吃都吃过了，赖也赖不掉，想高雅也高雅不起来了。——吃巧蛋的时候，看不见余五了，清明前后，正是炕鸡子的时候。接着，又得炕小鸭子，四月。

蛋先得挑一挑，那多是蛋行里人责任，哪一路，哪一路收来的蛋，他们都分得好好的，鸡鸭也有"种口"，哪一种容易养，哪一种长得高大，哪一种下得蛋，他们全知道。分好了，剔一道，薄壳，过小，散黄，乱带，日久，全不要。再就是炕房师傅的事了。在一间暗屋子里，一扇门上开一个小圆洞，蛋放在洞上，闭一只眼睛，睁一只眼睛反覆映看，谓之"照蛋"。第一次叫"头照"。头照是照"珠子"，照蛋黄中的胚珠，看受过精没有，用他们说法，是看有过公鸡，或公鸭没有。没有过公鸡公鸭的，出不了小鸡小鸭。照完了，这就"下炕"了。下炕后三四天，（他们是论时辰的，不会这么含胡，三四天是我的印象，）取出来再照，名为"二照"，二照照珠子"发饱"没有。头照很简单，谁都作得来，不用在门洞上，用手轻握如筒，蛋放在底下，迎着亮，转来转去，就看得出有没有那么一点了。二照比较要点功夫，胚珠是否隆起了一点，常常不容易断定。二照剔下来的蛋拿到外头卖，还是一样，一点看不出是炕过的。二照之后，三照四照，隔几天一次，三四照之后的蛋就变了，到知道炕里蛋都在正常发育，就不再动它，静待出炕"上床"。

下了炕之后，不大随便让人去看。下炕那天照例三牲五事，大香大烛，燃鞭放炮，磕头拜敬祖师菩萨，很隆重庄严。炕一年就作一季生意，赚钱蚀本就看这几天。但跟余五熟识，尤其是跟父亲一起去，就可以走进炕边看看。所谓"炕"是一口一口缸，里头涂糊泥草，下面不断用火烘着。火要微微的，保持一定温度。太热了一炕蛋就都熟了，太小也透不进去。甚么时候加点糠或草，甚么时候去掉一点，这是余五职分。那两天他整天不离开一步。许多事情不用他下手，他只须不时看一看，吩咐两句话，有下手从头照着作。余五这可显得重要极了，尊贵极了，也谨慎极了，还温柔极了。他说话细声细气，走路也轻轻的，举止动作，全跟他这个人不相称。他神情很奇怪，像总在谛听着甚么似的，怕自己轻轻咳嗽也会惊散这点声音似的，聚精会神，身体各部全在一种沉湎，一种兴奋，一种极度敏感之中。熟悉炕房情形的人，都说这行饭不容易吃，一炕下来，人要瘦一套，吃饭睡觉也不能马虎一刻，这样前前后后半个多月！从前炕房里供余五抽烟的。他总是躺在屋角一张小床上抽烟，或者闭目假寐，不时就壶嘴喝一口茶，哑哑的说一句甚么话。一样借以量度的器械都没有，就凭他这个人，一个精细准确而复杂多方的"表"，不以形求，全以神遇，用他的下意识来判断一切。这才是目睹身验着一个一个生命怎么完成，多有意思事情！炕房里暗暗的，暖洋洋的，空气里潮濡濡的，笼着一度暧昧含隐的异样感觉，怔怔悸悸，缠绵持续，惶恐不安，一种怀春含情的感觉。余老五也真是有一种"母性"，虽然这两个字不管用在从前一腮帮子黑胡根子，现在一腮帮子白胡根子的余五身上都似颇为滑稽。

蛋炕好了，放在一张一张木架上，那就是"床"。床上垫棉花，放上去，不多久，就"出"了，小鸡子一个一个啄破蛋壳，啾啾叫起来。听到这声音，老板心里就开了花，而余五眼皮一搭拉，已经沉沉睡去了，小鸡子在街上卖的时候，正是余五呼呼大睡的时候。——鸭子比较简单，连床也不用上，难的是鸡。

卖小鸡小鸭是很有意思的行业。小鸡跟真正的春天一起来，气候也暖了，花也开了。而小鸭子接着就带来了夏天。"春江水暖鸭先知，"说的岂是老鸭？然而老鸭多半养在家里，在江水中游泳的似不甚多。画春江水暖诗意画出黄毛小鸭来，是极自然的，然而事实上大概是错的。小鸡小鸭都放在一个竹编浅沿有盖大圆盒子里卖，挑了各处走，似乎没有吆唤的。一路走，一路啾啾的叫，好玩极了。小鸡小鸭皆极可爱，小鸡娇弱伶仃，小鸭常傻气固执。看它们窜跑跳跃，感到生命的欢欣。提在手里，那点微微挣抗搔骚，令人心中砰砰然动，胸口痒痒的。

余大房何以生意最好？因为有一个余老五，余老五是这一行的一个"状元"。余老五何以是状元？他炕出来的小鸡跟别人家的摆在一起，来买的人一定买余老五的鸡，他的小鸡特别大。刚刚出炕的小鸡，刚从蛋里出来的，照理是一样大小，不过是那么重一个，然而余五鸡就能大些。上戥子称，上下差不多，而看上去他的小鸡要大一套！那就好看多了，当然有人买。怎么能大一套呢？他让小鸡的绒毛都出足了。鸡蛋下了炕，比如要几十个时辰，可以出炕了，别的师傅都不敢到那个最后限度，小鸡子出得了，就取出来上床，生怕火功水气错了一点，一炕蛋整个的废了，还是稳点罢，没有胆量等。余五大概总比较多等一个半个时辰。那一个半个时辰是顶吃紧时候，半个多月功夫就在这一会现出交代，余五也疲倦到达到极限了，然而他比平常更觉醒，更敏锐。他那样子让我想起"火眼狻猊"，"金眼雕"之类绰号，完全变了一个人，眼睛陷下去，变了色，光彩近乎疯人狂人。脾气也大了，动辄激恼发威，简直碰他不得，专断极了，顽固极了。很奇怪的，他倒简直不走近火炕一步，半倚半靠在小床上抽烟，一句话也不说。木床绵絮准备得好好的，徒弟不放心，轻轻来问一句"起了罢？"摇摇头，"起了罢？"还是摇摇头，只管抽他的烟，这一会儿正是小鸡放绒毛的时候，忽而作然而起，"起！"徒弟们赶紧一窝蜂取出来，简直才放上床，就啾啾啾啾的纷纷出来了。余五自掌炕以来，从未误过一回事，同行中无不赞叹佩服，以为神乎其技。道理是简单的，可是人得不到他那种不移的信心。不是强作得来的，是天才，是学问，余五炕小鸭，亦类此出色。至于照蛋煨火等节目，是尤其余事了。

因此他才配提了紫砂壶到处闲聊，一事不管，人家说不是他吃老板，是老板吃着他，没有余老五，余大房就不成其为余大房了，没有余大房，余老五仍是一个余老五。甚么时候他前脚跨出那个大门，后脚就有人替他把那把紫砂壶接过去了，每一家炕房随时都在等着他。从前每年都有人来跟他谈的，他都用种种方法回绝了，后来实在麻烦不过，他开玩笑似的说"对不起，老板坟地都给我看好了！"

父亲说，后来余大房当真托人在泰山庙，就在炕房旁边，给他谈过一小块地，买成没有买成，可不知道了，附近有一片短松林，我们从前老上那儿放风筝，蚕豆花开得紫多多的，斑鸠在叫。

照说，陆长庚是个更富故事性的人，他不像余五那么质实朴素。余五高高大大，方肩膀，方下巴，到处去，而陆长庚只能算是矮子里的高人，属于这一带所说"三料个子"一型，眉毛稍为有点倒，小小眼睛，不时眨动，眨动，嘴唇秀小微薄而柔软，透出机智灵巧，心窍极多，不过乍一看不大看得出来，不仅是他的装束，举止言词亦带着很重的农民气质，安分，卑怯，愿谨，虽然比一般农民要少一点惊惶，而绝望得似乎更深些。就是这点绝望掩盖而且涂改了他的轻盈便捷了。他不像余五那样有酒有饭，有保障有寄托，他受的折磨、伤害、压迫、饥饿都多，他脸小，可是纹路比余五杂驳，写出更多人性。他有太多没有说出来的俏皮笑话，太多没有浪费的风情，没有安慰没有吐气扬眉，没有——我看我说得太逞兴了，过了一点分！所以为此，只因为我有点气愤，气愤于他一定有太多故事没有让我知道。余五若是个为人所敬重的人，他应当是那一带茶坊酒座，瓜架豆棚的一个点缀，是一个为人所喜爱的角色，可是我父亲知道他那点事完全是偶然;他表演了那么一回,也是偶然!

母亲故世之后,父亲觉得很寂寞无聊。母亲葬在窑庄,窑庄我们有一块地,这块地一直没有收成,沙性很重,种稻种麦,都不适宜,那么一片地,每年只得两担荒草作租谷,父亲于是想辟成一个小小农场,试种棉花,种水果,种瓜。把庄房收回来,略事装修,他平日即住在那边,逢年过节,有甚么事情才回来。他年轻时体格极强,耐得劳苦,凡事都躬亲执役,用的两个长工也很勤勉,农场成绩还不错。试种的水蜜桃虽然只开好看的花,结了桃子还不够送人的,棉花则颇有盈余,颜色丝头都好,可是因为好得超过标准,不合那一路厂家机子用,后来就不再种了。至今政府物产统计表上产棉项下还列有窑庄地方,其实老早已经一朵都没有了。不过父亲一直还怀念那个地方,怀念那一段日子,他那几年身体弄得很好,知道了许多事情,忘记了许多事情,从来没有那么快乐满足过。我由一个女用人带着,在舅舅家过,也有时到窑庄住几天,或是父亲带我去或是我自己来了,事前连通知都不通知他!

那天我去,父亲正在屋后园子里给一棵矕杏接枝。这不是接枝的时候,不过是没有事情作,接了玩玩。接枝实在是很好玩,两种不同的树木会连在一起生长,生长而又起变化,本来涩的会变甜了,本来纽子大的会有拳头大,多神奇不可思议的事!他不知接了多少,简直看见树他就想接!手续很简单,接完了用稻草一缠就可以了。不过虽是一根稻草，却束得妥贴坚牢，不会松散。削切枝条的，正是这把角柄小刀，用了这么些年了，还是刀刃若新发于硎。我来是请他回家过节，问他我们要不就在这里过节好不好。而一个长工来了：

"三爷，鸭都丢了！"

"怎样都丢了？"

这一带多河沟港汊，出细鱼细虾，是很适于养鸭地方。这块地上老佃户倪二，父亲原说留他，可是他对种棉花不感兴趣，而且怎么样也不肯相信从来没有结过棉花地方会出棉花，这块地向来只长荞麦，胡萝卜，菉豆，红毛草！他要退租，退租怎么维生，他要养鸭；鸭从来没有养过怎么行，他说从前帮过人，多少懂一点，没有本钱，没有本钱想跟三爷借，父亲觉得不能让他再种红毛草了，很对不起他，应当借给他钱。为了好玩，父亲也托他，买了一百只小鸭，贴他一点钱，由他代养。事发生手，他居然把一趟鸭养得不坏，父亲高兴，说：

"倪二，你不相信我种棉花，我也不相信你养鸭子，可是现在田里是甚么，一朵一朵白的，那是甚么？"

"是棉花。河里一只一只肥的，是——鸭子！"

"事在人为。明年我们换换手，你还是接这块地种，现在你相信它能出棉花了。我明年也来养鸭！"

父亲是真有这样意思的，地土适于植棉，已经证实，父亲并没有打算一直在这里呆下去,总得有人接过。后来田还是交给倪二了。可是因为管理不善,结出来的朵子越来越伶仃了。鸭,父亲可没有自己去养,他是劝劝倪二也还是放弃水面,回到泥土,总觉得那不大适合他,与他的脾气个性,甚至血统都不相宜,这好像有一种命定安排似的,他离不开生长红毛草的这一片地,现在要来改行已经太晚了。人究竟不像树木,可以随便接枝。即树木,有些接枝也不能生长的。站在庄头场上,或早或晚,沉沉雾霭,淡淡金光中,可以看到倪二喳喳吃吃赶着一大阵鸭子经过荡口,父亲常常要摇头。

"还是不成,不'像'!他自己以为帮人喂过食,上过圈,一窝鸭子又养得肥壮,得意得了不得,仿佛是老行家了,可是样子总不大对。这些鸭子还没有很认得他,服他、依他,他跟鸭子不能那么完全是一家子似的。照理,都就要卖了,应当简直不用拘束,那根篙子轻易不大动了。我没有看见过赶鸭用这种神情赶鸭的!"

他把"神情"两个字说得很重,仿佛神情是个甚么可以拿在手里挥舞的东西似的。倪二老实一点,可是我父亲对他不能欣赏他是也可以感觉到的,倪二不服,他有他的话:

"三爷,您看!"

他的意思是就要八月中秋,马上就可以赶到市上变钱,今年鸡鸭上好市面,到那个时候倪二再说他当初为甚么要改业,看看倪二眼光如何，手段如何。父亲想气他一气，说：

"倪二，你知道你手里那根篙子有多重？人说篙子是四两拨千斤，是不是只有四两？"

这就非教倪二红脸不可了，伤了他的心，他那根篙子搦得实在不顶游刃得体，不够到家。不过父亲没有说，怕太损了他的尊严。

养鸭是很苦的事。种田也是很苦的事，但那是另外一种苦。问养鸭人顶苦是甚么，很奇怪的，他们回答"是寂寞"。这简直不能相信了，似乎寂寞只是坐得太久谈得太多，抽烟喝茶度日的人才有的感情，"乡下人"！会"寂寞"吗？也许寂寞是人的基本感情之一，怕寂寞是与生俱来的，襁褓中的孩子如果不是确知父母在留心着自己，他不肯一个人睡在一间屋子里。也可能这是穴居野处时对于不可知的一切来袭的恐惧心理的遗传，人总要知觉到自己不是孤身的面对整个自然。种地不是一个人的事情，车水、薅草、播种、插秧、打场、施肥，有歌声，有锣鼓，有打骂调笑，相慰相劳，热热闹闹，呼吸着人的气息。而养鸭是一种游离，一种放逐，一种流浪。一清早，天才露白，撑一个浅扁小船，才容一人起坐，叫作"鸭撇子"，手里一根竹篙，竹篙头上系一个稻草把子或破芭蕉蒲扇，用以指挥鸭子转弯入阵，也用以划水撑船，就冷冷清清的离了庄子，到一片茫茫的水里去了。一去一天，直到天压黑，才回来。下雨天穿蓑衣，太阳大戴笠子,凉了多带件衣裳,整个被人遗忘在这片水里。"连个说说话的人都没有"。这句话似极普通,可是你看看养鸭人的脸,听起来就有无比的悲愁。在那么空寥的地方,真是会引起一种原始的恐惧的,无助、无告、忍受着一种深入肌理,抽搐着腹肉,教人想呕吐的绝望,"简直要哭出来"!单那份厌气就无法排遣,只有拼命叭达旱烟。远远的可以听到一两声人声,可是眼前是这些扁毛畜生!牛羊,甚至猪,都与人切身相关,可以产生感情,要跟鸭子谈谈心实在是很困难。放鸭的如果不是特别有心性,会自己娱悦,能弄一点甚么东西在手上作作,心里想想的,很容易变成孤僻怪物之冷漠而褊窄。父亲觉得倪二旱烟瘾越来越大,行动虽还没看出甚么改变,可是有点甚么东西正在深重起来,无以名之,只有借用又是只通用于另一阶级的名词:犬儒主义。

可是鸭子肥得倪二欢喜,他看完了好利钱,这支持着他。

前两天倪二说,要把鸭子赶去卖了,已经谈好了,行用,卡钱,水脚,全算上,连底三倍利。就要赶,问父亲那一百只鸭怎么说,是不是一起卖。父亲关照他留三十只,送送人,也养几只下蛋,他要看自己家里鸭子下两个双黄玩玩。昨天晚上想起来,要多留二十只,今天叫长工去荡里跟倪二说一声。

"鸭都丢了!"

倪二说要去卖鸭,父亲问他要不要人帮一帮,怕他一个人对付不了。鸭子运起来，不像鸡装了笼子，仍是一只小船，船上准备人的粮食，简单行李，鸭圈一大卷，人在船，鸭在水，一路迤迤逶逶的走。鸭子路上要吃，还是鱼虾水虫，到了那头才不瘦膘减分量，精神好看。指挥拨反全靠那根篙子。有人可以在大江里赶十天半月，晚上找个沙洲歇一歇，这不是外行冒充得来的。

"不要！"

怕父亲还要说甚么，他偷偷准备准备，留下三十只，其余的一早赶过荡，过白莲湖，转到大湖里，到邻县城里去了。长工一到荡口，问人：

"倪二呢？"

"倪二在白莲湖里，你赶快去看看，叫三爷也去看看，——一趟鸭子全散了！"

白莲湖是一口小湖，离窑庄不远，出菱，出藕，藕肥白少渣滓，荷花倒是红的多。或散步，或乘船赶二五八集期，我们也常去的，湖边港汊甚多，密密的长着芦苇。新芦苇长得很高了。莲蓬已经采过，荷叶颜色发了黑，多半全破了，人过时常有翡翠鸟冲起掠过，翠绿的一闪，疾速如箭，切断人的思绪或低低的唱歌。

小船浮在岸边，竹篙横在船上，篙子头上的破蒲扇不知那里去了。倪二呢？坐在一个石辘轳上，手里团着他的瓦块帽子，额头上破了一块皮，在一个人家晒场上，为几个人围着，他好像老了十年。他疲倦了，一清早到现在，现在是下半天了，他一定还没有吃过饭，跟这些鸭子奋斗了半日。他的饭在船上一个布口袋里，一袋子老锅巴。他坐着不动，看不出他心里甚么滋味，不时头忽然抖一抖，好像受了震动。——他的脖子里的沟好深，一方格一方格的，颜色真红，烧焦了似的。那么坐着，脚恐怕要麻了，好傻相的脚！父亲叫他：

"倪二。"

"三爷！"

他像个孩子似的哭起来了。——怎么办呢？

"去找陆长庚，他有法子。"

"哎，除非陆长庚。"

"只有老陆，陆鸭。"

陆长庚在那里？

"多半在桥头茶馆。"

桥头有个茶馆，为的鲜货行客人，蛋行客人，陆陈粮行客人，区里，县里，党部里来的人谈话讲生意而设的，卖清茶，代卖烟纸，洋杂，针线，香烛，鸡蛋糕，麻酥饼，七厘散，紫金锭，菜种，草鞋，契纸，小绿颖毛笔，金不换黑墨，何通记纸牌。这一带闲散无事人常借茶馆聚赌玩钱。有时纸牌，最为文雅。有时麻雀，那付牌有一张红中丢了，配了牌九上一张杂七，这杂七于是成为桌上最关心的一张牌了。有时推牌九，下旁注的比坐下来拿牌的要多，在后头呼幺喝六，帮别人呐喊助威的更多。船从桥边过，远远的就看到一堆兴奋忘形的人头人手，走过了一段，还听得到"七七八八——不要九！""磨一点，再磨一点，天地遇牯牛，越大越封侯！"呼声。常在后头看斜头胡的，有人指点过，那就是陆长庚，这一带放鸭的第一手，诨号陆鸭，说他自己简直就是一只老鸭。——瘦瘦小小，神情总是在发愁的样子。他已经多年不养鸭了，见到鸭就怕了，运气不好，老是瘟。

"不要你多，十五块洋钱。"

十五块钱在从前很是一个数目了。许多人都因为这个数目而回了回头，看看倪二，看看陆长庚，桌面上顶大的注子是一吊钱三三四，天之九吃三道。

说了半天，讲定了，十块钱。看一家地杠通吃，红了一庄，方去。

"把鸭圈全拿好，倪二你会赶鸭子进圈的？我吆上来，你就赶，鸭子在水里好弄，上了岸七零八落的不好捉。"

这十块钱太赚得不费力了！拈起那根篙子，撑到湖心，人仆在船上，把篙子平着在水上扑一气，嘴里喷喷咕咕不知叫点甚么，嚇——都来了！鸭子四面八方，从芦苇缝里像来争甚么东西似的，拼命的拍着翅膀，挺着脖子，一起奔到他那只小船

67

的四围来。本来平静寥阔湖面，一时骤然热闹起来，全是鸭子，不知为甚么，高兴极了，喜欢极了，放开喉咙大叫，不停的把头没在水里，翻来翻去。岸上人看到这情形，都忍不住大笑起来，连倪二都笑了，他笑得尤其舒服。差不多都齐了，篙子一抬，嘴子曼声唱着，鸭子马上又安静起来，文文雅雅，摆摆摇摇，向岸边游来，舒闲整齐有致。兵法用兵第一贵"和"，这个字用来形容那些鸭子真恰切极了。他唱的不知是甚么，仿佛鸭子都很爱听，听得很入神似的，真怪！

"一共多少只？"

"三千多。"

"三千多少？"

"三千零四十二。"

他拣一个高处，四面一望。

"你数数，大概不差了。——嗨！你这里头怎么来了一只老鸭！是那一家养的老鸭教你裹来了！"

倪二分辩，分辩也没有用，他一伸手捞住了。

"它屁股一撅，就知道。新鸭子拉稀屎，过了一年的，才硬。鸭肠子鸭头的那里有个小箍道，老鸭子就长老了。吃新鸭子，不喝酒，容易拉肚，就因为鸭肠子不老。裹了人家鸭自己还不知道，只知道多了一只！"

"我不要你多，只要两只。送不送由你。"

怎么小气，也没法不送他，他已经到鸭圈里提了两只，一手一只，拎了一拎。

"多重？"

他问人。

"你说多重？"

有人问他。

"六斤四，——这一只，多一两，六斤五。这一趟里顶壮的两只。"

不相信，那里一两也分得出，就凭手拎一拎？

"不相信，不相信拿秤来称。称得不对，两只鸭算你的；对了，今天晚上上你家里喝酒。"

称出来，一点都不错。

"拎都用不着拎，凭眼睛看，说得出这一趟鸭一个一个多重。"

不过先得大叫一声才看得出来。鸭身上有毛，毛蓬松着看不出来，得惊它一惊，一惊，鸭毛就紧了，贴在身上了，这就看得出那一个肥那一个瘦。

"晚上喝酒了，在茶馆里会。不让你费事，鸭先杀好。"

他刀也不用，一个指头往鸭子三岔骨处一捣，两只鸭挣扎都不挣扎就死了。

"杀的鸭子不好吃，鸭子要吃呛血的，肉才不老。"

甚么事他都是轻描淡写，毫不大惊小怪。说话自然露出得意，可是得意之中还是有一种对于自己的嘲讽，仿佛这是并不稀奇的事，而且正因为有这点本领，他才种种不如别人。他日子过得很不如意，种一点地，种的是豆子。"懒媳妇种豆，"豆子是顶不要花工夫气力的。从前放过鸭，可是本钱都蚀光了。鸭子瘟起来不得了，只要看见一个鸭摇一摇头，就完了。还不像鸡，鸡瘟起来比较慢，灌点胡椒香油，还可以有点救。鸭，一个摇头，个个摇头，马上，都不动了。比在三岔骨上捣一指头还快。常常一趟鸭子放到荡里，回来时只有自己一个人了。看着死，毫无办法。陆长庚吃的鸭可太多了，他发誓，从此决不再养。

"倪老二，十块钱不白要你的，我给你送到。今天晚了，你把鸭圈起来过一夜，明天一早我来。三爷，十块钱赶一趟鸭，不算顶贵噢？"

他知道这十块钱将由谁来出。

当然，第二天大早他来时仍是一个陆长庚，一夜七戳五在手，输得光光的。

"没有！还剩一块！"

这两个人都老了，时候过起来真快。两个老人怎么会到这里来了呢？现在在作甚么呢？父亲也不大清楚，我请父亲给我打听打听，可是一直还没有信来。——忽然想起来，那个分鸭子的年青小伙子一定是两老人之一的儿子，而且是另一老人的女婿。我得写封信去问问。也顺便问问父亲房东家养在院子里的那只大公鸡不知怎么了。——这只公鸡，他们说它有神经病，我看大概不是神经病。一窝小鸡买进来时本来是十只，次第都已死去，只剩下这个长命。不过很怪，常常它会曲起一只脚来乱蹦乱跳一气，就像发了疯似的。可能是抽筋，不过鸡会抽筋么？它左脚有点异样，脚趾全向里弯，有点内八字，最外一个而且好像短了一截，可能是小时教甚么重东西压的。是这影响它生理上有时不大平衡么？父亲说怕是受刺激太深，与它的同伴的死有关，那当然是开玩笑。——哎哟，一年了，该没有被杀掉风起来罢？这两天正是风鸡的时候。

注释

① 本篇原载《文艺春秋》1948年第六卷第三期。初收《邂逅集》，文化生活出版社1949年4月，文字略有改动；又收《汪曾祺短篇小说选》，北京出版社1982年2月，文字有较大改动。

戴 车 匠[①]

戴车匠是东街一景。

车匠是一种很古老的行业了。中国什么时候开始有车匠，无可考。想来这是很久远的事了。所谓车匠，就是在木制的车床子上用镟刀车镟小件圆形木器的那种人。从我记事的时候，全城似只有这一个车匠，一家车匠店。

车匠店离草巷口不远，坐南朝北。左邻是侯家银匠店，右邻是杨家香店。侯银匠成天用一根吹管吹火打银簪子、银镯子，或用小錾子錾银器上的花纹。侯家还出租花轿。花轿就停放在店堂的后面。大红缎子的轿帏，上绣丹凤朝阳和八仙，——中国的八仙是一组很奇怪的仙人，什么场合都有他们的份。结婚和八仙有什么关系呢？谁家姑娘要出阁，就事前到侯银匠家把花轿订下来。这顶花轿不知抬过多少新娘子了。附近几条街巷的人家，大家小户，都用这顶花轿。杨家香店柜前立着一块竖匾，上面不是写的字，却是用金漆堆塑出一幅"鹤鹿同春"的画。

弯着脖子吃草的金鹿和拳一只腿的金鹤留给过往行人很深的印象，因为一天要看见好多次。而且这是一幅画，凡是画，只要画得不太难看，人们还是愿意看一眼的。这在劳碌的生活中也是一种享受。我们那里不知道为什么有这样一种规矩，香店里每天都要打一盆稀稀的浆糊，免费供应街邻。人家要用少量的浆糊，就拿一块小纸，到香店里去"寻"。——大量的当然不行，比如糊窗户、打袼褙，那得自己家里拿面粉冲。我小时糊风筝，就常到杨家香店寻浆糊（一个"三尾"的风筝是用不了多少浆糊的）……

戴家车匠店夹在两家之间。门面很小，只有一间。地势却颇高。跨进门坎，得上五层台阶。因此车匠店有点像个小戏台（戴车匠就好像在台上演戏）。店里正面是一堵板壁。板壁上有一副一尺多长，四寸来宽的小小的朱红对子，写的是：

室雅何须大
花香不在多

不知这是哪位读书人的手笔。但是看来戴车匠很喜欢这副对子。板壁后面，是住家。前面，是作坊。作坊靠西墙，放着两张车床。这所谓车床和现代的铁制车床是完全不同的。就像一张狭长的小床，木制的，有一个四框，当中有一个车轴，轴上安镞刀，轴下有皮条，皮条钉在踏板上，双脚上下踏动踏板，皮条牵动车轴，镟刀来回转动，车匠坐在坐板上，两手执定小块木料，就镟刀上车镟成器，这就是中国的古式的车床，——其原理倒是和铁制车床是一样的。这东西用语言是说不清楚的。《天工开物》之类的书上也许有车床的图，我没有查过。

靠里的车床是一张大的，那还是戴车匠的父亲留下的。老一辈人打东西不怕费料，总是超过需要的粗壮。这张老车床用了两代人，坐板已经磨得很光润，所有的榫头都还是牢牢实实的，没有一点活动。戴车匠嫌它过于笨重，就自己另打了一张新的。除了做特别沉重的东西，一般都使外边较小的这一张。

戴车匠起得很早。在别家店铺才卸下铺板的时候，戴车匠已经吃了早饭，选好了材料，看看图样，坐到车床的坐板上了。一个人走进他的工作，是叫人感动的。他这就和这张床子成了一体，一刻不停地做起活来了。看到戴车匠坐在床子上，让人想起古人说的："百工居于肆，以成其器"。中国的工匠，都是很勤快的。好吃懒做的工匠，大概没有，——很少。

车匠做的活都是圆的。常言说："砍的没有镟的圆"。较粗的活是量米的升子，烧饼槌子。——我们那里擀烧饼不用擀杖，用一种特制的烧饼槌子，一段圆木头，车光了，状如一个小碌碡，当中掏出圆洞，插进一个木杆。较细的活是布掸子的把，——末端车成一个滴溜圆的小球或甘露形状；擀烧麦皮用的细擀杖，——我们那里擀烧麦皮用两根小擀杖同时擀，擀杖长五寸，粗如指，极光滑，两根擀杖须分量相等。最细致的活是装围棋子的槟榔木的小圆罐，——罐盖须严丝合缝，木理花纹不错分毫。戴车匠做的最多的是大小不等的滑车。这是三桅大帆船上用的。布帆升降，离不开滑车。做得了的东西，都悬挂在西边墙上，真是琳琅满目，细巧玲珑。

车匠用的木料都是坚实细致的，檀木——白檀，紫檀，红木，黄杨，枣木，梨木，最次的也是榆木的。戴车匠踩动踏板，执料就刀，镟刀轻轻地吟叫着，吐出细细的木花。木花如书带草，如韭菜叶，如番瓜瓢，有白的、浅黄的、粉红的、淡紫的，落在地面上，落在戴车匠的脚上，很好看。住在这条街上的孩子多爱上戴车匠家看戴车匠做活，一个一个，小傻子似的，聚精会神，一看看半天。

孩子们愿意上戴车匠家来，还因为他养着一窝洋老鼠——白耗子，装在一个一面有玻璃的长方木箱里，挂在东面的墙上。洋老鼠在里面踩车、推磨、上楼、下楼，整天不闲着，——无事忙。戴车匠这么大的人了，对洋老鼠并无多大兴趣，养来是给他的独儿子玩的。

一到快过清明节了，大街小巷的孩子就都惦记起戴车匠来。

这里的风俗，清明那天吃螺蛳，家家如此，说是清明吃螺蛳，可以明目。买几斤螺蛳，入盐，少放一点五香大料，煮出一大盆，可供孩子吃一天。孩子们除了吃，还可以玩，——用螺蛳弓把螺蛳壳射出去。螺蛳弓是竹制的小弓，有一支小弓箭，附在双股麻线拧成的弓弦上。竹箭从竹片窝成的弓背当中的一个窟窿里穿过去。孩子们用竹箭的尖端把螺蛳掏出来吃了，用螺蛳壳套在竹箭上，一拉弓弦，弓背弯成满月，一撒手，哒的一声，螺蛳壳便射了出去。射得相当高，相当远。在平地上，射上屋顶是没有问题的。——竹箭被弓背挡住，是射不出去的。家家孩子吃螺蛳，放螺蛳弓，因此每年夏天瓦匠捡漏时，总要从瓦楞里扫下好些螺蛳壳来。不知道为什么，这种螺蛳弓都是车匠做，——其实这东西不用上床子镟，只要用破竹的作刀即能做成，应该由竹器店供应才对。清明前半个月，戴车匠就把别的活都停下来，整天地做螺蛳弓。孩子们从戴车匠门前过，就都兴奋起来。到了接近清明，戴车匠家就都是孩子。螺蛳弓分大、中、小三号，弹力有差，射程远近不同，价钱也不一样。孩子们眼睛发亮，挑选着，比较着，挨挨挤挤，叽叽喳喳，好不热闹。到清明那天，听吧，到处是拉弓放箭的声音："哒——哒！"

戴车匠每年照例要给他的儿子做一张特号的大弓。所有的孩子看了都羡慕。

戴车匠眯缝着眼睛看着他的儿子坐在门坎上吃螺蛳，把螺蛳壳用力地射到对面一家倒闭了的钱庄的屋顶上，若有所思。

他在想什么呢？

他的儿子已经八岁了。他该不会是想:这孩子将来干什么?是让他也学车匠,还是另外学一门手艺?世事变化很快,他隐隐约约觉得,车匠这一行恐怕不能永远延续下去。

一九八一年,我回乡了一次(我去乡已四十余年)。东街已经完全变样,戴家车匠店已经没有痕迹了。——侯家银匠店,杨家香店,也都没有了。

也许这是最后一个车匠了。

注释

① 本篇原载《新苑》1986 年第一期。是旧作同题重写;初收《汪曾祺自选集》,漓江出版社,1987 年 10 月。

职　业①

文林街一年四季，从早到晚，有各种吆喝叫卖的声音。街上的居民铺户、大人小孩、大学生、中学生、小学生、小教堂的牧师，和这些叫卖的人自己，都听得很熟了。

"有旧衣烂衫找来卖！"

我一辈子也没有听见过这么脆的嗓子，就像一个牙口极好的人咬着一个脆萝卜似的。这是一个中年的女人，专收旧衣烂衫。她这一声真能喝得千门万户开，声音很高，拉得很长，一口气。她把"有"字切成了"一——尤"，破空而来，传得很远（她的声音能传半条街）。"旧衣烂衫"稍稍延长，"卖"字有余不尽：

"一——尤旧衣烂衫……找来卖……"

"有人买贵州遵义板桥的化风丹……？"

我从此人的吆喝中知道了一个一般地理书上所不载的地名：板桥，而且永远也忘不了，因为我每天要听好几次。板桥大概是一个镇吧，想来还不小。不过它之出名可能就因为出一

78

种叫化风丹的东西。化风丹大概是一种药吧？这药是治什么病的？我无端地觉得这大概是治小儿惊风的。昆明这地方一年能销多少化风丹？我好像只看见这人走来走去，吆喝着，没有见有人买过他的化风丹。当然会有人买的，否则他吆喝干什么。这位贵州老乡，你想必是板桥的人了，你为什么总在昆明呆着呢？你有时也回老家看看么？

黄昏以后，直至夜深，就有一个极其低沉苍老的声音，很悲凉地喊着：

"壁虱药！虼蚤药！"

壁虱即臭虫。昆明的跳蚤也是真多。他这时候出来吆卖是有道理的。白天大家都忙着，不到快挨咬，或已经挨咬的时候，想不起买壁虱药、虼蚤药。

有时有苗族的少女卖杨梅、卖玉麦粑粑。

"卖杨梅——！"

"玉麦粑粑——！"

她们都是苗家打扮，戴一个绣花小帽子，头发梳得光光的，衣服干干净净的，都长得很秀气。她们卖的杨梅很大，颜色红得发黑，叫做"火炭梅"，放在竹篮里，下面衬着新鲜的绿叶。玉麦粑粑是嫩玉米磨制成的粑粑（昆明人叫玉米为包谷，苗人叫玉麦），下一点盐，蒸熟（蒸出后粑粑上还明显地保留着拍制时的手指印痕），包在玉米的嫩皮里，味道清香清香的。这些苗族女孩子把山里的夏天和初秋带到了昆明的街头了。

…………

在这些耳熟的叫卖声中，还有一种，是：

"椒盐饼子西洋糕！"

椒盐饼子，名副其实：发面饼，里面和了一点椒盐，一边稍厚，一边稍薄，形状像一把老式的木梳，是在铛上烙出来的，有一点油性，颜色黄黄的。西洋糕即发糕，米面蒸成，状如莲蓬，大小亦如之，有一点淡淡的甜味。放的是糖精，不是糖。这东西和"西洋"可以说是毫无瓜葛，不知道何以命名曰"西洋糕"。这两种食品都不怎么诱人。淡而无味，虚泡不实。买椒盐饼子的多半是老头，他们穿着土布衣裳，喝着大叶清茶，抽金堂叶子烟，泛览周王传，流观山海图，一边嚼着这种古式的点心，自得其乐。西洋糕则多是老太太叫住，买给她的小孙子吃。这玩意好消化，不伤人，下肚没多少东西。当然也有其他的人买了充饥，比如拉车的，赶马的马锅头②，在茶馆里打扬琴说书的瞎子……

卖椒盐饼子西洋糕的是一个孩子。他斜挎着一个腰圆形的扁浅木盆，饼子和糕分别放在木盆两侧，上面盖一层白布，白布上放一饼一糕作为幌子，从早到晚，穿街过巷，吆喝着：

"椒盐饼子西洋糕！"

这孩子也就是十一二岁，如果上学，该是小学五六年级。

但是他没有上过学。

我从侧面约略知道这孩子的身世。非常简单。他是个孤儿，父亲死得早。母亲给人家洗衣服。他还有个外婆，在大西门外摆一个茶摊卖茶，卖葵花子，他外婆还会给人刮痧、放血、拔罐子，这也能得一点钱。他长大了，得自己挣饭吃。母亲托人求了糕点铺的杨老板，他就作了糕点铺的小伙计。晚上发面，天一亮就起来烧火，帮师傅蒸糕、打饼，白天挎着木盆去卖。

"椒盐饼子西洋糕！"

这孩子是个小大人！他非常尽职，毫不贪玩。遇有唱花灯的、耍猴的、耍木脑壳戏的，他从不挤进人群去看，只是找一个有荫凉、引人注意的地方站着，高声吆喝：

"椒盐饼子西洋糕！"

每天下午，在华山西路、逼死坡前要过龙云的马。这些马每天由马夫牵到郊外去蹓，放了青，饮了水，再牵回来。他每天都是这时经过逼死坡（据说这是明建文帝被逼死的地方），他很爱看这些马。黑马、青马、枣红马。有一匹白马，真是一条龙，高腿狭面，长腰秀颈，雪白雪白。它总不好好走路。马夫拽着它的嚼子，它总是骙骙骧骧的。钉了蹄铁的马蹄踏在石板上，郭答郭答。他站在路边看不厌，但是他没有忘记吆喝：

"椒盐饼子西洋糕！"

饼子和糕卖给谁呢？卖给这些马吗？

他吆喝得很好听，有腔有调。若是谱出来，就是：

| ＃ 5 5 6 − − | 5 3 2̂ − − ‖

椒盐饼子　西洋糕

放了学的孩子（他们背着书包），也觉得他吆喝得好听，爱学他。但是他们把字眼改了，变成了：

| ＃ 5 5 6 − − | 5 3 2̂ − − ‖

捏着鼻子——吹洋号

昆明人读"饼"字不走鼻音，"饼子"和"鼻子"很相近。他在前面吆喝，孩子们在他身后摹仿：

"捏着鼻子吹洋号！"

这又不含什么恶意，他并不发急生气，爱学就学吧。这些上学的孩子比卖糕饼的孩子要小两三岁，他们大都吃过他的椒盐饼子西洋糕。他们长大了，还会想起这个"捏着鼻子吹洋号"，俨然这就是卖糕饼的小大人的名字。

这一天，上午十一点钟光景，我在一条巷子里看见他在前面走。这是一条很长的、僻静的巷子。穿过这条巷子，便是城墙，往左一拐，不远就是大西门了。我知道今天是他外婆的生日，他是上外婆家吃饭去的（外婆大概炖了肉）。他妈已经先去了。他跟杨老板请了几个小时的假，把卖剩的糕饼交回到柜上，才去。虽然只是背影，但看得出他新剃了头（这孩子长得不难看，大眼睛，样子挺聪明），换了一身干净衣裳。我第一次看到这孩子没有挎着浅盆，散着手走着，觉得很新鲜。他高高兴兴，大摇大摆地走着。忽然回过头来看看。他看到巷子里没有人（他没有看见我，我去看一个朋友，正在倚门站着），忽然大声地、清清楚楚地吆喝了一声：

"捏着鼻子吹洋号！……"

（这是三十多年前在昆明写过的一篇旧作，原稿已失去。前年和去年都改写过，这一次是第三次重写了。一九八二年六月二十九日记）

注释

① 本篇原载《文汇月刊》1983 年第五期，是旧作同题重写；初收《晚饭花集》，人民文学出版社，1985 年 3 月。

② 马锅头是马帮的赶马人。不知道为什么叫马锅头。

岁寒三友①

　　这三个人是：王瘦吾、陶虎臣、靳彝甫。王瘦吾原先开绒线店，陶虎臣开炮仗店，靳彝甫是个画画的。他们是从小一块长大的。这是三个说上不上，说下不下的人。既不是缙绅先生，也不是引车卖浆者流。他们的日子时好时坏。好的时候桌上有两个菜，一荤一素，还能烫二两酒；坏的时候，喝粥，甚至断炊。三个人的名声倒都是好的。他们都没有做过伤天害理的事，对人从不尖酸刻薄，对地方的公益，从不袖手旁观。某处的桥坍了，要修一修；哪里发现一名"路倒"，要掩埋起来；闹时疫的时候，在码头路口设一口瓷缸，内装药茶，施给来往行人；一场大火之后，请道士打醮禳灾……遇有这一类的事，需要捐款，首事者把捐簿伸到他们的面前时，他们都会提笔写下一个谁看了也会点头的数目。因此，他们走在街上，一街的熟人都跟他们很客气地点头打招呼。

　　"早！"

"早！"

"吃过了？"

"偏过了，偏过了！"

王瘦吾真瘦。瘦得两个肩胛骨从长衫的外面都看得清清楚楚。他年轻时很风雅过几天。他小时开蒙的塾师是邑中名士谈甓渔，谈先生教会了他做诗。那时，绒线店由父亲经营着，生意不错，这样他就有机会追随一些阔的和不太阔的名士，春秋佳日，文酒雅集。遇有什么张母吴太夫人八十寿辰征诗，也会送去两首七律。瘦吾就是那时落下的一个别号。自从父亲一死，他挑起全家的生活，就不再做一句诗，和那些诗人们也再无来往。

他家的绒线店是一个不大的连家店。店面的招牌上虽写着"京广洋货，零趸批发"，所卖的却只是：丝线、绦子、头号针、二号针、女人钳眉毛的镊子、刨花②、抿子（涂刨花水用的小刷子）、品青、煮蓝、僧帽牌洋蜡烛、太阳牌肥皂、美孚灯罩……种类很多，但都值不了几个钱。每天晚上结账时都是一堆铜板和一角两角的零碎的小票，难得看见一块洋钱。

这样一个小店，维持一家生活，是困难的。王瘦吾家的人口日渐增多了。他上有老母，自己又有了三个孩子。小的还在娘怀里抱着。两个大的，一儿一女，已经都在上小学了。不用说穿衣，就是穿鞋也是个愁人的事。

儿子最恨下雨。小学的同学几乎全部在下雨天都穿了胶鞋来上学，只有他穿了还是他父亲穿过的钉鞋③。钉鞋很笨，很重，走起来还嘎啦嘎啦的响。他一进学校的大门，同学们就都朝他看，看他那双鞋。他闹了好多回。每回下雨，他就说："我不去上学了！"妈都给他说好话："明年，明年就买胶鞋。一定！"——"明年！您都说了几年了！"最后还是嘟着嘴，挟了一把补过的旧伞，走了。王瘦吾听见街石上儿子的钉鞋愤怒的声音，半天都没有说话。

女儿要参加全县小学秋季运动会，表演团体操，要穿规定的服装：白上衣、黑短裙。这都还好办。难的是鞋，——要一律穿白球鞋。女儿跟妈要。妈说："一双球鞋，要好几块钱。咱们不去参加了。就说生病了，叫你爸写个请假条。"女儿不像她哥发脾气，闹，她只是一声不响，眼泪不停地往下滴。到底还是去了。这位能干的妈跟邻居家借来一双球鞋，比着样子，用一块白帆布连夜赶做了一双。除了底子是布的，别处跟买来的完全一样。天亮的时候，做妈的轻轻地叫："妞子，起来！"女儿一睁眼，看见床前摆着一双白鞋，趴在妈胸前哭了。王瘦吾看见妻子疲乏而凄然的笑容，他的心酸。

因此，王瘦吾老想发财。

这财，是怎么个发法呢？靠这个小绒线店，是不可能有什么出息的。他得另外想办法。这城里的街，好像是傍晚时的码头，各种船只，都靠满了。各行各业，都有个固定的地盘，想往里面再插一只手，很难。他得把眼睛看到这个县城以外，这些行业以外。他做过许多不同性质的生意。他做过虾籽生意，醉蟹生意，腌制过双黄鸭蛋。张家庄出一种木瓜酒，他运销过。本地出一种药材，叫做豨莶，他收过，用木船装到上海（他自己就坐在一船高高的药草上），卖给药材行。三叉河出一种水仙鱼，他曾想过做罐头……他做的生意都有点别出心裁，甚至是想入非非。他隔个把月就要出一次门，四乡八镇，到处跑。像一只饥饿的鸟，到处飞，想给儿女们找一口食。回来时总带着满身的草屑灰尘；人，越来越瘦。

后来他想起开工厂。他的这个工厂是个绳厂，做草绳和钱串子。蓑衣草两股，绞成细绳，过去是穿制钱用的，所以叫做钱串子。现在不使制钱了，店铺里却离不开它。茶食店用来包扎点心，席子店捆席子，卖鱼的穿鱼鳃。绞这种细绳，本来是湖西农民冬闲时的副业，一大捆一大捆挑进城来兜售。因为没有准人，准时，准数，有时需用，却遇不着。有了这么个厂，对于用户方便多了。王瘦吾这个厂站住了。他就不再四处奔跑。

这家工厂，连王瘦吾在内，一共四个人。一个伙计搬运，两个做活。有两架"机器"，倒是铁的，只是都要用手摇。这两架机器，摇起来嘎嘎的响，给这条街增添了一种新的声音，和捶铜器、打烧饼、算命瞎子的铜锣的声音混和在一起。不久，人们就习惯了，仿佛这声音本来就有。

初二、十六④的傍晚，常常看到王瘦吾拎了半斤肉或一条鱼从街上走回家。

每到天气晴朗，上午十来点钟，在这条街上，就可以听到从阴城方向传来爆裂的巨响：

"砰——磅！"

大家就知道，这是陶虎臣在试炮仗了。孩子们就提着裤子向阴城飞跑。

阴城是一片古战场。相传韩信在这里打过仗。现在还能挖到一种有耳的尖底陶瓶，当地叫做"韩瓶"，据说是韩信的部队所用的行军水壶。说是这种陶瓶冬天插了梅花，能结出梅子来。现在这里是乱葬冈，不知道从什么时候起叫做"阴城"。到处是坟头、野树、荒草、芦荻。草里有蛤蟆、野兔子、大极了的蚂蚱、油葫芦、蟋蟀。早晨和黄昏，有许多白颈老鸦。人走过，就哑哑地叫着飞起来。不一会，又都纷纷地落下了。

这里没有住户人家。只有一个破财神庙。里面住着一个侉子。这侉子不知是什么来历。他杀狗，吃肉，——阴城里野狗多的是，还喝酒。

这地方很少有人来。只有孩子们结伴来放风筝，掏蟋蟀。

再就是陶虎臣来试炮仗。

试的是"天地响"。这地方把双响的大炮仗叫"天地响",因为地下响一声,飞到半空中,又响一声,炸得粉碎,纸屑飘飘地落下来。陶家的"天地响"一听就听得出来,特别响。两响之间的距离也大——蹿得高。

"砰——磅!"

"砰——磅!"

他走一二十步,放一个,身后跟着一大群孩子。孩子里有胆大的。要求放一个,陶虎臣就给他一个:

"点着了快跑!——崩疼了可别哭!"

其实是崩不着的。陶虎臣每次试炮仗,特意把其中的几个的捻子加长,就是专为这些孩子预备的。捻子着了,嗤嗤地冒火,半天,才听见响呢。

陶家炮仗店的门口也是经常围着一堆孩子,看炮仗师傅做炮仗。两张白木的床子,有两块很光滑的木板。把一张粗草纸裹在一个钢钎上,两块木板一搓,吱溜——,就是一个炮仗筒子。

孩子们看师傅做炮仗,陶虎臣就伏在柜台上很有兴趣地看这些孩子。有时问他们几句话:

"你爸爸在家吗?干嘛呢?"

"你的痄腮好了吗?"

孩子们都知道陶老板人很和气,很喜欢孩子,见面都很愿意叫他：

"陶大爷!"

"陶伯伯!"

"哎，哎。"

陶家炮仗店的生意本来是不错的。

他家的货色齐全。除了一般的鞭炮，还出一种别家不做的鞭，叫做"遍地桃花"。不但外皮，连里面的筒子都一色是梅红纸卷的。放了之后，地下一片红，真像是一地的桃花瓣子。如果是过年，下过雪，花瓣落在雪地上，红是红，白是白，好看极了。

这种鞭，成本很贵，除非有人定做，平常是不预备的。

一般的鞭炮，陶虎臣自己是不动手的。他会做花炮。一筒大花炮，能放好几分钟。他还会做一种很特别的花，叫做"酒梅"。一棵弯曲横斜的枯树，埋在一个磁盆里，上面串结了许多各色的小花炮，点着之后，满树喷花。火花射尽，树枝上还留下一朵一朵梅花，蓝荧荧的，静悄悄地开着，经久不熄。这是棉花浸了高粱酒做的。

他还有一项绝技，是做焰火。一种老式的焰火，有的地方叫做花盒子。

酒梅、焰火，他都不在店里做，在家里做。因为这有许多秘方，不能外传。

做焰火，除了配料，关键是串捻子。串得不对，会轰隆一声，烧成一团火。弄不好，还会出事。陶虎臣的一只左眼坏了，就是因为有一次放焰火，出了故障，不着了，他搭了梯子爬到架上去看，不想焰火忽然又响了，一个火球迸进了瞳孔。

陶虎臣坏了一只眼睛，还看不出太大的破相，不像一般有残疾的人往往显得很凶狠。他依然随时是和颜悦色的，带着宽厚而慈祥的笑容。这种笑容，只有与世无争，生活上容易满足的人才会有。

但是他的这种心满意足的神情逐年在消退。鞭炮生意，是随着年成走的。什么时候风调雨顺，国泰民安，什么时候炮仗店就生意兴隆。这样的年头，能够老是有么？

"遍地桃花"近年很少人家来定货了。地方上多年未放焰火，有的孩子已经忘记放焰火是什么样子了。

陶虎臣长得很敦实，跟他的名字很相称。

靳彝甫和陶虎臣住在一条巷子里，相隔只有七八家。谁家的火灭了，孩子拿了一块劈柴，就能从另一家引了火来。他家很好认，门口钉着一块铁皮的牌子，红地黑字："靳彝甫画寓"。

这城里画画的，有三种人。

一种是画家。这种人大都有田有地，不愁衣食，作画只是自己消遣，或作为应酬的工具。他们的画是不卖钱的。求画的人只是送几件很高雅的礼物。或一坛绍兴花雕，或火腿、鲥鱼、白沙枇杷，或一套讲究的宜兴紫砂茶具，或两大盆正在苗箭子的建兰。他们的画，多半是大写意，或半工半写。工笔画他们是不耐烦画的，也不会。

一种是画匠。他们所画的，是神像。画得最多的是"家神菩萨"。这"家神菩萨"是一个大家族：头一层是南海观音的一伙，第二层是玉皇大帝和他的朝臣，第三层是关帝老爷和周仓、关平，最下一层是财神爷。他们也在玻璃的反面用油漆画福禄寿三星（这种画美术史家称之为"玻璃油画"），作插屏。他们是在制造一种商品，不是作画。而且是流水作业，描衣纹的是一个人（照着底子描），"开脸"的是一个人，着色的是另一个人。他们的作坊，叫做"画匠店"。一个画匠店里常有七八个人同时做活，却听不到一点声音，因为画匠多半是哑巴。

靳彝甫两者都不是。也可以说是介乎两者之间的那么一种人。比较贴切些，应该称之为"画师"，不过本地无此说法，只是说"画画的"。他是靠卖画吃饭的，但不像画匠店那样在门口设摊或批发给卖门神"欢乐"的纸店⑤，他是等人登门求画的（所以挂"画寓"的招牌）。他的画按尺论价，大青大绿另加，可以点题。来求画的，多半是茶馆酒肆、茶叶店、参行、钱庄的老板或管事。也有那些闲钱不多，送不起重礼，攀不上高门第的画家，又不甘于家里只有四堵素壁的中等人家。他们往往喜欢看着他画，靳彝甫也就欣然对客挥毫。主客双方，都很满意。他的画署名（画匠的作品是从不署名的），但都不题上款，因为不好称呼，深了不是，浅了不是，题了，人家也未必高兴，所以只是简单地写四个字："彝甫靳铭"。若是佛像，则题"靳铭沐手敬绘"。

靳家三代都是画画的。家里积存的画稿很多。因为要投合不同的兴趣，山水、人物、翎毛、花卉，什么都画。工笔、写意、浅绛、重彩不拘。

他家家传会写真，都能画行乐图（生活像）和喜神图（遗像）。中国的画像是有诀窍的。画师家都藏有一套历代相传的"百脸图"。把人的头面五官加以分析，定出一百种类型。画时端详着对象，确定属于哪一类，然后在此基础上加减，画出来总是有几分像的。靳彝甫多年不画喜神了。因为画这种像，经常是在死人刚刚断气时，被请了去，在床前对着勾描。他不愿看死人。因此，除了至亲好友，这种活计，一概不应。有来求的，就说不会。行乐图，自从有了照相馆之后，也很少有人来要画了。

靳彝甫自己喜欢画的，是青绿山水和工笔人物。青绿山水、工笔人物，一年能收几件呢？因此，除了每年端午，他画几十张各式各样的钟馗，挂在巷口如意楼酒馆标价出售，能够有较多的收入，其余的时候，全家都是半饥半饱。

虽然是半饥半饱，他可是活得有滋有味。他的画室里挂着一块小匾，上书"四时佳兴"。画室前有一个很小的天井。靠墙种了几竿玉屏箫竹。石条上摆着茶花、月季。一个很大的均窑平盘里养着一块玲珑剔透的上水石，蒙了半寸厚的绿苔，长着虎耳草和铁线草。冬天，他总要养几头单瓣的水仙。不到三寸长的碧绿的叶子，开着白玉一样的繁花。春天，放风筝。他会那样耐烦地用一个称金子用的小戥子约着蜈蚣风筝两边脚上的鸡毛（鸡毛分量稍差，蜈蚣上天就会打滚）。夏天，用莲子种出荷花。不大的荷叶，直径三寸的花，下面养了一二分长的小鱼。秋天，养蟋蟀。他家藏有一本托名贾似道撰写的《秋虫谱》。养蟋蟀的泥罐还是他祖父留下来的旧物。每天晚上，他点一个灯笼，到阴城去掏蟋蟀。财神庙的那个侉子，常常一边喝酒、吃狗肉，一边看这位大胆的画师的灯笼走走，停停，忽上，忽下。

他有一盒爱若性命的东西，是三块田黄石章。这三块田黄都不大，可是跟三块鸡油一样！一块是方的，一块略长，还有一块不成形。数这块不成形的值钱，它有文三桥⑥刻的边款（篆文不知叫一个什么无知的人磨去了）。文三桥呀，可着全中国，你能找出几块？有一次，邻居家失火，他什么也没拿，只抢了这三块图章往外走。吃不饱的时候，只要把这三块图章拿出来看看，他就觉得对这个世界没有什么可抱怨的了。

这一年，这三个人忽然都交了好运。

王瘦吾的绳厂赚了钱。他可又觉得这个买卖货源、销路都有限，他早就想好了另外一宗生意。这个县北乡高田多种麦，出极好的麦秸，当地农民多以掐草帽辫为副业。每年有外地行商来，以极便宜的价钱收去。稍经加工，就成了草帽，又以高价卖给农民。王瘦吾想：为什么不能就地制成草帽呢？这钱为什么要给外地人赚去呢？主意已定，他就把两台绞绳机盘出去，买了四架扎草帽的机子，请了一个师傅，教出三个徒弟，就在原来绳厂的旧址，办起了一个草帽厂。城里的买卖人都说：王瘦吾这步棋看得准，必赚无疑！草帽厂开张的那天，来道喜和看热闹的人很多。一盘草帽辫，在师傅手里，通过机针一扎，哒哒地响，一会儿功夫，哎，草帽盔出来了！——又一会，草帽边！——成了！一顶一顶草帽，顷刻之间，摞得很高。这不是草帽，这是大洋钱呀！这一天，靳彝甫送来一张"得利图"，画着一个白须的渔翁，背着鱼篓，提着两尾金鳞赤尾的大鲤鱼。凡看了这张画的，无不大笑：这渔翁的长相，活脱就是王瘦吾！陶虎臣特地送来一挂遍地桃花满堂红的一千头的大鞭，砰砰磅磅响了好半天！

陶虎臣从来没有做过这么大的焰火生意。这一年闹大水。运河平了漕。西北风一起，大浪头翻上来，把河堤上丈把长的青石都卷了起来。看来，非破堤不可。很多人家扎了筏子，预备了大澡盆，天天晚上不敢睡，只等堤决水下来时逃命。不料，河水从下游泻出，伏汛安然度过，保住了无数人畜。秋收在望，市面繁荣，城乡一片喜气。有好事者倡议：今年放放焰火！东西南北四城，都放！一台七套，四七二十八套。陶家独家承做了十四套，——其余的，他匀给别的同行了。

四城的焰火错开了日子，——为的是人们可以轮流赶着去看。东城定在七月十五。地点：阴城。

这天天气特别好。万里无云，一天皓月。阴城的正中，立起一个四丈多高的架子。有人早早吃了晚饭，就扛了板凳来等着了。各种卖小吃的都来了。卖牛肉高粱酒的，卖回卤豆腐干的，卖五香花生米的，芝麻灌香糖的，卖豆腐脑的，卖煮荸荠的，还有卖河鲜——卖紫皮鲜菱角和新剥鸡头米的……到处是"气死风"的四角玻璃灯，到处是白蒙蒙的热气、香喷喷的茴香八角气味。人们寻亲访友，说短道长，来来往往，亲亲热热。阴城的草都被踏倒了。人们的鞋底也叫秋草的浓汁磨得滑溜溜的。

忽然，上万双眼睛一齐朝着一个方向看。人们的眼睛一会儿睁大，一会儿眯细；人们的嘴一会儿张开，一会儿又合上；一阵阵叫喊，一阵阵欢笑，一阵阵掌声。——陶虎臣点着了焰火了！

这种花盒子是有一点简单的故事情节的。最热闹的是"炮打泗州城"。起先是梅、兰、竹、菊四种花，接着是万花齐放。万花齐放之后，有一个间歇，木架子下面黑黑的，有人以为这一套已经放完了。不料一声炮响，花盒子又落下一层，照眼的灯球之中有一座四方的城，眼睛好的还能看见城门上"泗州"两个字（不知道为什么是泗州而不是别的城）。城外向里打炮，城里向外打，灯球飞舞，砰磅有声。最有趣的是"芦蜂追癞子"，这是一个喜剧性的焰火。一阵火花之后，出现一个人，——一个泥头的纸人，这人是个癞痢头，手里拿着一把破芭蕉扇。霎时间飞来了许多马蜂，这些马蜂——火花，纷纷扑向癞痢头，癞痢头四面躲闪，手里的芭蕉扇不停地挥舞起来。看到这里，满场大笑。这些辛苦得近于麻木的人，是难得这样开怀一笑的呀。最后一套是平平常常的，只是一阵火花之后，扑鲁扑鲁吊下四个大字："天下太平"。字是灯球组成的。虽然平淡，人们还是舍不得离开。火光炎炎，逐渐消隐，这时才听到人们呼唤：

"二丫头，回家咧！"

"四儿，你在哪儿哪？"

"奶奶，等等我，我鞋掉了！"

人们摸摸板凳，才知道：呀，露水下来了。

靳彝甫捉到一只蟹壳青蟋蟀。消息很快就传开了。每天有人提了几罐蟋蟀来斗。都不是对手，而且都只是一个回合就分胜负。这只蟹壳青的打法很特别。它轻易不开牙，只是不动声色，稳稳地站着。突然扑上去，一口就咬破对方的肚子（据说蟋蟀的打法各有自己的风格，这种咬肚子的打法是最厉害的）。它瞿瞿地叫起来，上下摆动它的触须，就像戏台上的武生耍翎子。负伤的败将，怎么下"探子"⑦，也再不敢回头。于是有人怂恿他到兴化去。兴化养蟋蟀之风很盛，每年秋天有一个斗蟋蟀的集会。靳彝甫被人们说得心动了。王瘦吾、陶虎臣给他凑了一笔路费和赌本，他就带了几罐蟋蟀，搭船走了。

斗蟋蟀也像摔跤、击拳一样，先要约约运动员的体重。分量相等，才能入盘开斗。如分量低于对方而自愿下场者，听便。

没想到，这只蟋蟀给他赢了四十块钱。——四十块钱相当于一个小学教员两个月的薪水！靳彝甫很高兴，在如意楼定了几个菜，约王瘦吾、陶虎臣来喝酒。

（这只身经百战的蟋蟀后来在冬至那天寿终了，靳彝甫特地打了一个小小的银棺材，送到阴城埋了。）

没喝几杯，靳彝甫的孩子拿了一张名片，说是家里来了客。靳彝甫接过名片一看："季匋民"！

"他怎么会来找我呢？"

季匋民是一县人引为骄傲的大人物。他是个名闻全国的大画家，同时又是大收藏家，大财主，家里有好田好地，宋元名迹。他在上海一个艺术专科大学当教授，平常难得回家。

"你回去看看。"

"我少陪一会。"

季匋民和靳彝甫都是画画的，可是气色很不一样。此人面色红润，双眼有光，浓黑的长髯，声音很洪亮。衣着很随便，但质料很讲究。

"我冒造宝府，唐突得很。"

"哪里哪里。只是我这寒舍，实在太小了。"

"小，而雅，比大而无当好！"

寒暄之后，季匋民说明来意：听说彝甫有几块好田黄，特地来看看。靳彝甫捧了出来，他托在手里，一块一块，仔仔细细看了。"好，——好，——好。匋民平生所见田黄多矣，像这样润的，少。"他估了估价，说按时下行情，值二百洋。有文三桥边款的一块就值一百。他很直率地问靳彝甫肯不肯割爱。靳彝甫也很直率地回答："不到山穷水尽，不能舍此性命。"

"好！这像个弄笔墨的人说的话！既然如此，匋民绝不夺人之所爱。不过，如果你有一天想出手，得先尽我。"

"那可以。"

"一言为定。"

"一言为定。"

买卖不成，季匋民倒也没有不高兴。他又提出想看看靳彝甫家藏的画稿。靳彝甫祖父的，父亲的。——靳彝甫本人的，他也想看看。他看得很入神，拍着画案说：

"令祖，令尊，都被埋没了啊！吾乡固多才俊之士，而皆困居于蓬牖之中，声名不出于里巷，悲哉！悲哉！"

他看了靳彝甫的画，说：

"彝甫兄，我有几句话……"

"您请指教。"

"你的画，家学渊源。但是，有功力，而少境界。要变！山水，暂时不要画。你见过多少真山真水？人物，不要跟在改七芗、费晓楼后面跑。倪墨耕尤为甜俗。要越过唐伯虎，直追两宋南唐。我奉赠你两个字：古，艳。比如这张杨妃出浴，披纱用洋红，就俗。用朱红，加一点紫！把颜色搞得重重的！脸上也不要这样干净，给她贴几个花子！——你是打算就这样在家乡困着呢？还是想出去闯闯呢？出去，走走，结识一些大家，见见世面！到上海，那里人才多！"

他建议靳彝甫选出百十件画，到上海去开一个展览会。他认识朵云轩，可以借他们的地方。他还可以写几封信给上海名流，请他们为靳彝甫吹嘘吹嘘。他还嘱咐靳彝甫，卖了画，有了一点钱，要做两件事：读万卷书，行万里路。最后说：

"我今天很高兴。看了令祖、令尊的画稿，偷到不少东西。——我把它化一化，就是杰作！哈哈哈哈……"

这位大画家就这样疯疯癫癫、哈哈大笑着，提了他的筇竹杖，一阵风似的走了。

靳彝甫一边卷着画，一边想：季匋民是见得多。他对自己的指点，很有道理，很令人佩服。但是，到上海、开展览会，结识名流……唉，有钱的名士的话怎么能当得真呢！他笑了。

没想到，三天之后，季匋民真的派人送来了七八封朱丝栏玉版宣的八行书。

靳彝甫的画展不算轰动，但是卖出去几十张画。那张在季匋民授意之下重画的杨妃出浴，一再有人重订。报上发了消息，一家画刊还选了他两幅画。这都是他没有想到的。王瘦吾和陶虎臣在家乡看到报，很替他高兴："彝甫出了名了！"

卖了画，靳彝甫真的按照季匋民的建议，"行万里路"去了。一去三年，很少来信。

这三年啊！

王瘦吾的草帽厂生意很好。草帽没个什么讲究，买的人只是一图个结实，二图个便宜。他家出的草帽是就地产销，省了来回运费，自然比外地来的便宜得多。牌子闯出去了，买卖就好做。全城并无第二家，那四台哒哒作响的机子，把带着钱想买草帽的客人老远地就吸过来了。

不想遇见一个王伯韬。

这王伯韬是个开陆陈行的。这地方把买卖豆麦杂粮的行叫做陆陈行。人们提起陆陈行，都暗暗摇头。做这一行的，有两大特点：其一，是资本雄厚，大都兼营别的生意，什么买卖赚钱，他们就开什么买卖，眼尖手快。其二，都是流氓——都在帮。这城里发生过几起大规模的斗殴，都是陆陈行挑起的。打架的原因，都是抢行霸市。这种人一看就看得出来。他们的衣著和一般的生意人就不一样。不论什么时候，长衫里面的小褂的袖子总翻出很长的一截。料子也是老实商人所不用的。夏天是格子纺，冬天是法兰绒。脚底下是黑丝袜，方口的黑纹皮面的硬底便鞋。王伯韬和王瘦吾是同宗，见面总是"瘦吾兄"长，"瘦吾兄"短。王瘦吾不爱搭理他，尽可能地躲着他。

谁知偏偏躲不开，而且天天要见面。王伯韬也开了一家草帽厂，就在王瘦吾的草帽厂的对门！他新开的草帽厂有八台机子，八个师傅，门面、柜台，一切都比王瘦吾的大一倍。

王伯韬真是不顾血本，把批发、零售价都压得极低。王瘦吾算算，这样的定价，简直无利可图。他不服这口气，也随着把价钱落下来。

王伯韬坐在对面柜台里，还是满脸带笑，"瘦吾兄"长，"瘦

"吾兄"短。

王瘦吾撑了一年，实在撑不住了。

王伯韬放出话来："瘦吾要是愿意把四台机子让给我，他多少钱买的，我多少钱要！"

四台机子，连同库存的现货，辫子，全部倒给了王伯韬。王瘦吾气得生了一场重病。一病一年多。卖机子的钱、连同小绒线店的底本，全变成了药渣子，倒在门外的街上了。

好不容易，能起来坐一坐，出门走几步了。可是人瘦得像一张纸，一阵风吹过，就能倒下。

陶虎臣呢？

头一年，因为四乡闹土匪，连城里都出了几起抢案，县政府和当地驻军联名出了一张布告："冬防期间，严禁燃放鞭炮。"炮仗店平时生意有限，全指着年下。这一冬防，可把陶虎臣防苦了。且熬着，等明年吧。

明年！蒋介石搞他娘的"新生活"⑧，根本取缔了鞭炮。城里几家炮仗店统统关了张。陶虎臣别无产业，只好做一点"黄烟子"和蚊烟混日子。"黄烟子"也像是个炮仗，只是里面装的不是火药而是雄黄，外皮也是黄的。点了捻子，不响，只是从屁股上冒出一股黄烟，能冒半天。这种东西，端午节人家买来，点着了扔在床脚柜底熏五毒；孩子们把黄烟屁股抵在板壁上写"虎"字。蚊烟是在一个皮纸的空套里装上锯末，加一点芒硝和鳝鱼骨头，盘成一盘，像一条蛇。这东西点起来味道很呛，人和蚊子都受不了。这两种东西，本来是炮仗店附带做做的，靠它赚钱吃饭，养家活口，怎么行呢？——一年有几个端午节？蚊子也不是四季都有啊！

第三年，陶家炮仗店的铺闼子门⑨下了一把牛鼻子铁锁，再也打不开了。陶家的锅，也揭不开了。起先是喝粥，——喝稀粥，后来连稀粥也喝不成了。陶虎臣全家，已经饿了一天半。

有那么一个缺德的人敲开了陶家的门。这人姓宋，人称宋保长，他是什么事都干得出来，什么钱也敢拿的。他来做媒了。二十块钱，陶虎臣把女儿嫁给了一个驻军的连长。这连长第二天就开拔。他倒什么也不挑，只要是一个黄花闺女。陶虎臣跳着脚大叫："不要说得那么好听！这不是嫁！这是卖！你们到大街去打锣喊叫：我陶虎臣卖女儿！你们喊去！我不害臊！陶虎臣！你是个什么东西！陶虎臣！我操你八辈祖奶奶！你就这样没有能耐呀！"女儿的妈和弟弟都哭。女儿倒不哭，反过来劝爹："爹！爹！您别这样！我愿意！——真的！爹！我真的愿意！"她朝上给爹妈磕了头，又趴在弟弟的耳边说了一句话。这一句话是："饿的时候，忍着，别哭。"弟弟直点头。女儿走到爹床前，说了声："爹！我走啦！您保重！"陶虎臣脸对墙躺着，连头都没有回。他的眼泪花花地往下淌。

　　两个半月过去了。陶家一直就花这二十块钱。二十块钱剩得不多了，女儿回来了。妈脱下女儿的衣服一看，什么都明白了：这连长天天打她。女儿跟妈妈偷偷地说："妈，我过上了他的脏病。"

　　岁暮天寒，彤云酿雪，陶虎臣无路可走，他到阴城去上吊。

　　他没有死成。他刚把腰带拴在一棵树上，把头伸进去，一个人拦腰把他抱住，一刀砍断了腰带。这人是住在财神庙的那个侉子。

　　靳彝甫回来了。他一到家，听说陶虎臣的事，连脸都没洗，拔脚就往陶家去。陶虎臣躺在一领破芦席上，拥着一条破棉絮。靳彝甫掏出五块钱来，说："虎臣，我才回来，带的钱不多，你等我一天！"

　　跟脚，他又奔王瘦吾家。瘦吾也是家徒四壁了。他正在对着空屋发呆。靳彝甫也掏出五块钱，说："瘦吾，你等我一天！"

　　第三天，靳彝甫约王瘦吾、陶虎臣到如意楼喝酒。他从内衣口袋里掏出两封洋钱，外面裹着红纸。一看就知道，一封是一百。他在两位老友面前，各放了一封。

　　"先用着。"

　　"这钱——？"

　　靳彝甫笑了笑。

那两个都明白了：彝甫把三块田黄给季匋民送去了。

靳彝甫端起酒杯说："咱们今天醉一次。"

那两个同意。

"好，醉一次！"

这天是腊月三十。这样的时候，是不会有人上酒馆喝酒的。如意楼空荡荡的，就只有这三个人。

外面，正下着大雪。

一九八○年八月二十日初稿

十一月二十日二稿

注释

① 本篇原载《十月》1981 年第三期；初收《汪曾祺短篇小说选》，北京
出版社，1982 年 2 月。

② 桐木刨出来的薄薄的长条。泡在水里，稍带黏性。过去女人梳头掠鬓，
离不开它。

③ 现在的年轻人连钉鞋也不知道了！钉鞋是一双纳帮很结实的布鞋，
也有用生牛皮做的，在桐油里浸过，鞋底钉了很多奶头大的铁钉。
在未有胶鞋之前，这便是雨鞋。

④ 这是店铺里打牙祭的日子。

⑤ 在梅红纸上用刻刀镂刻出透空的细致的吉祥花纹，贴在门头上，小
的叫"吊钱"，大的叫"欢乐"。有的地方叫"吊挂"。

⑥ 文徵明的长子，名彭，字寿承，三桥是他的别号。

⑦ 探子是刺激蟋蟀的斗志用的。北方多用猪鬃；南方多用四权草瓣成

细须，九蒸九晒。

⑧　"新生活"是蒋介石搞的"新生活"运动，提倡"礼义廉耻"，到处刷写着"礼义廉耻，国之四维。四维不张，国乃灭亡"；限制行人靠左边走；废除作揖，改行握手；禁止燃放鞭炮等等。总之，大家都过新生活，不许过旧生活！

⑨　这地方店铺的门一般都是一块一块狭长的门板，上在门坎的槽里，称为"铺阁子"。

徙①

北溟有鱼，其名为鲲。鲲之大，不知其几千里也；化而为鸟，其名为鹏，鹏之背，不知其几千里也。怒而飞，其翼若垂天之云。是鸟也，海运则将徙于南溟。

《庄子·逍遥游》

很多歌消失了。

许多歌的词、曲的作者没有人知道。

有些歌只有极少数的人唱，别人都不知道。比如一些学校的校歌。

县立第五小学历年毕业了不少学生。他们多数已经是过六十的人了。他们之中不少人还记得母校的校歌，有人能够一字不差地唱出来。

西挹神山爽气，

东来邻寺疏钟，

看吾校巍巍峻峻，

连云栉比列其中。

半城半郭成调元，

无女无男教育同。

桃红李白，

芬芳馥郁，

一堂济济坐春风。

愿少年，

乘风破浪，

他日毋忘化雨功！

　　每逢"纪念周"，每天上课前的"朝会"，放学前的"晚会"，开头照例是唱"党歌"，最后是唱校歌。一个担任司仪的高年级同学高声喊道："唱——校——歌！"全校学生，三百来个孩子，就用玻璃一样脆亮的童音，拼足了力气，高唱起来。好像屋上的瓦片、树上的树叶都在唱。他们接连唱了六年，直到毕业离校，真是深深地印在脑子里了。说不定临死的时候还会想起这支歌。

　　歌词的意思是没有人解释过的。低年级的学生几乎完全不懂它说的是什么。他们只是使劲地唱，并且倾注了全部感情。

到了四五年级，就逐渐明白了，因为唱的次数太多，天天就生活在这首歌里，慢慢地自己就琢磨出来了。最先懂得的是第二句。学校的东边紧挨一个寺，叫做承天寺。承天寺有一口钟。钟撞起来嗡嗡地响。"神山爽气"是这个县的"八景"之一。神山在哪里，"爽气"是什么样的"气"，小学生不知道，只是无端地觉得很美，而且有一种神秘感。下面的歌词也朦朦胧胧地理解了：是说学校有很多房屋，在城外，是个男女合校，有很多同学。总的说来是说这个学校很好。十来岁的孩子很为自己的学校骄傲，觉得它很了不起，并且相信别的学校一定没有这样一首歌。到了六年级，他们才真正理解了这首歌。毕业典礼上（这是他们第一次"毕业"），几位老师们讲过了话，司仪高声喊道："唱——校——歌！"这是他们最后一次大家聚在一起唱这支歌了。他们唱得异常庄重，异常激动。玻璃一样的童声高唱起来：

西挹神山爽气，

东来邻寺疏钟……

唱到"愿少年，乘风破浪，他日毋忘化雨功"，大家的心里都是酸酸的。眼泪在乌黑的眼睛里发光。这是这首歌的立意所在，点睛之笔，其余的，不过是敷陈其事。从语气看，像是少年对自己的勖勉，同时又像是学校老师对教了六年的学生的嘱咐，一种遗憾、悲哀而酸苦的嘱咐。他们知道，毕业出去的学生，日后多半是会把他们忘记的。

毕业生中有一些是乘风破浪，做了一番事业的；有的离校后就成为泯然众人，为衣食奔走了一生；有的，死掉了。

这不是一支了不起的歌，但很贴切。朴朴实实，平平常常，和学校很相称。一个在寺庙的废基上改建成的普通的六年制小学，又能写出多少诗情画意呢？人们有时想起，只是为了从干枯的记忆里找回一点淡淡的童年，在歌声中想起那些校园里的蔷薇花，冬青树，擦了无数次的教室的玻璃，上课下课的钟声，和球场上像烟火一样升到空中的一阵一阵的明亮的欢笑……

校歌的作者是高先生，有些人知道，有些人不知道。

先生名鹏，字北溟，三十后，以字行。家世业儒。祖父、父亲都没有考取功名，靠当塾师、教蒙学，以维生计。三代都住在东街租来的一所百年老屋之中，临街有两扇白木的板门，真是所谓寒门。先生少孤。尝受业于邑中名士谈甓渔，为谈先生之高足。

这谈甓渔是个诗人，也是个怪人。他功名不高，只中过举人，名气却很大。中举之后，累考不进，无意仕途，就在江南江北，沭阳溧阳等地就馆。他教出来的学生，有不少中了进士，谈先生于是身价百倍，高门大族，争相延致。晚年惮于舟车，就用学生谢师的银子，回乡盖了一处很大的房子，闭户著书。书是著了，门却是大开着的。他家门楼特别高大。为什么盖得这样高大？据说是盖窄了怕碰了他的那些做了大官的学生的纱帽翅儿。其实，哪会呢？清朝的官戴的都是顶子，缨帽花翎，没有帽翅。地方上人这样的口传，无非是说谈老先生的阔学生很多。这座大门里每年进出的知县、知府，确实不在少数。门楼宽大，是为了供轿夫休息用的。往年，两边放了极其宽长的条凳，柏木的凳面都被人的屁股磨得光光滑滑的了。谈家门楼巍然突出，老远的就能看见，成了指明方位的一个标志，一个地名。一说"谈家门楼"东边，"谈家门楼"斜对过，人们就立刻明白了。谈甏渔的故事很多。他念了很多书，学问很大，可是不识数，不会数钱。他家里什么都有，可是他愿意到处闲逛，到茶馆里喝茶，到酒馆里喝酒，烟馆里抽烟。每天出门，家里都要把他需用的烟钱、茶钱、酒钱分别装在布口袋里，给他挂在拐杖上，成了名副其实的"杖头钱"。他常常傍花随柳，信步所之，喝得半醉，找不到自己的家。他爱吃螃蟹，可是自己不会剥，得由家里人把蟹肉剥好，又装回蟹壳里，原样摆成一个完整的螃蟹。两个螃蟹能吃三四个小时，热了凉，凉了又热。他一边吃蟹，一边喝酒，一边看书。他没有架子，没大没小，无分贵贱，三教九流，贩夫走卒，都谈得来，是个很通达的人。然而，品望很高。就是点过翰林的李三麻子远远从轿帘里看见谈老先生曳杖而来，也要赶紧下轿，避立道侧。他教学生，教时文八股，也教古文词赋，经史百家。他说："我不愿谈罴渔教出来的学生，如郑板桥所说，对案至不能就一札！"他大概很会教书，经他教过的学生，不通的很少。

谈老先生知道高家很穷，他教高先生书，不受修金。每回高先生的母亲封了节敬送去，谈老先生必亲自上门退回，说：

"老嫂子，我与高鹏的父亲是贫贱之交，总角之交，你千万不要这样！我一定格外用心地教他，不负故人。高鹏的天资，虽只是中上，但很知发愤。他深知先人为他取的名、字的用意。他的诗文都很有可观，高氏有子矣。北溟之鹏终将徙于南溟。高了，不敢说。青一衿，我看，如拾芥耳。我好歹要让他中一名秀才。"

果然，高先生在十六岁的时候，高高地中了一名秀才。众人说：高家的风水转了。

不想，第二年就停了科举。

废科举，兴学校，这个小县城里增添了几个疯子。有人投河跳井，有人跑到明伦堂②去痛哭。就在高先生所住的东街的最东头，有一姓徐的呆子。这人不知应考了多少次，到头来还是一个白丁。平常就有点迁迁磨磨，颠颠倒倒。说起话满嘴之乎者也。他老婆骂他："晚饭米都没得一颗，还你妈的之乎——

者也！”徐呆子全然不顾，朗吟道：“之乎者也矣焉哉，七字安排好秀才！”自从停了科举，他又添了一宗新花样。每逢初一、十五，或不是正日，而受了老婆的气，邻居的奚落，他就双手捧了一个木盘，盘中置一香炉，点了几根香，到大街上去背诵他的八股窗稿。穿着油腻的长衫，趿着破鞋，一边走，一边念。随着文气的起承转合，步履忽快忽慢；词句的抑扬顿挫，声音时高时低。念到曾经业师浓圈密点的得意之处，摇头晃脑，昂首向天，面带微笑，如醉如痴，仿佛大街上没有一个人，天地间只有他的字字珠玑的好文章。一直念到两颊绯红，双眼出火，口沫横飞，声嘶气竭。长歌当哭，其声冤苦。街上人给他这种举动起了一个名字，叫做“哭圣人”。

他这样哭了几年，一口气上不来，死在街上了。

高北溟坐在百年老屋之中，常常听到徐呆子从门外哭过来，哭过去。他恍恍惚惚觉得，哭的是他自己。

功名道断，高北溟怎么办呢？

头二年，他还能靠笔耕生活。谈先生还没有死。有人求谈先生的文字，碑文墓志，寿序挽联，谈先生都推给了高先生。所得润笔，尚可饘粥。谈先生寿终，高北溟缌麻服孝，尽礼致哀，写了一篇长长的祭文，泣读之后，忧心如焚。

他也曾像他的祖父和父亲一样，开设私塾教几个小小蒙童，教他们读三（字经）、百（家姓）、千（字文），《幼学琼林》、《龙文鞭影》。然而除了少数极其守旧的人家，都已经把孩子送进学校了。他也曾挂牌行医看眼科。谈甓渔老先生的祖上本是眼科医生。他中举之后，还偶尔为人看眼疾。他劝高鹏也看看眼科医书，给他讲过平热泻肝之道。万一功名不就，也有一技之长，能够糊口。可是城里近年害眼的不多。有患赤红火眼的，多半到药店里买一副鹅翎眼药（装在一根鹅毛翎管里的红色的眼药），清水化开，用灯草点进眼内，就好了。眼科，不像"男妇内外大小方脉"那样有"走时"的时候。文章不能锅里煮，百无一用是书生，一家四口，每天至少要升半米下锅，如之何？如之何？

正在书空咄咄，百无聊赖，有一个平素很少来往的世交沈石君来看他。沈石君比高北溟大几岁，也曾跟谈甓渔读过书，开笔成篇以后，到苏州进了书院。书院改成学堂，革命、"光复"……他就成了新派，多年在外边做事。他有志办教育，在省里当督学。回乡视察了几个小学之后，拍开了高家的白木板门。他劝高北溟去读两年简易师范，取得一个资格，教书。

读师范是被人看不起的。师范不收学费，每月还可有伙食津贴，师范生被人称为"师范花子"，但这在高北溟是一条可行的路，虽然现在还来入学读书，岁数实在太大些了。好在同学中年纪差近的也还有，而且"简师"只有两年，一晃也就过去了。

简师毕业，高先生在"五小"任教。

高先生有了职业，有了虽不丰厚但却可靠的收入，可以免于冻饿，不致像徐呆子似的死在街上了。

按规定，简师毕业，只能教初、中年级，因为高先生是谈麟渔的高足，中过秀才，声名籍籍，叫他去教"大狗跳，小狗叫，大狗跳一跳，小狗叫一叫"，实在说不过去，因此，破格担任了五、六年级的国文。即使是这样，当然也还不能展其所长，尽其所学。高先生并不意满志得。然而高先生教书是认真的。讲课、改作文，郑重其事，一丝不苟。

同事起初对他很敬重，渐渐地在背后议论起来，说这个人的脾气很"方"。是这样。高先生落落寡合，不苟言笑，不爱闲谈，不喜交际。他按时到校，到教务处和大家略点一点头，拿了粉笔、点名册就上教室。下了课就走。有时当中一节没有课，就坐在教务处看书。小学教师的品类也很杂。有正派的教师；也有头上涂着司丹康、脸上搽着雪花膏的纨绔子弟；戴着瓜皮秋帽、留着小胡子，琵琶襟坎肩的纽子挂着青天白日徽章，一说话不停地挤鼓眼的幕僚式的人物。他们时常凑在一起谈牌经，评"花榜"③，交换庸俗无聊的社会新闻，说猥亵下流的荤笑话。高先生总是正襟危坐，不作一声。同事之间为了"联络感情"，时常轮流做东，约好了在星期天早上"吃早茶"。这地方"吃早茶"不是喝茶，主要是吃各种点心——蟹肉包子、火腿烧麦、冬笋蒸馒、脂油千层糕。还可叫一个三鲜煮干丝，小酌两杯。这种聚会，高先生概不参加。小学校的人事说简单也简单，说复杂也挺复杂。教员当中也有派别，为了一点小小私利，排挤倾轧，勾心斗角，飞短流长，造谣中伤。这些派别之间的明暗斗争，又与地方上的党政权势息息相关，且和省中当局遥相呼应。千丝万缕，变幻无常。高先生对这种派别之争，从不介入。有人曾试图对他笼络（高先生素负文名，受人景仰，拉过来是个"实力"），被高先生冷冷地拒绝了。他教学生，也是因材施教，无所阿私，只看品学，不问家庭。每一班都有一两个他特别心爱的学生。高先生看来是个冷面寡情的人，其实不是这样，只是他对得意的学生的喜爱不形于色，不像有些婆婆妈妈的教员，时常摸着学生的头，拉着他的手，满脸含笑，问长问短。他只是把他的热情倾注在教学之中。他讲书，眼睛首先看着这一两个学生，看他们领会了没有。改作文，改得特别仔细。听这一两个学生回讲课文，批改他们的作文课卷，是他的一大乐事。只有在这样的时候，他觉得不负此生，做了一点有意义的事。对于平常的学生，他亦以平常的精力对待之。对于资质顽劣，不守校规的学生，他常常痛加训斥，不管他的爸爸是什么局长还是什么党部委员。有些话说得比较厉害，甚至侵及他们的家长。因这些，校中同事不喜欢他，又有点怕他。他们为他和自己的不同处而忿忿不平，说他是自命清高，沽名钓誉，不近人情，有的干脆说："这是绝户脾气！"

高先生没有儿子，只有两个女儿。

高先生性子很急，爱生气。生起气来不说话，满脸通红，脑袋不停地剧烈地摇动。他家世寒微，资格不高，故多疑。有时别人说了一两句不中听的话，或有意，或无意，高先生都会多心。比如有的教员为一点不顺心的事而牢骚，说："家有三担粮，不当孩子王！我祖上还有几亩薄田，饿不死。不为五斗米折腰，我辞职，不干了！"——"老子不是那不花钱的学校毕业的，我不受这份窝囊气！"高先生都以为这是敲打他，他气得太阳穴的青筋都绷起来了。看样子他就会拍桌大骂，和人吵一架，然而他强忍下了，他只是不停地剧烈地摇着脑袋。

高先生很孤僻，不出人情，不随份子，几乎与人不通庆吊。他家从不请客，他也从不赴宴。他教书之外，也还为人写寿序，撰挽联，委托的人家照例都得请请他。知单④送到，他照例都在自己的名字下书一"谢"字。久而久之，都知道他这脾气，也就不来多此一举了。

他不吃烟，不饮酒，不打牌，不看戏。除了学校和自己的家，哪里也不去。每天他清早出门，傍晚回家。拍拍白木的板门，过了一会，门开了。进门是一条狭长的过道，砖缝里长着扫帚苗，苦艾，和一种名叫"七里香"其实是闻不出什么气味，开着蓝色的碎花的野草，有两个黄蝴蝶寂寞地飞着。高先生就从这些野草丛中踏着沉重的步子走进去，走进里面一个小门，好像走进了一个深深的洞穴，高大的背影消失了。木板门又关了，把门上的一副春联关在外面。

高先生家的春联都是自撰的，逐年更换。不像一般人家是迎祥纳福的吉利话，都是述怀抱、舒愤懑的词句，全城少见。

这年是辛未年，板门上贴的春联嵌了高先生自己的名、字：

辛夸高岭桂
未徙北溟鹏

也许这是一个好兆，"未徙"者"将徙"也。第二年，即壬申年，高北溟竟真的"徙"了。

这县里有一个初级中学。除了初中，还有一所初级师范，一所女子师范，都是为了培养小学师资的。只有初中生，是准备将来出外升学的，因此这初中俨然是本县的最高学府。可是一向办得很糟。名义上的校长是李三麻子，根本不来视事。教导主任张维谷（这个名字很怪）是个出名的吃白食的人。他有几句名言："不愿我请人，不愿人请我，只愿人请人，当中有个我"。人品如此，学问可知。数学教员外号"杨半本"，他讲代数、几何，从来没有把一本书讲完过，大概后半本他自己也不甚了了。历史教员姓居，是个律师，学问还不如高尔础。他讲唐代的艺术一节，教科书上说唐代的书法分"方笔"和"圆笔"，他竟然望文生义，说方笔的笔杆是方的，圆笔的笔杆是圆的。连初中的孩子略想一想，也觉得无此道理。一个学生当时就站起来问："笔杆是方的，那么笔头是不是也是方的呢？"这帮学混子简直是在误人子弟。学生家长，意见很大。到了暑假，学生闹了一次风潮（这是他们第一次参加的"学潮"）。事情还是从居大律师那里引起的。平日，学生在课堂上有什么不明白的问题问他，他的回答总是"书上有"。到学期考试时，学生搞了一次变相的罢考。卷子发下来，不到五分钟，一个学生以关窗为号，大家一起把卷子交了上去，每道试题下面一律写了三个字："书上有"！张维谷及其一伙，实在有点"维谷"，混不下去了。

教育局长不得不下决心对这个学校进行改组，——否则只怕连他这个局长也坐不稳。

恰好沈石君因和厅里一个科长意见不合，愤而辞职，回家闲居，正在四处写信，托人找事，地方上人挽他出山来长初中。沈石君再三推辞，禁不住不断有人踵门劝说，也就答应了。他只提出一个条件：所有教员，由他决定。教育局长沉吟了一会，说："可以。"

沈石君是想有一番作为的。他自然要考虑各种关系，也明知局长的口袋里装了几个人，想往初中里塞，不得不适当照顾，但是几门主要课程的教员绝对不能迁就。

国文教员，他聘了高北溟。许多人都感到意外。

高先生自然欣然同意。他谈了一些他对教学的想法。沈石君认为很有道理。

高先生要求"随班走"。教一班学生，从初一教到初三，一直到送他们毕业，考上高中。他说别人教过的学生让他来教，如垦生荒，重头来起，事倍功半。教书教人，要了解学生，知己知彼。不管学生的程度，照本宣科，是为瞎教。学生已经懂得的，再来教他，是白费；暂时不能接受的，勉强教他，是徒劳。他要看着、守着他的学生，看到他是不是一月有一月的进步，一年有一年的进步。如同注水入瓶，随时知其深浅。他说当初谈老先生就是这样教他的。

他要求在部定课本之外，自选教材。他说教的是书，教书是高北溟。"只有我自己熟读，真懂，我所喜爱的文章，我自己为之感动过的，我才讲得好。"他强调教材要有一定的系统性，要有重点。他也讲《苛政猛于虎》、《晏子使楚》、《项羽本纪》、《出师表》、《陈情表》、韩、柳、欧、苏。集中地讲的是白居易、归有光、郑板桥。最后一学期讲的是朱自清的《背影》、都德的《磨坊文札》。他好像特别喜欢归有光的文章。一个学期内把《先妣事略》、《项脊轩志》、《寒花葬志》都讲了。他要把课堂讲授和课外阅读结合起来。课上讲了《卖炭翁》、《新丰折臂翁》，同时把白居易的新乐府全部印发给学生。讲了一篇《潍县署中寄弟墨》，把郑板桥的几封主要的家书、道情和一些题画的诗也都印发下去。学生看了，很有兴趣。这种做法，在当时的初中国文教员中极为少见。他选的文章看来有一个标准：有感慨，有性情，平易自然。这些文章有一个贯串性的思想倾向，这种倾向大体上可以归结为：人道主义。

他非常重视作文。他说学国文的最终的目的，是把文章写通。学生作文他先眉批一道，指出好处和不好处，发下去由学生自己改一遍，或同学间互相改；交上来，他再改一遍，加点批，再发给学生，让学生自己誊一遍，留起来；要学生随时回过头来看看自己的文章。他说，作文要如使船，撑一篙是一篙，作一篇是一篇。不能像驴转磨，走了三年，只在磨道里转。

为了帮助学生将来升学，他还自编了三种辅助教材。一年级是《字形音义辨》，二年级是《成语运用》，三年级是《国学常识》。

在县立初中读了三年的学生，大部分文字清通，知识丰富，他们在考高中，甚至日后在考大学时，国文分数都比较高，是高先生给他们打下的底子。更重要的是他们学会了欣赏文学——高先生讲过的文章的若干片段，许多学生过了三十年还背得；他们接受了高先生通过那些选文所传播的思想——人道主义，影响到他们一生的立身为人。呜呼，先生之泽远矣！

（玻璃一样脆亮的童声高唱着。瓦片和树叶都在唱。）

高先生的家也搬了。搬到老屋对面的一条巷子里。高先生用历年的积蓄，买了一所小小的四合院。房屋虽也旧了，但间架砖木都还结实。天井里花木扶疏，苔痕上阶，草色入帘，很是幽静。

高先生这几年心境很好，人也变随和了一些。他和沈石君以及一般同事相处甚得。沈石君每年暑假要请一次客，对校中同仁表示慰劳，席间也谈谈校务。高先生是不须催请，早早就到的。他还备了几样便菜，约几个志同道合的教员，在家里赏荷小聚。（五小的那位师爷式的教员听到此事，编了一条歇后语："高北溟请客——破天荒"。）这几年，很少看到高先生气得脑袋不停的剧烈地摇动。

高先生有两件心事。

一件是想把谈老师的诗文刻印出来。

谈老先生死后，后人很没出息，游手好闲，坐吃山空，几年工夫，把谈先生挣下的家业败得精光，最后竟至靠拆卖房屋的破瓦维持生活。谈老先生的宅第几乎变成一片瓦砾，旧池乔木，荡然无存。门楼倒还在，也破落不堪了。供轿夫休息的长凳早没有了，剩了一个空空的架子。里面有一算卦的摆了一个卦摊。条桌上放着签筒。桌前系着桌帏，白色的圆"光"里写了四个字："文王神课"。算卦的伏在桌上打盹。这地方还叫做

"谈家门楼"。过路人走过，都有不胜今昔之感，觉得沧海桑田，人生如梦。

谈老先生的哲嗣名叫幼渔。到无米下锅时，就到谈先生的学生家去打秋风。到了高北溟家，高先生总要周济他一块、两块、三块、五块。总不让他空着手回去。每年腊月，还得为他准备几斗米，一方腌肉，两条风鱼，否则这个年幼渔师弟过不去。

高北溟和谈先生的学生周济谈幼渔，是为了不忘师恩，是怕他把谈先生的文稿卖了。他已经几次要卖这部文稿。买主是有的，就是李三麻子（此人老而不死）。高先生知道，李三麻子买到文稿，改头换面，就成了他的著作。李三麻子惯于欺世盗名，这种事干得出。李三麻子出价一百，告诉幼渔，稿到即付。

高先生狠了狠心，拿出一百块钱，跟谈幼渔把稿子买了。

想刻印，却很难。松华斋可以铅印，尚古房可以雕板。问了问价钱，都贵得吓人，为高北溟力所不及。稿子放在架上，逐年摊晒。高先生觉得对不起老师，心里很不安。

另一件心事是女儿高雪的前途和婚事。

高先生的两个女儿，长名高水，次名高雪。

高雪从小很受宠，一家子都惯她，很娇。她用的东西都和姐姐不一样。姐姐夏天穿的衣是府绸的，她穿的是湖纺。姐姐穿白麻纱袜，她却有两条长筒丝袜。姐姐穿自己做的布鞋，她却一会是"千底一带"，一会是白网球鞋，并且在初中二年级就穿了从上海买回来的皮鞋。姐姐不嫉妒，倒说："你的脚好看，应该穿好鞋。"姐姐冬天烘黄铜的手炉，她的手炉是白铜的。姐姐扇细芭蕉扇，她扇檀香扇。东西也一样。吃鱼，脊梁、肚皮是她的（姐姐吃鱼头、鱼尾，且说她爱吃），吃鸡，一只鸡腿归她（另一只是高先生的）。她还爱吃陈皮梅、嘉应子、橄榄。她一个人吃。家务事也不管。扫地、抹桌、买菜、煮饭，都是姐姐。高起兴来，打了井水，把家里什么都洗一遍，砖地也洗一遍，大门也洗一遍，弄得家里水漫金山，人人只好缩着脚坐在凳子上。除了自己的衣服，她不洗别人的。被褥帐子，都是姐姐洗。姐姐在天井里一大盆一大盆，洗得汗马淋漓，她却躺在高先生的藤椅上看《茵梦湖》。高先生的藤椅，除了她，谁也不坐，这是一家之主的象征。只有一件事，她乐意做：浇花。这是她的特权，别人不许浇。

高先生治家很严，高师母、高水都怕他。只有对高雪，从未碰过一指头。在外面生了一点气，回来看看这个"欢喜团"，气也就消了。她要什么，高先生都依她。只有一次例外。

高雪初三毕业，要升学（高水没有读中学，小学毕业，就在本城读了女师，已经在教书）。她要考高中，将来到北平上大学。高先生不同意，只许她报师范。高雪哭，不吃饭。妈妈和姐姐坐在床前轮流劝她。

"不要这样。多不好。爸爸不是不想让你向高处飞，爸爸没有钱。三年高中，四年大学，路费、学费、膳费、宿费，得好一笔钱。"

"他有钱！"

"他哪有钱呀！"

"在柜子里锁着！"

"那是攒起来要给谈老先生刻文集的。"

"干嘛要给他刻！"

"这孩子，没有谈老先生，爸爸就没有本事。上大学呢！你连小学也上不了。知恩必报，人不能无情无义。"

"再说那笔钱也不够你上大学。好妹妹，想开一点。师范毕业，教两年，不是还可以考大学吗？你自己攒一点，没准爸爸这时候收入会更多一些。我跟爸爸说说，我挣的薪水，一半交家里，一半给你存起来，三四年下来，也是个数目。"

"你不用？"

"我？——不用！"

高雪被姐姐的真诚感动了，眼泪晶晶的。

姐姐说得也有理。国民党教育部有个规定，师范毕业，教两年小学，算是补偿了师范三年的学杂费，然后可以考大学。那时大学生里岁数大，老成持重的，多半曾是师范生。

"快起来吧！不要叫爸爸心里难过。你看看他：整天不说话，脑袋又不停地摇了。"

高雪虽然娇纵任性，这点清清楚楚的事理她是明白的。她起来洗洗脸，走到书房里，叫了一声：

"爸爸！"

并盛了一碗饭，用茶水淘淘，就着榨菜，吃了。好像吃得很香。

高先生知道女儿回心转意了，他心里倒酸溃溃的，很不好受。

高雪考了苏州师范。

高雪小时候没有显出怎么好看。没有想到，女大十八变，两三年工夫，变成了一个美人。每年暑假回家，一身白。白旗袍（在学校只能穿制服：白上衣，黑短裙），漂白细草帽，白纱手套，白丁字平跟皮鞋。丰姿楚楚，行步婀娜，态度安静，顾盼有光。不论在火车站月台上，轮船甲板上，男人女人都朝她看。男人看了她，敞开法兰绒西服上衣的扣，露出新买的时式领带，频频回首，自作多情。女的看了她，从手提包里取出小圆镜照照自己。各依年貌，生出不同的轻轻感触。

她在学校里唱歌、弹琴，都很出色。唱的歌是《茶花女》的《饮酒歌》，弹的是肖邦的小夜曲。

她一回本城，城里的女孩子都觉得自己很土。她们说高雪有一种说不出来的派头。

有女儿的人说："高北溟生了这样一个女儿，这个爸爸当得过！"

任何小城都是有风波的。因为省长易人，直接影响到这个小县的人事。县长、党部、各局，统统来了一个大换班。公职人员，凡靠领薪水吃饭的，无不人心惶惶。

一县的人事更代，自然会波及到县立初中。

三十几个教育界人士，联名写信告了沈石君。一式两份，分送厅、局。执笔起草的就是居大律师。他虽分不清方笔、圆笔，却颇善于刀笔。主要的罪名是："把持学政，任用私人，倡导民主，宣传赤化"。后两条是初中图书馆里买了鲁迅、高尔基的书，订了《生活周刊》，"纪念周"上讲时事。"任用私人"牵涉到高北溟。信中说："简师毕业，而教中学，纵观全国，无此特例。只为同门受业，不惜破格躐等，遂使寰城父老疾首，而令方帽学士寒心。"指摘高北溟的教学是"不依规矩，自作主张，藐视部厅，搅乱学制"。

有人把这封信的底稿抄了一份送给沈石君。沈石君看了，置之一笑。他知道这个初中校长的位置，早已有人觊觎，自厅至局，已经内定。这封控告信，不过是制造一个查办的口实。此种官场小伎俩，是三岁小儿都知道的。和这些人纠缠，味同嚼蜡。何况他已在安徽找到事，毫无恋栈之心。为了给当局一个下马台阶，彼此不伤和气，他自己主动递了一封辞职书。不两天，批复照准。继任校长，叫尹同霖，原是办党务的。——

新换上的各局首脑也都是清一色，是县党部的委员。这一调整充分体现了"以党治国"精神。没有等办理交代，尹同霖先来拜会了沈石君，这是给他一个很大的面子，免得彼此心存芥蒂。尹同霖问沈石君有什么托咐，沈石君只希望他能留高北溟。尹同霖满口答应。

沈石君束装就道之前，来看了高北溟，说他已和同霖提了，这点面子料想他会给的，他叫高北溟不要另外找事，安心在家等聘书。

不料，快开学了，聘书还不下来。同时，却收到第五小学的聘书。聘书后盖着五小新校长的签名章：张维谷。这是怎么回事呢？他并未向张维谷谋过职呀。

高先生只得再回五小去教书。

高先生到教务处看看，教员大半还是熟人。他和大家点点头，拿了粉笔、点名册往教室里走。纨绔子弟和幕僚在他身后努努嘴，演了一出双簧。一个说："好马不吃回头草"，一个说："前度刘郎今又来"。高北溟只当没有听见。

五年级有一个学生叫申潜，是现任教育局长的儿子，异常顽劣，上课时常捣乱。有一次他乘高先生回身写黑板时，用弹弓纸弹打人，一弹打在高先生的后脑勺上。高先生勃然大怒，把他训斥了一顿。不想申潜毫不认错，反而睃着眼睛看着高先生，眼睛里充满了鄙视。他没有说一句话，但是高先生从他的眼睛里清清楚楚听得到："你有什么了不起！我爸爸动一动手指头，你们的饭碗就完蛋！"高先生狂吼起来："你仗你老子的势！你们！你们这些党棍子，你们欺人太甚！"他的脑袋剧烈地摇动起来。一堂学生被高先生的神气吓呆了，鸦雀无声。

谈羹渔的文稿没有刻印出来。永远也没有刻印出来的希望了。

高雪病了。

按规定，师范毕业，还要实习一年，才能正式任教。高雪在实习一年的下学期，发现自己下午潮热（同学们都看出她到下午两颊微红，特别好看），夜间盗汗，浑身没有力气。撑到学期终了，回了家，高师母知道女儿病状，说是："可了不得！"这地方讳言这种病的病名，但是大家心里都明白。高先生请了汪厚基来给高雪看病。

汪厚基是高先生最喜欢的学生，说他"绝顶聪明"。他从一年级到六年级，各门功课都是全班第一。全县的作文比赛，书法比赛，他都是第一名。他临毕业的那年，高先生为人撰了一篇寿序。经寿翁的亲友过目之后，大家商量请谁来写。高先生一时高兴，推荐了他这个得意的学生。大家觉得叫一个孩子来写，倒很别致，而且可以沾一沾返老还童的喜气，就说不妨一试。汪厚基用多宝塔体写了十六幅寿屏，字径二寸，笔力饱满。张挂起来，满座宾客，无不诧为神童。高先生满以为这个学生一定会升学，将来一定会出人头地。他家里开爿米店，家道小康，升学没有多大困难。不想他家里决定叫他学医——学中医。高先生听说，废书而叹，连声说："可惜，可惜！"

汪厚基跟一个姓刘的老先生学了几年，在东街赁了一间房，挂牌行医了。他看起来完全不像个中医。中医宜老不宜少，而且最好是行动蹒跚，相貌奇古，这样病家才相信。东街有一个老中医就是这样。此人外号李花脸，满脸的红记，一年多半穿着紫红色的哆啰呢夹袍，黑羽纱马褂，说话是个囔鼻儿，浑身发出樟木气味，好像才从樟木箱子里拿出来。汪厚基全不是这样，既不弯腰，也不驼背，英俊倜傥，衣着入时，像一个大学毕业生。他开了方子，总把笔套上。——中医开方之后，照例不套笔，这是一种迷信，套了笔以后就不再有人找他看病了。汪厚基不管这一套，他会写字，爱笔。他这个中医还订了好几份杂志，并且还看屠格涅夫的小说。这些都是对行医不利的。但是也许沾了"神童"的名誉的光，请他看病的不少，收入颇为可观。他家里觉得叫他学医这一步走对了。

他该成家了。来保媒的一年都有几起。汪厚基看不上。他私心爱慕着高雪。

他和高雪小学同班。两家住得不远。上学，放学，天天一起走，小时候感情很好。街上的野孩子有时欺负高雪，向她扔土坷垃，汪厚基就给她当保镖。他还时常做高雪掉在河里，他跳下去把她救起来这样的英雄的梦。高雪读了初中，师范，他看她一天比一天长得漂亮起来。隔几天看见她，都使他觉得惊奇。高雪上师范三年级时，他曾托人到高家去说媒。

高师母是很喜欢汪厚基的。高水说："不行！妹妹是个心高的人，她要飞到很远的地方去。她要上大学。她不会嫁一个中医。妈，您别跟妹妹说！"高北溟想了一天，对媒人说："高雪还小。她还有一年实习，再说吧。"媒人自然知道，这是一种委婉的推托。

汪厚基每天来给高雪看病。汪厚基觉得这是一种福。高雪也很感激他。看了病，汪厚基常坐在床前，陪高雪闲谈。他们谈了好多小时候的事，彼此都记得那么清楚。高雪一天一天地好起来了。

高雪病愈之后，就在本县一小教书，——她没有能在外地找到事。她一面补习功课，准备考大学。

接连考了两年，没有考取。

第三年，七七事变、抗日战争爆发，她所向往的大学，都迁到了四川、云南。日本人占领了江南，本县外出的交通断了。她想冒险通过敌占区，往云南、四川去。全家人都激烈反对。她只好在这个小城里困着。

高雪的岁数一年比一年大，该嫁人了。多少双眼睛都看着她。她老不结婚，大家就都觉得奇怪。城里渐渐有了一些流言。

轻嘴薄舌的人很多。对一个漂亮的少女，有人特别爱用自己肮脏的舌头来糟蹋她，话说得很难听，说她外面有人，还说……唉，别提这些了吧。

高雪在学校是经常收到情书。有的摘录了李后主、秦少游的词，满纸伤感惆怅。有的抄了一些外国诗。有一位抄了一大段拜伦的情诗的原文，害得她还得查字典。这些信大都也有一点感情，但又都不像很认真。高雪有时也回信，写的也是一些虚无缥缈的话。她并没有一个真正的情人。

本县的小学里不断有人向她献殷勤，她一个也看不上，觉得他们讨厌。

汪厚基又托媒人来说了几次媒，都被用不同的委婉言词拒绝了。——每次家里问高雪，她都是摇摇头。

一次又一次，高家全家的心都活了，连高水也改变了态度。她和高雪谈了半夜。

"行了吧。汪厚基对你是真心。他说他非你不娶，是实话。他脾气好，一定会对你很体贴。人也不俗。你们不是也还谈得来么？你还挑什么呢？你想要一个什么人？你想要的，这个县城里没有！妹妹，你不小了。听姐姐话，再拖下去，你真要留在家里当老姑娘？这是命，你心高命薄。退一步看，想宽一点。花开堪折直须折，莫待无花空折枝呀……"

高雪一直没有说话。

高雪同意和汪厚基结婚了。婚后的生活是平静的。汪厚基待高雪，真是含在口里怕她化了，体贴到不能再体贴。每天下床，都是厚基给她穿袜子，穿鞋。她梳头，厚基在后面捧着镜子。天凉了，天热了，厚基早给她把该换的衣服找出来放着。嫂子们常常偷偷在窗外看这小两口的无穷无尽的蜜月新婚，抿着嘴笑。

然而高雪并不快乐，她的笑总有点凄凉。半年之后，她病了。

汪厚基自己给她看病，亲自到药店去抓药，亲自煎药，还亲自尝一尝。他把全部学识都拿了出来了。然而高雪的病没有起色。他把全城同行名医，包括几个西医，都请来给高雪看病。可是大家都说不出一个所以然，连一个准病名都说不出，一人一个说法。一个西医说了一个很长的拉丁病名，汪厚基请教是什么意思，这位西医说："忧郁症"。

病了半年，百药罔效，高雪瘦得剩了一把骨头。厚基抱她起来，轻得像一个孩子。高雪觉得自己不行了，叫厚基给她穿衣裳。衣裳穿好了，袜子也穿好了，高雪微微皱了皱眉，说左边的袜跟没有拉平。厚基给她把袜跟拉平了，她用非常温柔的眼光看着厚基，说："厚基，你真好！"随即闭了眼睛。

汪厚基到高先生家去报信。他详详细细叙说了高雪临死的情形，说她到最后还很清醒，"我给她穿袜子，她还说左边的袜跟没有拉平。"高师母忍不住，到房里坐在床上痛哭。高水的眼泪不断流出来，喊了一声："妹妹，你想飞，你没有飞出去呀！"高先生捶着书桌说："怪我！怪我！怪我！"他的脑袋不停地摇动起来。——高先生近年不只在生气的时候，只要感情一激动，就摇脑袋。

汪厚基把牌子摘了下来，他不再行医了。"我连高雪的病都看不好，我还给别人看什么？"这位医生对医药彻底发生怀疑："医道，没有用！——骗人！"他变得有点傻了，遇见熟人就说："她到最后还很清醒，我给她穿袜子，她还说左边袜跟没有拉平……"他不知道，他已经跟这人说过几次了。他的眼光呆滞，反应也很迟钝了。他的那点聪明灵气已经全部消失。他整天无所事事，一起来就到处乱走。家里人等他吃饭，每回看不见他，一找，他都在高雪的坟旁坐着。

高先生已经死了几年了。

五小的学生还在唱：

> 西挹神山爽气，
> 东来邻寺疏钟……

墓草萋萋，落照昏黄，歌声犹在，斯人邈矣。

高先生在东街住过的老屋倒塌了，临街的墙壁和白木板门倒还没有倒。板门上高先生写的春联也还在。大红朱笺被风雨漂得几乎是白色的了，墨写的字迹却还很浓，很黑。

辛夸高岭桂

未徙北溟鹏

一九八一年八月四日于青岛黄岛

注释

① 本篇原载《北京文学》1981 年第十期；初收《晚饭花集》，人民文学出版社，1985 年 3 月。

② 明伦堂是孔庙的正殿，供着至圣先师的牌位。

③ 把城中妓女加以品评，定出状元、榜眼、探花、一甲、二甲，在小报上公布，谓之"花榜"。嫖客中的才子同时还写了一些很香艳的诗来咏这些"花"。

④ 请客的单子，上面开列了要请的客。被请的人如在自己的姓名下写"敬陪末座"或一"知"字，即表示准时赴席；写一"谢"字是表示不到。

八 千 岁[①]

据说他是靠八千钱起家的，所以大家背后叫他八千岁。八千钱是八千个制钱，即八百枚当十的铜元。当地以一百铜元为一吊，八千钱也就是八吊钱。按当时银钱市价，三吊钱兑换一块银元，八吊钱还不到两块七角钱。两块七角钱怎么就能起了家呢？为什么整整是八千钱，不是七千九，不是八千一？这些，谁也不去追究，然而死死地认定了他就是八千钱起家的，他就是八千岁！

他如果不是一年到头穿了那样一身衣裳，也许大家就不会叫他八千岁了。他这身衣裳，全城无二。无冬历夏，总是一身老蓝布。这种老蓝布是本地土织，本地的染坊用蓝靛染的。染得了，还要由一个师傅双脚分叉，站在一个 U 字形的石碾上，来回晃动，加以碾砑，然后摊在河边空场上晒干。自从有了阴丹士林，这种老蓝布已经不再生产，乡下还有时能够见到，城里几乎没有人穿了。蓝布长衫，蓝布夹袍，蓝布棉袍，他似乎做得了这几套衣服，就没有再添置过。年复一年，老是这几套。有些地方已经洗得露了白色的经纬，而且打了许多补丁。衣服的款式也很特别，长度一律离脚面一尺。这种才能盖住膝盖的长衫，从前倒是有过，叫做"二马裾"。这些年长衫兴长，穿着拖齐脚面的铁灰洋绉时式长衫的年轻的"油儿"，看了八千岁的这身二马裾，觉得太奇怪了。八千岁有八千岁的道理，衣取蔽体，下面的一截没有用处，要那么长干什么？八千岁生得大头大脸，大鼻子大嘴，大手大脚，终年穿着二马裾，任人观看，心安理得。

他的儿子跟他长得一模一样，只是比他小一号，也穿着一身老蓝布的二马裾，只是老蓝布的颜色深一些，补丁少一些。父子二人在店堂里一站，活脱是大小两个八千岁。这就更引人注意了。八千岁这个名字也就更被人叫得死死的。

大家都知道八千岁现在很有钱。

八千岁的米店看起来不大，门面也很暗淡。店堂里一边是几个米囤子，囤里依次分别堆积着"头糙"、"二糙"、"三糙"、"高尖"。头糙是只碾一道，才脱糠皮的糙米，颜色紫红。二糙较白。三糙更白。高尖则是雪白发亮几乎是透明的上好精米。四个米囤，由红到白，各有不同的买主。头糙卖给挑箩把担卖力气的，二糙三糙卖给住家铺户，高尖只少数高门大户才用。一般人家不是吃不起，只是觉得吃这样的米有点"作孽"。另外还有两个小米囤，一囤糯米；一囤晚稻香粳——这种米是专门煮粥用的。煮出粥来，米长半寸，颜色浅碧如碧螺春茶，香味浓厚，是东乡三垛特产，产量低，价极昂。这两种米平常是没有人买的，只是既是米店，不能不备。另外一边是柜台，里面有一张账桌，几把椅子。柜台一头，有一块竖匾，白地子，上漆四个黑字，道是："食为民天"。竖匾两侧，贴着两个字条，是八千岁的手笔。年深日久，字条的毛边纸已经发黑，墨色分外浓黑。一边写的是"僧道无缘"，一边是"概不做保"。这地方每年总有一些和尚来化缘（道士似无化缘一说），背负一面长一尺、宽五寸的木牌，上画护法韦驮，敲着木鱼，走到较大铺户之前，总可得到一点布施。这些和尚走到八千岁门前，一看"僧道无缘"四个字，也就很知趣地走开了。不但僧道无缘，连叫花子也"概不打发"。叫花子知道不管怎样软磨硬泡，也不能从八千岁身上拔下一根毛来，也就都"别处发财"，省得白费工夫。中国不知从什么时候兴了铺保制度。领营业执照、向银行贷款，取一张"仰沿路军警一体放行，妥加保护"的出门护照，甚至有些私立学校填写入学志愿书，都要有两家"殷实铺保"。吃了官司，结案时要"取保释放"。因此一般"殷实"一些的店铺就有为人做保的义务。铺保不过是个名义，但也有时惹下一些麻烦。有的被保的人出了问题，官方警方不急于追究本人，却跟做保的店铺纠缠不休，目的无非是敲一笔竹杠。八千岁可不愿惹这种麻烦。"僧道无缘"、"概不做保"的店铺不止八千岁一家，然而八千岁如此，就不免引起路人侧目，同行议论。

八千岁米店的门面虽然极不起眼，"后身"可是很大。这后身本是夏家祠堂。夏家原是望族。他们聚族而居的大宅子的后面有很多大树，有合抱的大桂花，还有一湾流水，景色幽静，现在还被人称为夏家花园，但房屋已经残破不堪了。夏家败落之后，就把祠堂租给了八千岁。朝南的正屋里一长溜祭桌上还有许多夏家的显考显妣的牌位。正屋前有两棵柏树。起初逢清明，夏家的子孙还来祭祖，这几年来都不来了，那些刻字涂金的牌位东倒西歪，上面落了好多鸽子粪。这个大祠堂的好处是房屋都很高大，还有两个极大的天井，都是青砖铺的。那些高大房屋，正好当作积放稻子的仓廒，天井正好翻晒稻子。祠堂的侧门临河，出门就是码头。这条河四通八达，运粮极为方便。稻船一到，侧门打开，稻子可以由船上直接挑进仓里，这可以省去许多长途挑运的脚钱。

本地的米店实际是个粮行。单靠门市卖米，油水不大。一多半是靠做稻子生意，秋冬买进，春夏卖出，贱入贵出，从中取利。稻子的来源有二。有的是城中地主寄存的。这些人家收了租稻，并不过目，直接送到一家熟识的米店，由他们代为经营保管。要吃米时派个人去叫几担，要用钱时随时到柜上支取，年终结账，净余若干，报一总数。剩下的钱，大都仍存柜上。这些人家的大少爷，是连粮价也不知道的，一切全由米店店东经手。粮钱数目，只是一本良心账。另一来源，是店东自己收购的。八千岁每年过手到底有多少稻子，他是从来不说的，但是这瞒不住人。瞒不住同行，瞒不住邻居，尤其瞒不住挑夫的眼睛。这些挑夫给各家米店挑稻子，一眼估得出哪家的底子有多厚。他们说：八千岁是一只螃蟹，有肉都在壳儿里。他家仓廒里的堆稻的"窝积"挤得轧满，每一积都堆到屋顶。

另一件瞒不住人的事，是他有一副大碾子，五匹大骡子。这五匹骡子，单是那两匹大黑骡子，就是头三年花了八百现大洋从宋侉子手里一次买下来的。

宋侉子是个怪人。他并不侉。他是本城土生土长，说的也是地地道道的本地话。本地人把行为乖谬，悖乎常理，而又身材高大的人，都叫做侉子（若是身材瘦小，就叫做蛮子）。宋侉子不到二十岁就被人称为侉子。他也是个世家子弟，从小爱胡闹，吃喝嫖赌，无所不为；花鸟虫鱼，无所不好，还特别爱养骡子养马。父母在日，没有几年，他就把一点祖产挥霍得去

141

了一半。父母一死，就更没人管他了，他干脆把剩下的一半田产卖了，做起了骡马生意。每年出门一两次，到北边去买骡马。近则徐州、山东，远到关东、口外。一半是寻钱，一半是看看北边的风景，吃吃黄羊肉、狍子肉、鹿肉、狗肉。他真也养成了一派侉子脾气。爱吃面食。最爱吃山东的锅盔，牛杂碎，喝高粱酒。酒量很大，一顿能喝一斤。他买骡子买马，不多买，一次只买几匹，但要是好的。花很大的价钱买来，又以很大的价钱卖出。

他相骡子相马有一绝，看中了一匹，敲敲牙齿，捏捏后胯，然后拉着缰绳领起走三圈，突然用力把嚼子往下一拽。他力气很大，一般的骡马禁不起他这一拽，当时就会打一个趔趄。像这样的，他不要。若是纹丝不动，稳若泰山，当面成交，立刻付钱，二话不说，拉了就走。由于他这种独特的选牲口的办法和豪爽性格，使他在几个骡马市上很有点名气。他选中的牲口也的确有劲，耐使，里下河一带的碾坊磨坊很愿意买他的牲口。虽然价钱贵些，细算下来，还是划得来。

那一年，他在徐州用这办法买了两匹大黑骡子，心里很高兴，下到店里，自个儿蹲在炕上喝酒。门帘一掀，进来个人：

"你是宋老大？"

"不敢，贱姓宋。请教？"

"甭打听。你喝酒？"

"哎哎。"

"你心里高兴？"

"哎哎。"

"你买了两匹好骡子？"

"哎哎。就在后面槽上拴着。你老看来是个行家，你给看看。"

"甭看，好牲口！这两匹骡子我认得！——可是你带得回去吗？"

宋侉子一听话里有话，忙问：

"莫非这两匹骡子有什么弊病？"

"你给我倒一碗酒。出去看看外头有没有人。"

原来这是一个骗局。这两匹黑骡子已经转了好几个骡马市，谁看了谁爱，可是没有一个人能把它们带走。这两匹骡子是它们的主人驯熟了的，走出二百里地，它们会突然挣脱缰绳，撒开蹄子就往家奔，没有人追得上，没有人截得住。谁买的，这笔钱算白扔。上当的已经不止一个人。进来的这位，就是其中的一个。

"不能叫这个家伙再坑人！我教你个法子：你连夜打四副铁镣，把它们镣起来。过了清江浦，就没事了，再给它砸开。"

"多谢你老！"

"甭谢！我这是给受害的众人报仇！"

宋侉子把两匹骡子牵回来，来看的人不断。碾坊、磨坊、油坊、糟坊，都想买。一问价钱，就不禁吐了舌头："乖乖！"八千岁带着儿子小千岁到宋家看了看，心里打了一阵算盘。他知道宋侉子的脾气，一口价，当时就叫小千岁回去取了八百现大洋，一手交钱，一手交货，父子二人，一人牵了一匹，沿着大街，呱嗒呱嗒，走回米店。

这件事哄动全城。一连几个月，宋侉子贩骡子历险记和八千岁买骡子的壮举，成了大家茶余酒后的话题。谈论间自然要提及宋侉子荒唐怪诞的侉脾气和八千岁的二马裾。

每天黄昏，八千岁米店的碾米师傅要把骡子牵到河边草地上遛遛。骡子牵出来，就有一些人围在旁边看。这两匹黑骡子，真够"身高八尺，头尾丈二有余"。有一老者，捋须赞道："我活这么大，没见过这样高大的牲口！"体子稍矮一点的，得伸手才能够着它的脊梁。浑身黑得像一匹黑缎子。一走动，身上亮光一闪一闪。去看八千岁的骡子，竟成了附近一些居民在晚饭之前的一件赏心乐事。

因为两匹骡子都是黑的，碾米师傅就给它们取了名字，一匹叫大黑子，一匹叫二黑子。这两个名字街坊的小孩子都知道，叫得出。

宋侉子每年挣的钱不少。有了钱，就都花在虞小兰的家里。

虞小兰的母亲虞芝兰是一个姓关的旗人的姨太太。这旗人做过一任盐务道，辛亥革命后在本县买田享福。这位关老爷本城不少人还记得。他的特点是说了一口京片子，走起路来一摇一摆，有点像戏台上的方巾丑，是真正的"方步"。他们家规矩特别大，礼节特别多，男人见人打千儿，女人见人行蹲安，本地人觉得很可笑。虞芝兰是他用四百两银子从北京西河沿南堂子买来的。关老爷死后，大妇不容，虞芝兰就带了随身细软，两箱子字画，领着女儿搬出来住，租的是挨着宜园的一所小四合院。宜园原是个私人花园，后来改成公园。园子不大，但北面是一片池塘，种着不少荷花，池心有一小岛，上面有几间水榭，本地人不大懂得什么叫水榭，叫它"荷花亭子"，——其实这几间房子不是亭子；南面有一带假山，沿山种了很多梅花，叫做"梅岭"，冬末春初，梅花盛开，是很好看的；园中竹木繁茂，园外也颇有野趣，地方虽在城中，却是尘飞不到。虞芝兰就是看中它的幽静，才搬来的。

带出来的首饰字画变卖得差不多了，关家一家人已经搬到上海租界去住，没有人再来管她，虞芝兰不免重操旧业。

过了几年，虞芝兰揽镜自照，觉得年华已老，不好意思再扫榻留宾，就洗妆谢客，由女儿小兰接替了她。怕关家人来寻事，女儿随了妈的姓。

宋侉子每年要在虞小兰家住一两个月，朝朝寒食，夜夜元宵。他老婆死了，也不续弦，这里就是他的家。他有个孩子，有时也带了孩子来玩。他和关家算起来有点远亲，小兰叫他宋大哥。到钱花得差不多了，就说一声："我明天有事，不来了"，跨上他的踢雪乌骓骏马，一扬鞭子，没影儿了。在一起时，恩恩义义；分开时，潇潇洒洒。

虞小兰有时出来走走，逛逛宜园。夏天的傍晚，穿了一身剪裁合体的白绸衫裤，拿一柄生丝白团扇，站在柳树下面，或倚定红桥栏杆，看人捕鱼踩藕。她长得像一颗水蜜桃，皮肤非常白嫩，腰身、手、脚都好看。路上行人看见，就不禁放慢了脚步，或者停下来装做看天上的晚霞，好好地看她几眼。他们在心里想：这样的人，这样的命，深深为她惋惜；有人不免想到家中洗衣做饭的黄脸老婆，为自己感到一点不平；或在心里轻轻吟道："牡丹绝色三春暖，不是梅花处士妻"，情绪相当复杂。

虞小兰，八千岁也曾看过，也曾经放慢了脚步。他想：长得是真好看，难怪宋侉子在她身上花了那么多钱。不过为一个姑娘花那么多钱，这值得么？他赶快迈动他的大脚，一气跑回米店。

八千岁每天的生活非常单调。量米。买米的都是熟人，买什么米，一次买多少，他都清楚。一见有人进店，就站起身，拿起量米升子。这地方米店量米兴报数，一边量，一边唱："一来，二来，三来——三升！"量完了，拍拍手，——手上沾了米灰，接过钱，摊平了，看看数，回身走进柜台，一扬手，把铜钱丢在钱柜里，在"流水"簿里写上一笔，入头糙三升，钱若干文。看稻样。替人卖稻的客人到店，先要送上货样。店东或洽谈生意的"先生"，抓起一把，放在手心里看看，然后两手合拢搓碾，开米店的手上都有功夫，嚓嚓嚓三下，稻壳就全搓开了；然后吹去糠皮，看看米色，撮起几粒米，放在嘴里嚼嚼，品品米的成色味道。做米店的都很有经验，这是什么品种，三十子，六十子，矮脚籼，吓一跳，一看就看出来。在米店里学生意，学的也就是这些。然后谈价钱，这是好说的，早晚市价，相差无几。卖米的客人知道八千岁在这上头很精，并不跟他多磨嘴。

"前头"没有什么事的时候，他就到后面看看。进了隔开前后的屏门，一边是拴骡子的牲口槽，一边是一副巨大的石碾子。碾坊没有窗户，光线很暗，他欢喜这种暗暗的光。一近牲口槽，就闻到一股骡子粪的味道，他喜欢这种味道。他喜欢看碾米师傅把大黑子或二黑子牵出来。骡子上碾之前照例要撒一泡很长的尿，他喜欢看它撒尿。骡子上了套，石碾子就呼呼地转起来，他喜欢看碾子转，喜欢这种不紧不慢的呼呼的声音。

这二年，大部分米店都已经不用碾子，改用机器轧米了，八千岁却还用这种古典的方法生产。他舍不得这副碾子，舍不得这五匹大骡子。本县也还有些人家不爱吃机器轧的米，说是不香，有人家专门上八千岁家来买米的，他的生意不坏。

然后，去看看师傅筛米。那是一面很大的筛子，筛子有梁，用一根粗麻绳吊在房檩上，筛子齐肩高，筛米师傅就扶着筛子边框，一簸一侧地慢慢地筛。筛米的屋里浮动着细细的细米糠，太阳照进来，空中像挂着一匹一匹白布。八千岁成天和米和糠打交道，还是很喜欢细糠的香味。

然后，去看看仓里的稻积子，看看两个大天井里晒的稻，或拿起"揿子"把稻子翻一遍，——他身体结实，翻一遍不觉得累，连师傅们都佩服；或轰一会麻雀。米店稻仓里照例有许多麻雀，叽叽喳喳叫成一片。宋侉子有时在天快黑的时候，拿一把竹枝扫帚拦空一扑，一扫帚能扑下十几只来。宋侉子说这是下酒的好东西，卤熟了还给八千岁拿来过。八千岁可不吃这种东西，这有个什么吃头！

八千岁的食谱非常简单。他家开米店，放着高尖米不吃，顿顿都是头糙红米饭。菜是一成不变的熬青菜，——有时放两块豆腐。初二、十六打牙祭，有一碗肉或一盘咸菜煮小鲫鱼。他、小千岁和碾米师傅都一样。有肉时一人可得切得方方的两块。有鱼时一人一条，——咸菜可不少，也够下饭了。有卖稻的客人时，单加一个荤菜，也还有一壶酒。客人照例要举杯让一让，八千岁总是举起碗来说："我饭陪，饭陪！"客菜他不动一筷子，仍是低头吃自己的青菜豆腐。

八千岁的米店的左邻右舍都是制造食品的。左边是一家厨房。这地方有这么一种厨房，专门包办酒席，不设客座。客家先期预订，说明规格，或鸭翅席，或海参席，要几桌。只须点明"头菜"，其余冷盘热菜都有定规，不须吩咐。除了热炒，都是先在家做成半成品，用圆盒挑到，开席前再加汤回锅煮沸。八千岁隔壁这家厨房姓赵，人称赵厨房，连开厨房的也被人叫做赵厨房，——不叫赵厨子却叫赵厨房，有点不合文法。赵厨房的手艺很好，能做满汉全席。这满汉全席前清时也只有接官送官时才用，入了民国，再也没有人来订，赵厨房祖传的一套五福拱寿釉红彩的满堂红的细瓷器皿，已经锁在箱子里好多年了。右边是一家烧饼店。这家专做"草炉烧饼"。这种烧饼是一筹到底的粗面做的，做蒂子只涂很少一点油，没有什么层，因为是贴在吊炉里用一把稻草烘熟的，故名草炉烧饼，以别于在桶状的炭炉中烤出的加料插酥的"桶炉烧饼"。这种烧饼便宜，也实在，乡下人进城，爱买了当饭。几个草炉烧饼，一碗宽汤饺面，有吃有喝，就饱了。八千岁坐在店堂里每天听得见左边煎炒烹炸的声音，闻得到鸡鸭鱼肉的香味，也闻得见右边传来的一阵一阵烧饼出炉时的香味，听得见打烧饼的槌子击案的有节奏的声音:定定郭，定定郭，定郭定郭定定郭，定，定，定……

八千岁和赵厨房从来不打交道，和烧饼店每天打交道。这地方有个"吃晚茶"的习惯,每天下午五点来钟要吃一次点心。钱庄、布店,概莫能外。米店因为有出力气的碾米师傅,这一顿"晚茶"万不能省。"晚茶"大都是一碗干拌面,——葱花、猪油、酱油、虾籽、虾米为料,面下在里面;或几个麻团、"油墩子",——白铁敲成浅模,浇入稀面,以萝卜丝为馅,入油炸熟。八千岁家的晚茶,一年三百六十日,都是草炉烧饼,一人两个。这里的店铺,有"客人",照例早上要请上茶馆。"上茶馆"是喝茶,吃包子、蒸饺、烧麦。照例由店里的"先生"或东家作陪。一般都是叫一笼"杂花色"(即各样包点都有),陪客的照例只吃三只,喝茶,其余的都是客人吃。这有个名堂,叫做"一壶三点"。八千岁也循例待客,但是他自己并不吃包点,还是从隔壁烧饼店买两个烧饼带去。所以他不是"一壶三点",而是"一壶两饼"。他这辈子吃了多少草炉烧饼,真是难以计数了。好像这家烧饼店是专为他而开的。

他不看戏,不打牌,不吃烟,不喝酒。喝茶,但是从来不买"雨前"、"雀舌",泡了慢慢地品啜。他的账桌上有一个"茶壶桶",里面焐着一壶茶叶棒子泡的颜色混浊的酽茶。吃了烧饼,渴了,就用一个特大的茶缸子,倒出一缸,骨嘟骨嘟一口气喝了下去,然后打一个很响的饱嗝。

他的令郎也跟他一样。这孩子才十六七岁,已经很老成。孩子的那点天真爱好,放风筝、掏蛐蛐、逮蝈蝈、养金铃子,都已经叫严厉的父亲的沉重的巴掌驱逐得一干二净。八千岁到底还是允许他养了几只鸽子。这还是宋侉子求的情。宋侉子拿来几只鸽子，说："孩子哪儿也不去，你就让他喂几只鸽子玩玩吧。这吃不了多少稻子。你们不养，别人家的鸽子也会来。自己有鸽子，别家的鸽子不就不来了。"米店养鸽子，几乎成为通例，八千岁想了想，说："好，叫他养！"鸽子逐渐发展成一大群，点子、瓦灰、铁青子、霞白、麒麟，都有。从此夏氏宗祠的屋顶上就热闹起来，雄鸽子围着雌鸽子求爱，一面转圈儿，一面鼓着个嗉子不停地叫着："咯咯咕，咯咯咯咕……"夏家的显考显妣的头上于是就着了好些鸽子粪。小千岁一有空，就去鼓捣他的鸽子。八千岁有时也去看看，看看小千岁捉住一只宝石眼的鸽子，翻过来，正过去，鸽子眼里的"沙子"就随着慢慢地来回滚动，他觉得这很有趣，而且想：这是怎么回事呢？父子二人，此时此刻，都表现了一点童心。

八千岁那样有钱，又那样俭省，这使许多人很生气。

八千岁万万没有想到，他会碰上一个八舅太爷。

这里的人不知为什么对舅舅那么有意见。把不讲理的人叫做"舅舅"，讲一种胡搅蛮缠的歪理，叫做"讲舅舅理"。

八舅太爷是个无赖浪子，从小就不安分。小学五年级就穿起皮袍子，里面下身却只穿了一条纺绸单裤。上初中的时候，代数不及格，篮球却打得很漂亮，球衣球鞋都非常出众，经常代表校队、县队，到处出风头。初中三年级时曾用这地方出名的土匪徐大文的名义写信恐吓一个大财主，限他几天之内交一百块钱放在土地庙后第七棵柳树的树洞里，如若不然，就要绑他的票。这大财主吓得坐立不安，几天睡不着觉，又不敢去报案，竟然乖乖地照办了。这大财主原来是他的一个同班同学的父亲，常见面的。他知道这老头儿胆小，所以才敲他一下。初中毕业后，他读了一年体育师范，又上了一年美专，都没上完，却在上海入了青帮，门里排行是通字辈，从此就更加放浪形骸，无所不至。他居然拉过几天黄包车。他这车没有人敢坐，——他穿了一套铁机纺绸裤褂在拉车！他把车放在会芳里弄堂口或丽都舞厅门外，专拉长三堂子的妓女和舞女。这些妓女和舞女可不在乎，她们心想：佟弗是要白相相吗？格么好，大家白相白相！又不是阎瑞生，怕点啥！后来又进了一个什么训练班，混进了军队，"安清不分远和近，三祖流传到如今"，因为青红帮的关系，结交很多朋友，虽不是黄埔出身，却在军队中很"兜得转"，和冷欣、顾祝同都能拉上关系。

抗战军兴，他随着所在部队调到江北，在里下河几个县轮流转。他手下部队有四营人，名义却是一个独立混成旅。

"八一三"以后，日本人打到扬州，就停下来，暂时不再北进。日本人不来，"国军"自然不会反攻，这局面竟维持了相当长的时间。起初人心惶惶，一夕数惊，到后来大家有点麻木了；竟好像不知道有日本兵就在一二百里之外这回事，大家该做什么还是做什么。种田的种田，做生意的做生意。长江为界，南北货源虽不那么畅通，很多人还可以通过封锁线走私贩运，虽然担点风险，获利却倍于以前。一时间，几个县竟呈现出一种畸形的繁荣，茶馆、酒馆、赌场、妓院，无不生意兴隆。

八舅太爷在这一带真是得其所哉。非常时期，军事第一，见官大一级，他到了哪里就成了这地方的最高军政长官，县长、区长，一传就到。军装给养，小事一桩。什么时候要用钱，通知当地商会一声就是。来了，要接风，叫做"驻防费"，走了，要送行，叫做"开拔费"。间三岔五的，还要现金实物"劳军"。当地人觉得有一支军队驻着，可以壮壮胆，军队不走，就说明日本人不会来，也似乎心甘情愿地孝敬他。他有时也并不麻烦商会，可以随意抓几个人来罚款。他的旅部的小牢房里经常客满。只要他一拍桌子，骂一声"汉奸"，就可以军法从事，把一个人拉出去枪毙。他一到哪里，就把当地的名花包下来，接到公馆里去住。一出来，就是五辆摩托车，他自己骑一辆，前后左右四辆，风驰电掣，穿街过市。城里和乡下的狗一见他的车队来了，赶紧夹着尾巴躲开。他是个霸王，没人敢惹他。他行八，小名叫小八子，大家当面叫他旅长、旅座，背后里叫他八舅太爷。

他这回来，公馆安在宜园。一见虞小兰，相见恨晚。他有时住在虞家，有时把虞小兰接到公馆里去。后来干脆把宜园的墙打通了，——虞家和宜园本只一墙之隔，这样进出方便。

他把全城的名厨都叫来，轮流给他做饭。座上客常满，杯中酒不空。他爱唱京戏，时常把县里的名票名媛约来，吹拉弹唱一整天。他还很风雅，爱字画，谁家有好字画古董，他就派人去，说是借去看两天。有借无还。他也不白要你的，会送一张他自己画的画跟你换，他不是上过一年美专么？他的画宗法吴昌硕，大刀阔斧，很有点霸悍之气。他请人刻了两方押角图章，一方是阴文："戎马书生"，一方是阳文："富贵英雄美丈夫"——这是《紫钗记·折柳阳关》里的词句，他认为这是中国文学里最好的词句。他也有一匹乌骓马，他请宋侉子来给他看看，嘱咐宋侉子把自己的踢雪乌骓也带来。千不该万不该，宋侉子不该褒贬了八舅太爷的马。他说："旅长，你这不是真正的踢雪乌骓。真正的踢雪乌骓是只有四个蹄子的前面有一小块白；你这匹，四蹄以上一圈都是白的，这是踏雪乌骓。"八舅太爷听了很高兴，说："有道理！"接着又问："你那匹是多少钱买的？"宋侉子是个外场人，他知道八舅太爷不是要他来相马，是叫他来进马了，反正这匹马保不住了，就顺水推舟，很慷慨地说："旅长喜欢，留着骑吧！"——"那，我怎么谢你呢？我给你画一张画吧！"

宋侉子拿了这张画，到八千岁米店里坐下，喝了一碗茶叶棒泡的酽茶，说不出话来。八千岁劝他："算了，是儿不死，是财不散，看开一点，你就当又在虞小兰家花了一笔钱吧！"宋侉子只好苦笑。

没想到，过了两天，八舅太爷派了两个兵把八千岁"请"去了。当这两个兵把八千岁铐上，推出店门时，八千岁只来得及跟儿子说一句："赶快找宋大伯去要主意！"

宋侉子找到八舅太爷的秘书了解一下，案情相当严重，是"资敌"。八千岁有几船稻子，运到仙女庙去卖，被八舅太爷的部下查获了。仙女庙是敌占区。"资敌"就是汉奸，汉奸是要枪毙的。宋侉子知道罪不至此。仙女庙是粮食集散中心，本地贩粮至仙女庙，乃是常例，"抗战军兴"，未尝中断。不过别的粮商都是事前运动，打通关节，拿到"准予放行"的执照的，八千岁没有花这笔钱，八舅太爷存心找他的碴，所以他就触犯了军法。宋侉子知道这是非花钱不能了事的，就转弯抹角地问秘书，若是罚款，该罚多少。秘书说："旅座的意思，至少得罚一千现大洋。"宋侉子说："他拿不出来。你看看他穿的这身二马裾！"秘书说："包子有肉，不在褶儿上。他拿得出，我们了解。你可以见他本人谈谈！"

宋侉子见了八千岁，劝他不要舍命不舍财，这个血是非出不可的。八千岁问："能不能少拿一点？"宋侉子叫他拿出一百块钱送给虞芝兰，托虞小兰跟八舅太爷说说，八千岁说："你作主吧。我一辈子就你这么个信得过的朋友！"说着就落了两滴眼泪。宋侉子心里也酸酸的。

虞小兰替八千岁说了两句好话："这个人一辈子省吃俭用，也怪可怜的。"八舅太爷说："那好！看你的面子，少要他二百！他叫八千岁，要他八百不算多。他肯花八百块钱买两匹骡子，还不能花八百块钱买一条命吗！叫他找两个铺保，带了钱，到旅部领人。少一个，不行！"

宋侉子说了好多好话，请了八千岁的两个同行，米店的张老板、李老板出面做保，带了八百现大洋，签字画押，把八千岁保了出来。张老板、李老板陪着八千岁出来，劝他：

"算了，是儿不死，是财不散。不就是八百块钱吗？看开一点。破财免灾，只当生了一场夹气伤寒。"

八千岁心里想：不是八百，是九百！不过回头想想，毕竟少花了一百，又觉得有些欣慰，好像他凭空捡到一百块钱似的。

八舅太爷敲了八千岁一杠子，是有精神上和物质上两方面理由的。精神上，他说："我平生最恨俭省的人，这种人都该杀！"物质上，他已经接到命令，要调防，和另外一位舅太爷换换地方，他要"别姬"了，需要用一笔钱。这八百块钱，六百要给虞小兰买一件西狐肷的斗篷，好让她冬天穿了在宜园梅岭踏雪赏梅；二百，他要办一桌满汉全席，在水榭即荷花亭子里吃它一整天，上午十点钟开席，一直吃到半夜！

八舅太爷要办满汉全席的消息传遍全城，大家都很感兴趣，因为这是多年没有的事了。八千岁证实这消息可靠，因为办席的就是他的紧邻赵厨房。赵厨房到他的米店买糯米，他知道这是做火腿烧麦馅子用的；还买香粳米，这他就不解了。问赵厨房："这满汉全席还上稀粥？"赵厨房说：满汉全席实际上满点汉菜，除了烧烤，有好几道满州饽饽，还要上几道粥，旗人讲究喝粥，莲子粥、苡米粥、芸豆粥……""有多少道菜？"——"可多可少，八舅太爷这回是一百二十道。"——"啊？！"——"你没事过来瞧瞧。"

八千岁真还过去看了看：烧乳猪、叉子烤鸭、八宝鱼翅、鸽蛋燕窝……赵厨房说："买不到鸽子蛋，就这几个，太少了！"八千岁说："你要鸽子蛋，我那里有！"八千岁真是开了眼了，一面看，一面又掉了几滴泪，他想：这是吃我哪！

八千岁用一盆水把"食为民天"旁边的"概不做保"的字条闷了闷，刮下来。他这回是别人保出来的，以后再拒绝给别人做保，这说不过去。刮掉了，觉得还留着一条"僧道无缘"也没多少意思，而且单独一条，也不好看，就把"僧道无缘"也刮掉了。

八千岁做了一身阴丹士林的长袍，长短与常人等，把他的老蓝布二马裾换了下来。他的儿子也一同换了装。

吃晚茶的时候，儿子又给他拿了两个草炉烧饼来，八千岁把烧饼往账桌上一拍，大声说：

"给我去叫一碗三鲜面！"

注释

① 本篇原载《人民文学》1983 年第二期；初收《晚饭花集》，人民文学出版社，1985 年 3 月。

故里三陈[①]

陈 小 手

我们那地方，过去极少有产科医生。一般人家生孩子，都是请老娘。什么人家请哪位老娘，差不多都是固定的。一家宅门的大少奶奶、二少奶奶、三少奶奶，生的少爷、小姐，差不多都是一个老娘接生的。老娘要穿房入户，生人怎么行？老娘也熟知各家的情况，哪个年长的女用人可以当她的助手，当"抱腰的"，不须临时现找。而且，一般人家都迷信哪个老娘"吉祥"，接生顺当。——老娘家都供着送子娘娘，天天烧香。谁家会请一个男性的医生来接生呢？——我们那里学医的都是男人，只有李花脸的女儿传其父业，成了全城仅有的一位女医人。她也不会接生，只会看内科，是个老姑娘。男人学医，谁会去学产科呢？都觉得这是一桩丢人没出息的事，不屑为之。但也不是绝对没有。陈小手就是一位出名的男性的产科医生。

陈小手的得名是因为他的手特别小，比女人的手还小，比一般女人的手还更柔软细嫩。他专能治难产。横生、倒生，都能接下来（他当然也要借助于药物和器械）。据说因为他的手小，动作细腻，可以减少产妇很多痛苦。大户人家，非到万不得已，是不会请他的。中小户人家，忌讳较少，遇到产妇胎位不正，老娘束手，老娘就会建议："去请陈小手吧。"

陈小手当然是有个大名的，但是都叫他陈小手。

接生，耽误不得，这是两条人命的事。陈小手喂着一匹马。这匹马浑身雪白，无一根杂毛，是一匹走马。据懂马的行家说，这马走的脚步是"野鸡柳子"，又快又细又匀。我们那里是水乡，很少人家养马。每逢有军队的骑兵过境，大家就争着跑到运河堤上去看"马队"，觉得非常好看。陈小手常常骑着白马赶着到各处去接生，大家就把白马和他的名字联系起来，称之为"白马陈小手"。

同行的医生，看内科的、外科的，都看不起陈小手，认为他不是医生，只是一个男性的老娘。陈小手不在乎这些，只要有人来请，立刻跨上他的白走马，飞奔而去。正在呻吟惨叫的产妇听到他的马脖子上的銮铃的声音，立刻就安定了一些。他下了马，即刻进产房。过了一会（有时时间颇长），听到哇的一声，孩子落地了。陈小手满头大汗，走了出来，对这家的男主人拱拱手："恭喜恭喜！母子平安！"男主人满面笑容，把封在红纸里的酬金递过去。陈小手接过来，看也不看，装进口袋里，洗洗手，喝一杯热茶，道一声"得罪"，出门上马。只听见他的马的銮铃声"哗棱哗棱"……走远了。

陈小手活人多矣。

有一年，来了联军。我们那里那几年打来打去的，是两支军队。一支是国民革命军，当地称之为"党军"；相对的一支是孙传芳的军队。孙传芳自称"五省联军总司令"，他的部队就被称为"联军"。联军驻扎在天王庙，有一团人。团长的太太（谁知道是正太太还是姨太太），要生了，生不下来。叫来几个老娘，还是弄不出来。这太太杀猪也似的乱叫。团长派人去叫陈小手。

陈小手进了天王庙。团长正在产房外面不停地"走柳"。见了陈小手，说：

"大人，孩子，都得给我保住！保不住要你的脑袋！进去吧！"

这女人身上的脂油太多了，陈小手费了九牛二虎之力，总算把孩子掏出来了。和这个胖女人较了半天劲，累得他筋疲力尽。他迤里歪斜走出来，对团长拱拱手：

"团长！恭喜您，是个男伢子，少爷！"

团长呲牙笑了一下，说："难为你了！——请！"

外边已经摆好了一桌酒席。副官陪着。陈小手喝了两盅。

团长拿出二十块现大洋，往陈小手面前一送：

"这是给你的！——别嫌少哇！"

"太重了！太重了！"

喝了酒，揣上二十块现大洋，陈小手告辞了："得罪！得罪！"

"不送你了！"

陈小手出了天王庙，跨上马。团长掏出枪来，从后面，一枪就把他打下来了。

团长说："我的女人，怎么能让他摸来摸去！她身上，除了我，任何男人都不许碰！这小子，太欺负人了！日他奶奶！"

团长觉得怪委屈。

陈　四

陈四是个瓦匠，外号"向大人"。

我们那个城里，没有多少娱乐。除了听书，瞧戏，大家最有兴趣的便是看会，看迎神赛会，——我们那里叫做"迎会"。

所迎的神，一是城隍，一是都土地。城隍老爷是阴间的一县之主，但是他的爵位比阳间的县知事要高得多，敕封"灵应侯"。他的气派也比县知事要大得多。县知事出巡，哪有这样威严，这样多的仪仗队伍，还有各种杂耍玩艺的呢？再说打我记事起，就没见过县知事出巡过，他们只是坐了一顶小轿或坐了自备的黄包车到处去拜客。都土地东西南北四城都有，保佑境内的黎民，地位相当于一个区长。他比活着的区长要神气得多，但比城隍菩萨可就差了一大截了。他的爵位是"灵显伯"。都土地都是有名有姓的。我所居住的东城的都土地是张巡。张巡为什么会到我的家乡来当都土地呢，他又不是战死在我们那里的，这一点我始终没有弄明白。张巡是太守，死后为什么倒降职成了区长了呢？我也不明白。

都土地出巡是没有什么看头的。短簇簇的一群人，打着一些稀稀落落的仪仗，把都天菩萨（都土地为什么被称为"都天菩萨"，这一点我也不明白）抬出来转一圈，无声无息地，一会儿就过完了。所谓"看会"，实际上指的是看赛城隍。

我记得的赛城隍是在夏秋之交，阴历的七月半，正是大热的时候。不过好像也有在十月初出会的。

那真是万人空巷，倾城出观。到那天，凡城隍所经的耍闹之处的店铺就都做好了准备：燃香烛，挂宫灯，在店堂前面和临街的柜台里面放好了长凳，有楼的则把楼窗全部打开，烧好了茶水，等着东家和熟主顾人家的眷属光临。这时正是各种瓜果下来的时候，牛角酥、奶奶哼（一种很"面"的香瓜）、红瓤西瓜、三白西瓜、鸭梨、槟子、海棠、石榴，都已上市，瓜香果味，飘满一街。各种卖吃食的都出动了，争奇斗胜，吟叫百端。到了八九点钟，看会的都来了。老太太、大小姐、小少爷。老太太手里拿着檀香佛珠，大小姐衣襟上挂着一串白兰花。佣人手里提着食盒，里面是兴化饼子、绿豆糕，各种精细点心。

远远听见鞭炮声、锣鼓声，"来了，来了！"于是各自坐好，等着。

我们那里的赛会和鲁迅先生所描写的绍兴的赛会不尽相同。前面并无所谓"塘报"。打头的是"拜香的"。都是一些十六七岁的小伙子，光头净脸，头上系一条黑布带，前额缀一朵红绒球，青布衣衫，赤脚草鞋，手端一个红漆的小板凳，板凳一头钉着一个铁管，上插一支安息香。他们合着节拍，依次走着，每走十步，一齐回头，把板凳放到地上，算是一拜，随即转身再走。这都是为了父母生病到城隍庙许了愿的，"拜香"是还愿。后面是"挂香"的，则都是壮汉，用一个小铁钩勾进左右手臂的肉里，下系一个带链子的锡香炉，炉里烧着檀香。挂香多的可至香炉三对。这也是还愿的。后面就是各种玩艺了。

十番锣鼓音乐篷子。一个长方形的布篷，四面绣花篷檐，下缀走水流苏。四角支竹竿，有人撑着。里面是吹手，一律是笙箫细乐，边走边吹奏。锣鼓篷悉有五七篷，每隔一段玩艺有一篷。

茶担子。金漆木桶。桶口翻出，上置一圈细瓷茶杯，桶内和杯内都装了香茶。

花担子。鲜花装饰的担子。

挑茶担子、花担子的扁担都极软，一步一颤。脚步要匀，三进一退，各依节拍，不得错步。茶担子、花担子虽无很难的技巧，但几十副担子同时进退，整整齐齐，亦颇婀娜有致。

舞龙。

舞狮子。

跳大头和尚戏柳翠。②

跑旱船。

跑小车。

最清雅好看的是"站高肩"。下面一个高大结实的男人，肩上站着一个孩子，也就是五六岁，都扮着戏，青蛇、白蛇、法海、许仙，关、张、赵、马、黄，李三娘、刘知远、咬脐郎、火公窦老……他们并无动作，只是在大人的肩上站着，但是衣饰鲜丽，孩子都长得清秀伶俐，惹人疼爱。"高肩"不是本城所有，是花了大钱从扬州请来的。

后面是高跷。

再后面是跳判的。判有两种，一种是"地判"，一文一武，手执朝笏，边走边跳。一种是"抬判"。两根杉篙，上面绑着一个特制的圈椅，由四个人抬着。圈椅上蹲着一个判官。下面有人举着一个扎在一根细长且薄的竹片上的红绸做的蝙蝠，逗着判官。竹片极软，有弹性，忽上忽下，判官就追着蝙蝠，做出各种带舞蹈性的动作。他有时会跳到椅背上，甚至能在上面打飞脚。抬判不像地判只是在地面做一些滑稽的动作，这是要会一点"轻功"的。有一年看会，发现跳抬判的竟是我的小学的一个同班同学，不禁哑然。

迎会的玩艺到此就结束了。这些玩艺的班子，到了一些大店铺的门前，店铺就放鞭炮欢迎，他们就会停下来表演一会，或绕两个圈子。店铺常有犒赏。南货店送几大包蜜枣，茶食店送糕饼，药店送凉药洋参，绸缎店给各班挂红，钱庄则干脆扛出一钱板一钱板的铜元，俵散众人。

后面才真正是城隍老爷(叫城隍为"老爷"或"菩萨"都可以，随便的)自已的仪仗。

前面是开道锣。几十面大筛同时敲动。筛极大，得吊在一根杆子上，前面担在一个人的肩上，后面的人担着杆子的另一头，敲。大筛的节奏是非常单调的：哐(锣槌头一击)定定(槌柄两击筛面)哐定定哐，哐定定哐定定哐……如此反复，绝无变化。唯其单调，所以显得很庄严。

后面是虎头牌。长方形的木牌，白漆，上画虎头，黑漆扁宋体黑字，大书"肃静"、"迴避"、"敕封灵应侯"、"保国佑民"。

后面是伞，——万民伞。伞有多柄，都是各行同业公会所献，彩缎绣花，缂丝平金，各有特色。我们县里最讲究的几柄伞却是纸伞。硃石所出。白宣纸上扎出芥子大的细孔，利用细孔的虚实，衬出虫鱼花鸟。这几柄宣纸伞后来被城隍庙的道士偷出来拆开一扇一扇地卖了，我父亲曾收得几扇。我曾看过纸伞的残片，真是精细绝伦。

最后是城隍老爷的"大驾"。八抬大轿，抬轿的都是全城最好的轿夫。他们踏着细步，稳稳地走着。轿顶四面鹅黄色的流苏均匀地起伏摆动着。城隍老爷一张油白大脸，疏眉细眼五绺长须，蟒袍玉带，手里捧着一柄很大的折扇，端端地坐在轿子里。这时，人们的脸上都严肃起来了，正如鲁迅先生所说：诚惶诚恐，不胜屏营待命之至。

城隍老爷要在行宫（也是一座庙里）呆半天，到傍晚时才"回宫"。回宫时就只剩下少许人扛着仪仗执事，抬着轿子，飞跑着从街上走过，没有人看了。

且说高跷。

我见过几个地方的高跷，都不如我们那里的。我们那里的高跷，一是高，高至丈二。踩高跷的中途休息，都是坐在人家的房檐口。我们县的踩高跷的都是瓦匠，无一例外。瓦匠不怕高。二是能玩出许多花样。

高跷队前面有两个"开路"的，一个手执两个棒槌，不停地"郭郭，郭郭"地敲着。一个手执小铜锣，敲着"光光，光光"。他们的声音合在一起，就是"郭郭，光光；郭郭，光光"。我总觉得这"开路"的来源是颇久远的。老远地听见"郭郭，光光"，就知道高跷来了，人们就振奋起来。

高跷队打头的是渔、樵、耕、读。就中以渔公、渔婆最逗。他们要矮身蹲在高跷上横步跳来跳去做钓鱼撒网各种动作，重心很不好掌握。后面是几出戏文。戏文以《小上坟》最动人。小丑和旦角都要能踩"花梆子"碎步。这一出是带唱的。唱的腔调当中有一出"贾大老爷"。这贾大老爷不知是何许人，只是一个衙役在戏弄他，贾大老爷不时对着一个夜壶口喝酒。他的颟顸总是引得看的人大笑。殿底的是"火烧向大人"。三个角色：一个铁公鸡，一个张嘉祥，一个向大人。向大人名荣，是清末的大将，以镇压太平天国有功，后死于任。看会的人是不管他究竟是谁的，也不论其是非功过，只是看扮演向大人的"演员"的功夫。那是很难的。向大人要在高跷上蹚马，在高跷上坐轿，——两只手抄在前面，"存"着身子，两只脚（两只跷）一蹾一蹾地走，有点像戏台上"走矮子"。他还要能在高跷上做"探海"、"射雁"这些在平地上也不好做的高难动作(这可真是"高难"，又高又难)。到了挨火烧的时候，还要左右躲闪，簸脑袋，甩胡须，连连转圈。到了这时，两旁店铺里的看会人就会炸雷也似地大声叫起"好"来。

擅长表演向大人的，只有陈四，别人都不如。

到了会期，陈四除了在县城表演一回，还要到三垛去赶一场。县城到三垛，四十五里。陈四不卸装，就登在高跷上沿着澄子河堤赶了去。他这一步有丈把远，赶到那里，准不误事。三垛的会，不见陈四的影子，菩萨的大驾不起。

有一年，城里的会刚散，下了一阵雷暴雨，河堤上不好走，他一路赶去，差点没摔死。到了三垛，已经误了。

三垛的会首乔三太爷抽了陈四一个嘴巴，还罚他当众跪了一炷香。

陈四气得大病了一场。他发誓从此再也不踩高跷。

陈四还是当他的瓦匠。

到冬天，卖灯。

冬天没有什么瓦匠活，我们那里的瓦匠冬天大都以糊纸灯为副业，到了灯节前，摆摊售卖。陈四的灯摊就摆在保全堂廊檐下。他糊的灯很精致。荷花灯、绣球灯、兔子灯。他糊的蛤蟆灯，绿背白腹，背上用白粉点出花点，四只爪子是活的，提在手里，来回划动，极其灵巧。我每年要买他一盏蛤蟆灯，接连买了好几年。

陈泥鳅

邻近几个县的人都说我们县的人是黑屁股。气得我的一个姓孙的同学，有一次当着很多人褪下了裤子让人看："你们看！黑吗？"我们当然都不是黑屁股。黑屁股指的是一种救生船。

这种船专在大风大浪的湖水中救人、救船，因为船尾涂成黑色，所以叫做黑屁股。说的是船，不是人。

陈泥鳅就是这种救生船上的一个水手。

他水性极好，不愧是条泥鳅。运河有一段叫清水潭。因为民国十年、民国二十年都曾在这里决口，把河底淘成了一个大潭。据说这里的水深，三篙子都打不到底。行船到这里，不能撑篙，只能荡桨。水流也很急，水面上拧着一个一个漩涡。从来没有人敢在这里游水。陈泥鳅有一次和人打赌，一气游了个来回。当中有一截，他半天不露脑袋，半天半天，岸上的人以为他沉了底，想不到一会，他笑嘻嘻地爬上岸来了！

他在通湖桥下住。非遇风浪险恶时，救生船一般是不出动的。他看看天色，知道湖里不会出什么事，就呆在家里。

他也好义，也好利。湖里大船出事，下水救人，这时是不能计较报酬的。有一次一只装豆子的船在琵琶闸炸了，炸得粉碎。事后知道，是因为船底有一道小缝漏水，水把豆子浸湿了，豆子吃了水，突然间一齐膨胀起来，"砰"的一声把船撑炸了——那力量是非常之大的。船碎了，人掉在水里。这时跳下水救人，能要钱么？民国二十年，运河决口，陈泥鳅在激浪里救起了很多人。被救起的都已经是家破人亡，一无所有了，陈泥鳅连人家的姓名都没有问，更谈不上要什么酬谢了。在活人身上，他不能讨价；在死人身上，他却是不少要钱的。

人淹死了，尸首找不着。事主家里一不愿等尸首泡胀了漂上来，二不愿尸首被"四水挒子"③钩得稀烂八糟，这时就会来找陈泥鳅。陈泥鳅不但水性好，且在水中能开眼见物。他就在出事地点附近，察看水流风向，然后一个猛子扎下去，潜入水底，伸手摸触。几个猛子之后，他准能把一个死尸托上来。不过得事先讲明，捞上来给多少酒钱，他才下去。有时讨价还价，得磨半天。陈泥鳅不着急，人反正已经死了，让他在水底多呆一会没事。

陈泥鳅一辈子没少挣钱，但是他不置产业，一个积蓄也没有。他花钱很撒漫，有钱就喝酒尿了，赌钱输了。有的时候，也偷偷地赒济一些孤寡老人，但嘱咐千万不要说出去。他也不娶老婆。有人劝他成个家，他说："瓦罐不离井上破，大将难免阵头亡。淹死会水的。我见天跟水闹着玩，不定哪天龙王爷就把我请了去。留下孤儿寡妇，我死在阴间也不踏实。这样多好，吃饱了一家子不饥，无牵无挂！"

通湖桥桥洞里发现了一具女尸。怎么知道是女尸？她的长头发在洞口外飘动着。行人报了乡约，乡约报了保长，保长报到地方公益会。桥上桥下，围了一些人看。通湖桥是直通运河大闸的一道桥，运河的水由桥下流进澄子河。这座桥的桥洞很高，洞身也很长，但是很狭窄，只有人的肩膀那样宽。桥以西，桥以东，水面落差很大，水势很急，翻花卷浪，老远就听见訇訇的水声，像打雷一样。大家研究，这女尸一定是从大闸闸口冲下来的，不知怎么会卡在桥洞里了。不能就让她这么在桥洞里堵着。可是谁也想不出办法，谁也不敢下去。

去找陈泥鳅。

陈泥鳅来了，看了看。他知道桥洞里有一块石头，突出一个尖角（他小时候老在洞里钻来钻去，对洞里每一块石头都熟悉）。这女人大概是身上衣服在这个尖角上绊住了。这也是个巧劲儿，要不，这样猛的水流，早把她冲出来了。

"十块现大洋，我把她弄出来。"

"十块？"公益会的人吃了一惊，"你要得太多了！"

"是多了点。我有急用。这是玩命的事！我得从桥洞西口顺水窜进桥洞，一下子把她拨拉动了，就算成了。就这一下。一下子拨拉不动，我就会塞在桥洞里，再也出不来了！你们也都知道，桥洞只有肩膀宽，没法转身。水流这样急，退不出来。那我就只好陪着她了。"

大家都说："十块就十块吧！这是砂锅捣蒜，一锤子！"

陈泥鳅把浑身衣服脱得光光的，道了一声"对不起了！"纵身入水，顺着水流，笔直地窜进了桥洞。大家都捏着一把汗。只听见燩地一声，女尸冲出来了。接着陈泥鳅从东面洞口凌空窜进了水面。大家伙发了一声喊："好水性！"

陈泥鳅跳上岸来，穿好衣服，拿了十块钱，说了声"得罪得罪！"转身就走。

大家以为他又是进赌场、进酒店了。没有，他径直地走进陈五奶奶家里。

陈五奶奶守寡多年。她有个儿子，去年死了，儿媳妇改了嫁，留下一个孩子。陈五奶奶就守着小孙子过，日子很折皱④。这孩子得了急惊风，浑身滚烫，鼻翅扇动，四肢抽搐，陈五奶奶正急得两眼发直。陈泥鳅把十块钱交在她手里，说："赶紧先到万全堂，磨一点羚羊角，给孩子喝了，再抱到王淡人那里看看！"

说着抱了孩子，拉了陈五奶奶就走。

陈五奶奶也不知哪里来的劲，跟着他一同走得飞快。

一九八三年八月一日急就

注释

① 本篇原载《人民文学》1983 年第九期；初收《晚饭花集》，人民文学出版社，1985 年 3 月。

② 即唐宋杂戏里的《月明和尚戏柳翠》，演和尚的戴一个纸浆做成的很大的和尚脑袋，白色的脑袋，淡青的头皮，嘻嘻地笑着。我们那里已不知和尚法名月明，只是叫他"大头和尚"。

③ "四水捞子"是一种在水中打捞东西的用具，四面有弯钩，状如一小铁锚，而钩尖极锐利。

④ 这是我的家乡话，意思是很困难，很不顺利。

大淖记事①

一

这地方的地名很奇怪，叫做大淖。全县没有几个人认得这个淖字。县境之内，也再没有别的叫做什么淖的地方。据说这是蒙古话。那么这地名大概是元朝留下的。元朝以前这地方有没有，叫做什么，就无从查考了。

淖，是一片大水。说是湖泊，似还不够，比一个池塘可要大得多，春夏水盛时，是颇为浩淼的。这是两条水道的河源。淖中央有一条狭长的沙洲。沙洲上长满茅草和芦荻。春初水暖，沙洲上冒出很多紫红色的芦芽和灰绿色的蒌蒿②，很快就是一片翠绿了。夏天，茅草、芦荻都吐出雪白的丝穗，在微风中不住地点头。秋天，全都枯黄了，就被人割去，加到自己的屋顶上去了。冬天，下雪，这里总比别处先白。化雪的时候，也比别处化得慢。河水解冻了，发绿了，沙洲上的残雪还亮晶晶地堆积着。这条沙洲是两条河水的分界处。从淖里坐船沿沙洲西面北行，可以看到高阜上的几家炕房。绿柳丛中，露出雪白的粉墙，黑漆大书四个字："鸡鸭炕房"，非常显眼。炕房门外，照例都有一块小小土坪，有几个人坐在树桩上负曝闲谈。不时有人从门里挑出一副很大的扁圆的竹笼，笼口络着绳网，里面是松花黄色的，毛茸茸，挨挨挤挤，啾啾乱叫的小鸡小鸭。由沙洲往东，要经过一座浆坊。浆是浆衣服用的。这里的人，衣服被里洗过后，都要浆一浆。浆过的衣服，穿在身上沙沙作响。浆是芡实水磨，加一点明矾，澄去水分，晒干而成。这东西是不值什么钱的。一大盆衣被，只要到杂货店花两三个铜板，买一小块，用热水冲开，就足够用了。但是全县浆粉都由这家供应（这东西是家家用得着的），所以规模也不算小。浆坊有四五个师傅忙碌着。喂着两头毛驴，轮流上磨。浆坊门外，有一片平场，太阳好的时候，每天晒着浆块，白得叫人眼睛都睁不开。炕房、浆坊附近还有几家买卖荸荠、茨菇、菱角、鲜藕的鲜货行，集散鱼蟹的鱼行和收购青草的草行。过了炕房和浆坊，就都是田畴麦垅，牛棚水车，人家的墙上贴着黑黄色的牛屎粑粑，——牛粪和水，拍成饼状，直径半尺，整齐地贴在墙上晾干，作燃料，已经完全是农村的景色了。由大淖北去，可至北乡各村。东去可至一沟、二沟、三垛、樊川、界首，直达邻县兴化。

大淖的南岸，有一座漆成绿色的木板房，房顶、地面，都是木板的。这原是一个轮船公司。靠外手是候船的休息室。往里去，临水，就是码头。原来曾有一只小轮船，往来本城和兴化，隔日一班，单日开走，双日返回。小轮船漆得花花绿绿的，飘着万国旗，机器突突地响，烟筒冒着黑烟，装货、卸货，上客、下客，也有卖牛肉、高粱酒、花生瓜子、芝麻灌香糖的小贩，吆吆喝喝，是热闹过一阵的。后来因为公司赔了本，股东无意继续经营，就卖船停业了。这间木板房子倒没有拆去。现在里面空荡荡、冷清清，只有附近的野孩子到候船室来唱戏玩，棍棍棒棒，乱打一气；或到码头上比赛撒尿。七八个小家伙，齐齐地站成一排，把一泡泡骚尿哗哗地撒到水里，看谁尿得最远。

大淖指的是这片水，也指水边的陆地。这里是城区和乡下的交界处。从轮船公司往南，穿过一条深巷，就是北门外东大街了。坐在大淖的水边，可以听到远远地一阵一阵朦朦胧胧的市声，但是这里的一切和街里不一样。这里没有一家店铺。这里的颜色、声音、气味和街里不一样。这里的人也不一样。他们的生活，他们的风俗，他们的是非标准、伦理道德观念和街里的穿长衣念过"子曰"的人完全不同。

二

由轮船公司往东往西，各距一箭之遥，有两丛住户人家。

这两丛人家，也是互不相同的，各是各乡风。

西边是几排错错落落的低矮的瓦屋。这里住的是做小生意的。他们大都不是本地人，是从里下河一带，兴化、泰州、东台等处来的客户。卖紫萝卜的（紫萝卜是比荸荠略大的扁圆形的萝卜，外皮染成深蓝紫色，极甜脆），卖风菱的（风菱是很大的两角的菱角，壳极硬），卖山里红的，卖熟藕（藕孔里塞了糯米煮熟）的。还有一个从宝应来的卖眼镜的，一个从杭州来的卖天竺筷的。他们像一些候鸟，来去都有定时。来时，向相熟的人家租一间半间屋子，住上一阵，有的住得长一些，有的短一些，到生意做完，就走了。他们都是日出而作，日入而息。吃罢早饭，各自背着、扛着、挎着、举着自己的货色，用不同的乡音，不同的腔调，吟唱、吆唤着上街了。到太阳落山，又都像鸟似的回到自己的窝里。于是从这些低矮的屋檐下就都飘出带点甜味而又呛人的炊烟（所烧的柴草都是半干不湿的）。他们做的都是小本生意,赚钱不大。因为是在客边,对人很和气,凡事忍让，所以这一带平常总是安安静静的，很少有吵嘴打架的事情发生。

这里还住着二十来个锡匠，都是兴化帮。这地方兴用锡器，家家都有几件锡制的家伙。香炉、蜡台、痰盂、茶叶罐、水壶、茶壶、酒壶,甚至尿壶,都是锡的。嫁闺女时都要赔送一套锡器。最少也要有两个能容四五升米的大锡罐，摆在柜顶上，否则就不成其为嫁妆。出阁的闺女生了孩子，娘家要送两大罐糯米粥（另外还要有两只老母鸡，一百鸡蛋），装粥用的就是娘柜顶上的这两个锡罐。因此，二十来个锡匠并不显多。

锡匠的手艺不算费事，所用的家什也较简单。一副锡匠担子，一头是风箱，绳系里夹着几块锡板；一头是炭炉和两块二尺见方，一面裱着好几层表芯纸的方砖。锡器是打出来的，不是铸出来的。人家叫锡匠来打锡器，一般都是自己备料，——把几件残旧的锡器回炉重打。锡匠在人家门道里或是街边空地上，支起担子，拉动风箱，在锅里把旧锡化成锡水，——锡的熔点很低，不大一会就化了；然后把两块方砖对合着（裱纸的一面朝里），在两砖之间压一条绳子，绳子按照要打的锡器圈成近似的形状，绳头留在砖外，把锡水由绳口倾倒过去，两砖一压，就成了锡片；然后，用一个大剪子剪剪，用一个木棰在铁砧上敲敲打打，大约一两顿饭工夫就成型了。锡是软的，打锡器不像打铜器那样费劲，也不那样吵人。粗使的锡器，就这样就能交活。若是细巧的，就还要用刮刀刮一遍，用砂纸打一打，用竹节草（这种草中药店有卖的）磨得锃亮。

这一帮锡匠很讲义气。他们扶持疾病，互通有无，从不抢生意。若是合伙做活，工钱也分得很公道。这帮锡匠有一个头领，是个老锡匠，他说话没有人不听。老锡匠人很耿直，对其余的锡匠（不是他的晚辈就是他的徒弟）管教得很紧。他不许他们赌钱喝酒；嘱咐他们出外做活，要童叟无欺，手脚要干净；不许和妇道嬉皮笑脸。他教他们不要怕事，也绝不要惹事。除了上市应活，平常不让到处闲游乱窜。

老锡匠会打拳，别的锡匠也跟着练武。他屋里有好些白蜡杆，三节棍，没事便搬到外面场地上打对儿。老锡匠说：这是消遣，也可以防身，出门在外，会几手拳脚不吃亏。除此之外，锡匠们的娱乐便是唱唱戏。他们唱的这种戏叫做"小开口"，是一种地方小戏，唱腔本是萨满教的香火（巫师）请神唱的调子，所以又叫"香火戏"。这些锡匠并不信萨满教，但大都会唱香火戏。戏的曲调虽简单，内容却是成本大套，李三娘挑水推磨，生下咬脐郎；白娘子水漫金山；刘金定招亲；方卿唱道情……可以坐唱，也可以化了装彩唱。遇到阴天下雨，不能出街，他们能吹打弹唱一整天。附近的姑娘媳妇都挤过来看，——听。

老锡匠有个徒弟，也是他的侄儿，在家大排行第十一，小名就叫个十一子，外人都只叫他小锡匠。这十一子是老锡匠的一件心事。因为他太聪明，长得又太好看了。他长得挺拔廝称，肩宽腰细，唇红齿白，浓眉大眼，头戴遮阳草帽，青鞋净袜，全身衣服整齐合体。天热的时候，敞开衣扣，露出扇面也似的胸脯，五寸宽的雪白的板带煞得很紧。走起路来，高抬脚，轻着地，麻溜利索。锡匠里出了这样一个一表人才，真是鸡窝里飞出了金凤凰。老锡匠心里明白：唱"小开口"的时候，那些挤过来的姑娘媳妇，其实都是来看这位十一郎的。

老锡匠经常告诫十一子，不要和此地的姑娘媳妇拉拉扯扯，尤其不要和东头的姑娘媳妇有什么勾搭："她们和我们不是一样的人！"

三

轮船公司东头都是草房，茅草盖顶，黄土打墙，房顶两头多盖着半片破缸破瓮，防止大风时把茅草刮走。这里的人，世代相传，都是挑夫。男人、女人、大人、孩子，都靠肩膀吃饭。

挑得最多的是稻子。东乡、北乡的稻船，都在大淖靠岸。满船的稻子，都由这些挑夫挑走。或送到米店，或送进哪家大户的廒仓，或挑到南门外琵琶闸的大船上，沿运河外运。有时还会一直挑到车逻、马棚湾这样很远的码头上。单程一趟，或五六里，或七八里、十多里不等。一二十人走成一串，步子走得很匀，很快。一担稻子二百斤，中途不歇肩。一路不停地打着号子。换肩时一齐换肩。打头的一个，手往扁担上一搭，一二十副担子就同时由右肩转到左肩上来了。每挑一担，领一根"筹子"，——尺半长，一寸宽的竹牌，上涂白漆，一头是红的。到傍晚凭筹领钱。

稻谷之外，什么都挑。砖瓦、石灰、竹子（挑竹子一头拖在地上，在砖铺的街面上擦得刷刷地响）、桐油（桐油很重，使扁担不行，得用木杠，两人抬一桶）……因此，一年三百六十天，天天有活干，饿不着。

十三四岁的孩子就开始挑了。起初挑半担，用两个柳条笆斗。练上一二年，人长高了，力气也够了，就挑整担，像大人一样的挣钱了。

挑夫们的生活很简单：卖力气，吃饭。一天三顿，都是干饭。这些人家都不盘灶，烧的是"锅腔子"——黄土烧成的矮瓮，一面开口烧火。烧柴是不花钱的。淖边常有草船，乡下人挑芦柴入街去卖，一路总要撒下一些。凡是尚未挑担挣钱的孩子，就一人一把竹笆，到处去搂。因此，这些顽童得到一个稍带侮辱性的称呼，叫做"笆草鬼子"。有时懒得费事，就从乡下人的草担上猛力拽出一把，拔腿就溜。等乡下人撂下担子叫骂时，他们早就没影儿了。锅腔子无处出烟，烟子就横溢出来，飘到大淖水面上，平铺开来，停留不散。这些人家无隔宿之粮，都是当天买，当天吃。吃的都是脱粟的糙米。一到饭时，就看见这些茅草房子的门口蹲着一些男子汉，捧着一个蓝花大海碗，碗里是骨堆堆的一碗紫红紫红的米饭，一边堆着青菜小鱼、臭豆腐、腌辣椒，大口大口地在吞食。他们吃饭不怎么嚼，只在嘴里打一个滚，咕咚一声就咽下去了。看他们吃得那样香，你会觉得世界上再没有比这个饭更好吃的饭了。

他们也有年，也有节。逢年过节，除了换一件干净衣裳，吃得好一些，就是聚在一起赌钱。赌具，也是钱。打钱，滚钱。打钱：各人拿出一二十铜元，叠成很高的一摞。参与者远远地用一个钱向这摞铜钱砸去，砸倒多少取多少。滚钱又叫"滚五七寸"。在一片空场上，各人放一摞钱；一块整砖支起一个斜坡，用一个铜元由砖面落下，向钱注密处滚去，钱停住后，用事前备好的两根草棍量一量，如距钱注五寸，滚钱者即可吃掉这一注；距离七寸，反赔出与此注相同之数。这种古老的博法使挑夫们得到极大的快乐。旁观的闲人也不时大声喝采，为他们助兴。

这里的姑娘媳妇也都能挑。她们挑得不比男人少，走得不比男人慢。挑鲜货是她们的专业。大概是觉得这种水淋淋的东西对女人更相宜，男人们是不屑于去挑的。这些"女将"都生得颀长俊俏，浓黑的头发上涂了很多梳头油，梳得油光水滑（照当地说法是：苍蝇站上去都会闪了腿）。脑后的发髻都极大。发髻的大红头绳的发根长到二寸，老远就看到通红的一截。她们的发髻的一侧总要插一点什么东西。清明插一个柳球（杨柳的嫩枝，一头拿牙咬着，把柳枝的外皮连同鹅黄的柳叶使劲往下一抹，成一个小小球形），端午插一丛艾叶，有鲜花时插一朵栀子、一朵夹竹桃，无鲜花时插一朵大红剪绒花。因为常年挑担，衣服的肩膀处易破，她们的托肩多半是换过的。旧衣服，新托肩，颜色不一样，这几乎成了大淖妇女的特有的服饰。一二十个姑娘媳妇，挑着一担担紫红的荸荠、碧绿的菱角、雪白的连枝藕，走成一长串，风摆柳似的嚓嚓地走过，好看得很！

她们像男人一样的挣钱，走相、坐相也像男人。走起来一阵风，坐下来两条腿叉得很开。她们像男人一样赤脚穿草鞋（脚指甲却用凤仙花染红）。她们嘴里不忌生冷，男人怎么说话她们怎么说话，她们也用男人骂人的话骂人。打起号子来也是"好大娘个歪歪子咧！"——"歪歪子咧……"

没出门子的姑娘还文雅一点，一做了媳妇就简直是"姜太公在此百无禁忌"，要多野有多野。有一个老光棍黄海龙，年轻时也是挑夫，后来腿脚有了点毛病，就在码头上看看稻船，收收筹子。这老头儿老没正经，一把胡子了，还喜欢在媳妇们的胸前屁股上摸一把，拧一下。按辈份，他应当被这些媳妇称呼一声叔公，可是谁都管他叫"老骚胡子"。有一天，他又动手动脚的，几个媳妇一咬耳朵，一二三，一齐上手，眨眼之间叔公的裤子就挂在大树顶上了。有一回，叔公听见卖饺面③的挑着担子，敲着竹梆走来，他又来劲了："你们敢不敢到淖里洗个澡？——敢，我一个人输你们两碗饺面！"——"真的？"——"真的！"——"好！"几个媳妇脱了衣服跳到淖里扑通扑通洗了一会。爬上岸就大声喊叫：

"下面！"

　　这里人家的婚嫁极少明媒正娶，花轿吹鼓手是挣不着他们的钱的。媳妇，多是自己跑来的；姑娘，一般是自己找人。她们在男女关系上是比较随便的。姑娘在家生私孩子；一个媳妇，在丈夫之外，再"靠"一个，不是稀奇事。这里的女人和男人好，还是恼，只有一个标准：情愿。有的姑娘、媳妇相与了一个男人，自然也跟他要钱买花戴，但是有的不但不要他们的钱，反而把钱给他花，叫做"倒贴"。

　　因此，街里的人说这里"风气不好"。

　　到底是哪里的风气更好一些呢？难说。

四

　　大淖东头有一户人家。这一家只有两口人，父亲和女儿。父亲名叫黄海蛟，是黄海龙的堂弟（挑夫里姓黄的多）。原来是挑夫里的一把好手。他专能上高跳。这地方大粮行的"窝积"（长条芦席围成的粮囤），高到三四丈，只支一只单跳，很陡。上高跳要提着气一口气窜上去，中途不能停留。遇到上了一点岁数的或者"女将"，抬头看看高跳，有点含胡，他就走过去接过二百斤的担子，一支箭似的上到跳顶，两手一提，把两箩稻子倒在"窝积"里，随即三五步就下到平地。因为为人忠诚老实，二十五岁了，还没有成亲。那年在车逻挑粮食，遇到一个姑娘向他问路。这姑娘留着长长的刘海，梳了一个"苏州俏"的发髻，还抹了一点胭脂，眼色张皇，神情焦急，她问路，可是连一个准地名都说不清，一看就知道是大户人家逃出来的使女。黄海蛟和她攀谈了一会，这姑娘就表示愿意跟着他过。她叫莲子。——这地方丫头、使女多叫莲子。

莲子和黄海蛟过了一年，给他生了个女儿。七月生的，生下的时候满天都是五色云彩，就取名叫做巧云。

莲子的手很巧，也勤快，只是爱穿件华丝葛的裤子，爱吃点瓜子零食，还爱唱"打牙牌"之类的小调："凉月子一出照楼梢，打个呵欠伸懒腰，瞌睡子又上来了。哎哟，哎哟，瞌睡子又上来了……"这和大淖的乡风不大一样。

巧云三岁那年，她的妈莲子，终于和一个过路戏班子的一个唱小生的跑了。那天，黄海蛟正在马棚湾。莲子把黄海蛟的衣裳都浆洗了一遍，巧云的小衣裳也收拾在一起，焖了一锅饭，还给老黄打了半斤酒，把孩子托给邻居，说是她出门有点事，锁了门，从此就不知去向了。

巧云的妈跑了，黄海蛟倒没有怎么伤心难过。这种事情在大淖这个地方也值不得大惊小怪。养熟的鸟还有飞走的时候呢，何况是一个人！只是她留下的这块肉，黄海蛟实在是疼得不行。他不愿巧云在后娘的眼皮底下委委屈屈地生活，因此发心不再续娶。他就又当爹又当妈，和女儿巧云在一起过了十几年。他不愿巧云去挑扁担，巧云从十四岁就学会结鱼网和打芦席。

巧云十五岁，长成了一朵花。身材、脸盘都像妈。瓜子脸，一边有个很深的酒窝。眉毛黑如鸦翅，长入鬓角。眼角有点吊，是一双凤眼。睫毛很长，因此显得眼睛经常是眯眯着；忽然回头，睁得大大的，带点吃惊而专注的神情，好像听到远处有人叫她似的。她在门外的两棵树杈之间结网，在淖边平地上织席，就有一些少年人装着有事的样子来来去去。她上街买东西，甭管是买肉、买菜，打油、打酒，撕布、量头绳，买梳头油、雪花膏，买石碱、浆块，同样的钱，她买回来，份量都比别人多，东西都比别人的好。这个奥秘早被大娘、大婶们发现，她们都托她买东西。只要巧云一上街，都挎了好几个竹篮，回来时压得两个胳臂酸疼酸疼。泰山庙唱戏，人家都自己扛了板凳去。巧云散着手就去了。一去了，总有人给她找一个得看的好座。台上的戏唱得正热闹，但是没有多少人叫好。因为好些人不是在看戏，是看她。

巧云十六了，该张罗着自己的事了。谁家会把这朵花迎走呢？炕房的老大？浆坊的老二？鲜货行的老三？他们都有这意思。这点意思黄海蛟知道了，巧云也知道。不然他们老到淖东头来回晃摇是干什么呢？但是巧云没怎么往心里去。

巧云十七岁，命运发生了一个急转直下的变化。她的父亲黄海蛟在一次挑重担上高跳时，一脚踏空，从三丈高的跳板上摔下来，摔断了腰。起初以为不要紧，养养就好了。不想喝了好多药酒，贴了好多膏药，还不见效。她爹半瘫了，他的腰再也直不起来了。他有时下床，扶着一个剃头担子上用的高板凳，格登格登地走一截，平常就只好半躺下靠在一摞被窝上。他不能用自己的肩膀为女儿挣几件新衣裳，买两枝花，却只能由女儿用一双手养活自己了。还不到五十岁的男子汉，只能做一点老太婆做的事：绩了一捆又一捆的供女儿结网用的麻线。事情很清楚：巧云不会撇下她这个老实可怜的残废爹。谁要愿意，只能上这家来当一个倒插门的养老女婿。谁愿意呢？这家的全部家产只有三间草屋（巧云和爹各住一间，当中是一个小小的堂屋）。老大、老二、老三时不时走来走去，拿眼睛瞟着隔着一层鱼网或者坐在雪白的芦席上的一个苗条的身子。他们的眼睛依然不缺乏爱慕，但是减少了几分急切。

老锡匠告诫十一子不要老往淖东头跑，但是小锡匠还短不了要来。大娘、大婶、姑娘、媳妇有旧壶翻新，总喜欢叫小锡匠来；从大淖过深巷上大街也要经过这里，巧云家门前的柳阴是一个等待雇主的好地方。巧云织席，十一子化锡，正好做伴。有时巧云停下活计，帮小锡匠拉风箱。有时巧云要回家看看她的残废爹，问他想不想吃烟喝水，小锡匠就压住炉里的火，帮她织一气席。巧云的手指划破了（织席很容易划破手，压扁的芦苇薄片，刀一样地锋快），十一子就帮她吮吸指头肚子上的血。

巧云从十一子口里知道他家里的事：他是个独子，没有兄弟姐妹。他有一个老娘，守寡多年了。他娘在家给人家做针线，眼睛越来越不好，他很担心她有一天会瞎……

好心的大人路过时会想：这倒真是两只鸳鸯，可是配不成对。一家要招一个养老女婿，一家要接一个当家媳妇，弄不到一起。他们俩呢，只是很愿意在一处谈谈坐坐。都到岁数了，心里不是没有。只是像一片薄薄的云，飘过来，飘过去，下不成雨。

有一天晚上，好月亮，巧云到淖边一只空船上去洗衣裳（这里的船泊定后，把桨拖到岸上，寄放在熟人家，船就拴在这里，无人看管，谁都可以上去）。她正在船头把身子往前倾着，用力涮着一件大衣裳，一个不知轻重的顽皮野孩子轻轻走到她身后，伸出两手咯吱她的腰。她冷不妨，一头栽进了水里。她本会一点水，但是一下子懵了。这几天水又大，流很急。她挣扎了两下，喊救人，接连喝了几口水。她被水冲走了！正赶上十一子在炕房门外土坪上打拳，看见一个人冲了过来，头发在水上漂着。他褪下鞋子，一猛子扎到水底，从水里把她托了起来。

十一子把她肚子里的水控了出来，巧云还是昏迷不醒。十一子只好把她横抱着，像抱一个婴儿似的，把她送回去。她浑身是湿的，软绵绵，热乎乎的。十一子觉得巧云紧紧挨着他，越挨越紧。十一子的心怦怦地跳。

到了家，巧云醒来了。（她早就醒来了！）十一子把她放在床上。巧云换了湿衣裳（月光照出她的美丽的少女的身体）。十一子抓一把草，给她熬了半锡子姜糖水，让她喝下去，就走了。

巧云起来关了门，躺下。她好像看见自己躺在床上的样子。月亮真好。

巧云在心里说："你是个呆子！"

她说出声来了。

不大一会，她也就睡死了。

就在这一天夜里，另外一个人，拨开了巧云家的门。

五

由轮船公司对面的巷子转东大街，往西不远，有一个道士观，叫做炼阳观。现在没有道士了，里面住了不到一营水上保安队。这水上保安队是地方武装。他们名义上归县政府官辖，饷银却由县商会开销，水上保安队的任务是下乡剿土匪。这一带土匪很多，他们抢了人，绑了票，大都藏匿在芦荡湖泊中的船上（这地方到处是水），如遇追捕，便于脱逃。因此，地方绅商觉得很需要成立一个特殊的武装力量来对付这些成帮结伙的土匪。水上保安队装备是很好的。他们乘的船是"铁板划子"——船的三面都有半人高、三四分厚的铁板，子弹是打不透的。铁板划子就停在大淖岸边，样子很高傲。一有任务，就看见大兵们扛着两挺水机关，用箩筐抬着多半筐子弹（子弹不用箱装，却使箩抬，颇奇怪），上了船，开走了。

或七八天，或十天半月，他们得胜回来了（他们有铁板划子，又有水机关，对土匪有压倒优势，很少有伤亡）。铁板划子靠了岸，上岸列队，由深巷，上大街，直奔县政府。这队伍是四列纵队。前面是号队。这不到一营的人，却有十二支号。一上大街，就"打打打滴打大打滴大打"，齐齐整整地吹起来。后面是全队弟兄，一律荷枪实弹。号队之后，大队之前的正中，是捉来的土匪。有时三个五个，有时只有一个，都是五花大绑。这队伍是很神气的。最妙的是被绑着的土匪也一律都合着号音，步伐整齐，雄赳赳气昂昂地走着。甚至值日官喊"一、二、三、四"，他们也随着大声地喊。大队上街之前，要由地保事先通知沿街店铺，凡有鸟笼的（有的店铺是养八哥、画眉的），都要收起来，因为土匪大哥看见不高兴，这是他们忌讳的（他们到了县政府，都下在大狱里，看见笼中鸟，就无出狱希望了）。看看这样的铜号放光，刺刀雪亮，还夹着几个带有传奇色彩的土匪英雄的威武雄壮的队伍，是这条街上的民众的一件快乐事情。其快乐程度不下于看狮子、龙灯、高跷、抬阁和僧道齐全、六十四杠的大出丧。

除了下乡办差，保安队的弟兄们没有什么事。他们除了把两挺水机关扛到大淖边突突地打两梭（把淖岸上的泥土打得簌簌地往下掉），平常是难得出操、打野外的。使人们感觉到这营把人的存在的，是这十二个号兵早晚练号。早晨八九点钟，下午四五点钟，他们就到大淖边来了。先是拨长音，然后各自吹几段，最后是合吹进行曲、三环号（他们吹三环号只是吹着玩，因为从来没有接受检阅的时候）。吹完号，就解散，想干什么干什么。有的，就轻手轻脚，走进一家的门外，咳嗽一声，随着，走了进去，门就关起来了。

这些号兵大都衣着整齐，干净爱俏。他们除了吹吹号，整天无事干，有的是闲空。他们的钱来得容易，——饷钱倒不多，但每次下乡，总有犒赏；有时与土匪遭遇，双方谈条件，也常从对方手中得到一笔钱，手面很大方，花钱不在乎。他们是保护地方绅商的军人，身后有靠山，即或出一点什么事，谁也无奈他何。因此，这些大爷就觉得不风流风流，实在对不起自己，也辜负了别人。

十二个号兵，有一个号长，姓刘，大家都叫他刘号长。这刘号长前后跟大淖几家的媳妇都很熟。

拨开巧云家的门的，就是这个号长！

号长走的时候留下十块钱。

这种事在大淖不是第一次发生。巧云的残废爹当时就知道了。他拿着这十块钱，只是长长地叹了一口气。邻居们知道了，姑娘、媳妇并未多议论，只骂了一句："这个该死的！"

巧云破了身子，她没有淌眼泪，更没有想到跳到淖里淹死。人生在世，总有这么一遭！只是为什么是这个人？真不该是这个人！怎么办？拿把菜刀杀了他？放火烧了炼阳观？不行！她还有个残废爹。她怔怔地坐在床上，心里乱糟糟的。她想起该起来烧早饭了。她还得结网，织席，还得上街。她想起小时候上人家看新娘子，新娘子穿了一双粉红的缎子花鞋。她想起她的远在天边的妈。她记不得妈的样子，只记得妈用一个筷子头蘸了胭脂给她点了一点眉心红。她拿起镜子照照，她好像第一次看清楚自己的模样。她想起十一子给她吮手指上的血，这血一定是咸的。她觉得对不起十一子，好像自己做错了什么事。她非常失悔：没有把自己给了十一子！

她的这个念头越来越强烈。这个号长来一次，她的念头就更强烈一分。

水上保安队又下乡了。

一天，巧云找到十一子，说："晚上你到大淖东边来，我有话跟你说。"

十一子到了淖边。巧云踏在一只"鸭撇子"上（放鸭子用的小船，极小，仅容一人。这是一只公船，平常就拴在淖边。大淖人谁都可以撑着它到沙洲上挑蒌蒿，割茅草，拣野鸭蛋），把篙子一点，撑向淖中央的沙洲，对十一子说："你来！"

过了一会，十一子泅水到了沙洲上。

他们在沙洲的茅草丛里一直呆到月到中天。

月亮真好啊！

六

十一子和巧云的事，师兄们都知道，只瞒着老锡匠一个人。他们偷偷地给他留着门，在门窝子里倒了水（这样推门进来没有声音）。十一子常常到天快亮的时候才回来。有一天，又是这时候才推开门。刚刚要钻被窝，听见老锡匠说：

"你不要命啦！"

这种事情怎么瞒得住人呢？终于，传到刘号长的耳朵里。其实没有人跟他嚼舌头，刘号长自己还不知道？巧云看见他都讨厌，她的全身都是冷淡的。刘号长咽不下这口气。本来，他跟巧云又没有拜过堂，完过花烛，闲花野草，断了就断了。可是一个小锡匠，夺走了他的人，这丢了当兵的脸。太岁头上动土，这还行！这种事从来没有发生过。连保安队的弟兄也都觉得面上无光，在人前矬了一截。他是只许自己在别人头上拉屎撒尿，不许别人在他脸上溅一星唾沫的。若是闭着眼过去，往后，保安队的人还混不混了？

有一天，天还没亮，刘号长带了几个弟兄，踢开巧云家的门，从被窝里拉起了小锡匠，把他捆了起来。把黄海蛟、巧云的手脚也都捆了，怕他们去叫人。

他们把小锡匠弄到泰山庙后面的坟地里，一人一根棍子，搂头盖脸地打他。

他们要小锡匠卷铺盖走人，回他的兴化，不许再留在大淖。

小锡匠不说话。

他们要小锡匠答应不再走进黄家的门，不挨巧云的身子。

小锡匠还是不说话。

他们要小锡匠告一声饶，认一个错。

小锡匠的牙咬得紧紧的。

小锡匠的硬铮把这些向来是横着膀子走路的家伙惹怒了，"你这样硬！打不死你！"——"打"，七八根棍子风一样、雨一样打在小锡匠的身子。

小锡匠被他们打死了。

锡匠们听说十一子被保安队的人绑走了，他们四处找，找到了泰山庙。

老锡匠用手一探，十一子还有一丝悠悠气。老锡匠叫人赶紧去找陈年的尿桶。他经验过这种事，打死的人，只有喝了从桶里刮出来的尿碱，才有救。

十一子的牙关咬得很紧，灌不进去。

巧云捧了一碗尿碱汤，在十一子的耳边说："十一子，

十一子，你喝了！"

十一子微微听见一点声音，他睁了睁眼。巧云把一碗尿碱汤灌进了十一子的喉咙。

不知道为什么，她自己也尝了一口。

锡匠们摘了一块门板，把十一子放在门板上，往家里抬。

他们抬着十一子，到了大淖东头，还要往西走。巧云拦住了："不要。抬到我家里。"

老锡匠点点头。

巧云把屋里存着的鱼网和芦席都拿到街上卖了，买了七厘散，医治十一子身子里的瘀血。

东头的几家大娘、大婶杀了下蛋的老母鸡，给巧云送来了。

锡匠们凑了钱，买了人参，熬了参汤。

挑夫，锡匠，姑娘，媳妇，川流不息地来看望十一子。他们把平时在辛苦而单调的生活中不常表现的热情和好心都拿出来了。他们觉得十一子和巧云做的事都很应该，很对。大淖出了这样一对年轻人，使他们觉得骄傲。大家的心喜洋洋，热乎乎的，好像在过年。

刘号长打了人，不敢再露面。他那几个弟兄也都躲在保安队的队部里不出来。保安队的门口加了双岗。这些好汉原来都是一窝"草鸡"！

锡匠们开了会。他们向县政府递了呈子，要求保安队把姓刘的交出来。

县政府没有答复。

锡匠们上街游行。这个游行队伍是很多人从未见过的。没有旗子，没有标语，就是二十来个锡匠挑着二十来副锡匠担子，在全城的大街上慢慢地走。这是个沉默的队伍，但是非常严肃。他们表现出不可侵犯的威严和不可动摇的决心。这个带有中世纪行帮色彩的游行队伍十分动人。

游行继续了三天。

第三天，他们举行了"顶香请愿"。二十来个锡匠，在县政府照壁前坐着，每人头上用木盘顶着一炉炽旺的香。这是一个古老的风俗：民有沉冤，官不受理，被逼急了的百姓可以用香火把县大堂烧了，据说这不算犯法。

这条规矩不载于《六法全书》，现在不是大清国，县政府可以不理会这种"陋习"。但是这些锡匠是横了心的，他们当真干起来，后果是严重的。县长邀请县里的绅商商议，一致认为这件事不能再不管。于是由商会会长出面，约请了有关的人：一个承审——作为县长代表，保安队的副官，老锡匠和另外两个年长的锡匠，还有代表挑夫的黄海龙，四邻见证，——卖眼镜的宝应人，卖天竺筷的杭州人，在一家大茶馆里举行会谈，来"了"这件事。

会谈的结果是：小锡匠养伤的药钱由保安队负担（实际是

商会拿钱），刘号长驱逐出境。由刘号长画押具结。老锡匠觉得这样就给锡匠和挑夫都挣了面子，可以见好就收了。只是要求在刘某人的甘结上写上一条：如果他再踏进县城一步，任凭老锡匠一个人把他收拾了！

过了两天，刘号长就由两个弟兄持枪护送，悄悄地走了。他被调到三垛去当了税警。

十一子能进一点饮食，能说话了。巧云问他：

"他们打你，你只要说不再进我家的门，就不打你了，你就不会吃这样大的苦了。你为什么不说？"

"你要我说么？"

"不要。"

"我知道你不要。"

"你值么？"

"我值。"

"十一子，你真好！我喜欢你！你快点好。"

"你亲我一下，我就好得快。"

"好，亲你！"

巧云一家有了三张嘴。两个男的不能挣钱，但要吃饭。大淖东头的人家都没有积蓄，也没有什么东西可以变卖典押。结鱼网，打芦席，都不能当时见钱。十一子的伤一时半会不会好，日子长了，怎么过呢？巧云没有经过太多考虑，把爹用过的箩筐找出来，磕磕尘土，就去挑担挣"活钱"去了。姑娘媳妇都很佩服她。起初她们怕她挑不惯，后来看她脚下很快，很匀，也就放心了。从此，巧云就和邻居的姑娘媳妇在一起，挑着紫红的荸荠、碧绿的菱角、雪白的连枝藕，风摆柳似地穿街过市，发髻的一侧插着大红花。她的眼睛还是那么亮，长睫毛忽扇忽扇的。但是眼神显得更深沉，更坚定了。她从一个姑娘变成了一个很能干的小媳妇。

十一子的伤会好么？

会。

当然会！

一九八一年二月四日，旧历大年三十

注释

① 本篇原载《北京文学》1981 年第四期；初收《汪曾祺短篇小说选》，北京出版社，1982 年 2 月。

② 荸荠是生于水边的野草，粗如笔管，有节，生狭长的小叶，初生二寸来高，叫做"荸荠薹子"，加肉炒食极清香。苏东坡诗："竹外桃花三两枝，春江水暖鸭先知。荸荠满地芦芽短，正是河豚欲上时。"荸荠见之于诗，这大概是第一次。他很能写出节令风物之美。

③ 一半馄饨一半面下在一起，当地叫做饺面。

昙花、鹤和鬼火[①]

　　邻居夏老人送给李小龙一盆昙花。昙花在这一带是很少见的。夏老人很会养花，什么花都有。李小龙很小就听说过"昙花一现"。夏老人指给他看："这就是昙花。"李小龙欢欢喜喜地把花抱回来了。他的心欢喜得咚咚地跳。

　　李小龙给它浇水，松土。白天搬到屋外。晚上搬进屋里，放在床前的高茶几上。早上睁开眼第一件事便是看看他的昙花。放学回来，连书包都不放，先去看看昙花。

　　昙花长得很好，长出了好几片新叶，嫩绿嫩绿的。

　　李小龙盼着昙花开。

　　昙花苗了骨朵儿了！

　　李小龙上课不安心，他总是怕昙花在他不在家的时候开了。他听说昙花开无定时，说开就开了。

　　晚上，他睡得很晚，守着昙花。他听说昙花常常是夜晚开。

　　昙花就要开了。

昙花还没有开。

一天夜里，李小龙在梦里闻到一股醉人的香味。他忽然惊醒了：昙花开了！

李小龙一轱辘坐了起来，划根火柴，点亮了煤油灯：昙花真的开了！

李小龙好像在做梦。

昙花真美呀！雪白雪白的，白得像玉，像天上的云。花心淡黄，淡得像没有颜色，淡得真雅。她像一个睡醒的美人，正在舒展着她的肢体，一面呼出醉人的香气。啊呀，真香呀！香死了！

李小龙两手托着下巴，目不转睛地看着昙花。看了很久，很久。

他困了。他想就这样看它一夜，但是他困了。吹熄了灯，他睡了。一睡就睡着了。

睡着之后，他做了一个梦，梦见昙花开了。

于是李小龙有了两盆昙花。一盆在他的床前，一盆在他的梦里。

李小龙已经是中学生了。过了一个暑假，上初二了。

学校在东门里，原是一个道士观，叫赞化宫。李小龙的家在北门外东街。从李小龙家到中学可以走两条路。一条进北门走城里，一条走城外。李小龙上学的时候都是走城外，因为近得多。放学有时走城外，有时走城里。走城里是为了看热闹或是买纸笔，买糖果零吃。

从李小龙家的巷子出来，是越塘。越塘边经常停着一些粪船。那是乡下人上城来买粪的。李小龙小时候刚学会摺纸手工时，常摺的便是"粪船"。其实这只纸船是空的，装什么都可以。小孩子因为常常看见这样的船装粪，就名之曰粪船了。

沿越塘的坡岸走上来，右边有几家种菜的。左边便是菜地。李小龙看见种菜的种青菜，种萝卜。看他们浇粪，浇水。种菜的用一个长把的水舀子舀满了水，手臂一挥舞，水就像扇面一样均匀地洒开了。青菜一天一个样，一天一天长高了，全都直直地立着，都很精神，很水灵。萝卜原来像菜，后来露出红红的"背儿"，就像萝卜了。他看见扁豆开花，扁豆结角了。看见芝麻。芝麻可不好看，直不棱挺，四方四棱的杆子，结了好些带小毛刺的蒴果。蒴果里就是芝麻粒了。"你就是芝麻呀！"李小龙过去没看见过芝麻。他觉得芝麻能榨油，给人吃，这非常神奇。

过了菜地，有一条不很宽的石头路。铺路的石头不整齐，大大小小，而且都是光滑的，圆乎乎的，不好走。人不好走，牛更不好走。李小龙常常看见一头牛的一只前腿或后腿的蹄子在圆石头上"霍——哒"一声滑了一下，——然而他没有看见牛滑得摔倒过。牛好像特别爱在这条路上拉屎。路上随时可以看见几堆牛屎。

石头路两侧各有两座牌坊，都是青石的。大小、模样都差不多。李小龙知道，这是贞节牌坊。谁也不知道这是谁家的，是为哪一个守节的寡妇立的。那么，这不是白立了么？牌坊上有很多麻雀做窝。麻雀一天到晚叽叽喳喳地叫，好像是牌坊自己叽叽喳喳叫着似的。牌坊当然不会叫，石头是没有声音的。

石头路的东边是农田，两边是一片很大的苇荡子。苇荡子的尽头是一片乌蒙蒙的杂树林子。林子后面是善因寺。沿石头路往善因寺有一条小路，很少人走。李小龙有一次一个人走了一截，觉得怪瘆得慌。

春天，苇荡子里有很多蝌蚪，忙忙碌碌地甩着小尾巴。很快，就变成了小蛤蟆。小蛤蟆每天早上横过石头路乱蹦。你们干嘛乱蹦，不好老实呆着吗？小蛤蟆很快就成了大蛤蟆，咕呱乱叫！

走完石头路，是傅公桥。从东门绕过来的护城河往北，从北城绕过来的护城河往东，在河里汇合，流入澄子河。傅公桥正跨在汇流的浦上。这是一座洋松木桥。两根桥梁，上面横铺着立着的洋松木的扁方子，用巨大的铁螺丝固定在桥梁上。洋松扁方并不密接，每两方之间留着和扁方宽度相等的空隙。从桥上过，可以看见水从下面流。有时一团青草，一片破芦席片顺水漂过来，也看得见它们从桥下悠悠地漂过去。

李小龙从初一读到初二了，来来回回从桥上过，他已经过了多少次了？

为什么叫做傅公桥？傅公是谁？谁也不知道。

过了傅公桥，是一条很宽很平的大路，当地人把它叫做"马路"。走在这样很宽很平的大路上，是很痛快、很舒服的。

马路东，是一大片农田。这是"学田"。这片田因为可以直接以护城河引水灌溉，所以庄稼长得特别的好，每年的收成都是别处的田地比不了的。

李小龙看见过割稻子。看见过种麦子。春天，他爱下了马路，从麦子地里走，一直走到东门口。麦子还没有"起身"的时候，是不怕踩的，越踩越旺。麦子一天一天长高了。他掐下几粒青麦子，搓去外皮，放进嘴里嚼。他一辈子记得青麦子的清香甘美的味道。他看见过割麦子。看见过插秧。插秧是个大喜的日子，好比是娶媳妇，聘闺女。插秧的人总是精精神神的，脾气也特别温和。又忙碌，又从容，凡事有条有理。他们的眼睛里流动着对于粮食和土地的脉脉的深情。一天又一天，哈，稻子长得齐李小龙的腰了。不论是麦子，是稻子，挨着马路的地边的一排长得特别好。总有几丛长得又高又壮，比周围的稻麦高出好些。李小龙想，这大概是由于过路的行人曾经对着它撒过尿。小风吹着丰盛的庄稼的绿叶，沙沙地响，像一首遥远的、温柔的歌。李小龙在歌里欢快地走着……

　　李小龙有时候挨着庄稼地走，有时挨着河沿走。河对岸是一带黑黑的城墙，城墙垛子一个、一个、一个，整齐地排列着。城墙外面，有一溜墓地，长了好些狗尾巴草、扎蓬、苍耳和风播下来的旅生的芦秫。草丛里一定有很多蝈蝈，蝈蝈把它们的吵闹声音都送到河这边来了。下面，是护城河。随着上游水闸的启闭，河水有时大，有时小；有时急，有时慢。水急的时候，挨着岸边的水会倒流回去，李小龙觉得很奇怪。过路的大人告诉他：这叫"回溜"。水是从运河里流下来的，是浑水，颜色黄黄的。黑黑的城墙，碧绿的田地，白白的马路，黄黄的河水。

　　去年冬天，有一天，下大雪，李小龙一大早上学去，他发现河水是红颜色的！很红很红，红得像玫瑰花。李小龙想：也许是雪把河变红了。雪那样厚，雪把什么都盖成一片白，于是衬得河水是红的了。也许是河水自己这一天发红了。他琢磨不透。但是他千真万确看见了一条红水河。雪地上还没有人走过，李小龙独自一人，踏着积雪，他的脚踩得积雪咯吱咯吱地响。雪白雪白的原野上流着一条玫瑰红色的河，那样单纯，那样鲜明而奇特，这种景色，李小龙从来没有看见过，以后也没有看见过。

　　有一天早晨，李小龙看到一只鹤。秋天了，庄稼都收割了，扁豆和芝麻都拔了秧，树叶落了，芦苇都黄了，芦花雪白，人的眼界空阔了。空气非常凉爽。天空淡蓝淡蓝的，淡得像水。

李小龙一抬头，看见天上飞着一只东西。鹤！他立刻知道，这是一只鹤。李小龙没有见过真的鹤，他只在画里见过，他自己还画过。不过，这的的确确是一只鹤。真奇怪，怎么会有一只鹤呢？这一带从来没有人家养过一只鹤，更不用说是野鹤了。然而这真是一只鹤呀！鹤沿着北边城墙的上空往东飞去。飞得很高，很慢，雪白的身子，雪白的翅膀，两只长腿伸在后面。李小龙看得很清楚，清楚极了！李小龙看得呆了。鹤是那样美，又教人觉得很凄凉。

鹤慢慢地飞着，飞过傅公桥的上空，渐渐地飞远了。

李小龙痴立在桥上。

李小龙多少年还忘不了那天的印象，忘不了那种难遇的凄凉的美，那只神秘的孤鹤。

李小龙后来长大了，到了很多地方，看到过很多鹤。

不，这都不是李小龙的那只鹤。

世界上的诗人们，你们能找到李小龙的鹤么？

李小龙放学回家晚了。教图画手工的张先生给了他一个任务，让他刻一副竹子的对联。对联不大，只有三尺高。选一段好毛竹，一剖为二，刳去竹节，用砂纸和竹节草打磨光滑了，这就是一副对子。联文是很平常的：

惜花春起早

爱月夜眠迟

字是请善因寺的和尚石桥写的，写的是石鼓。因为李小龙上初一的时候就在家跟父亲学刻图章，已经刻了一年，张先生知道他懂得一点篆书的笔意，才把这副对子交给他刻。刻起来并不费事，把字的笔划的边廓刻深，再用刀把边线之间的竹皮铲平，见到"二青"就行了。不过竹皮很滑，竹面又是圆的，需要手劲。张先生怕他带来带去，把竹皮上墨书的字蹭模糊了，教他就在自己的画室里刻。张先生的画室在一个小楼上。小楼在学校东北角，是赞化宫的遗物，原来大概是供吕洞宾的，很旧了。楼的三面都是紫竹，——紫竹在城里别处极少见，学生习惯就把这座楼叫成"紫竹楼"。李小龙每天下课后，上楼来刻一个字，刻完回家。已经刻了一个多星期了。这天就剩下"眠迟"两个字了，心想一气刻完得了，明天好填上石绿挂起来看看，就贪刻了一会。偏偏石鼓文体的"迟"字笔划又多，时间不知不觉就过去了。刻完了"迟"的"走之"，揉揉眼睛，一看：呀，天都黑了！而且听到隐隐的雷声，——要下雨了：赶紧走。他背起书包直奔东门。出了东门，听到东门外铁板桥下轰鸣震耳的水声，他有点犹豫了。

东门外是刑场（后来李小龙到过很多地方，发现别处的刑场都在西门外。按中国的传统观念，西方主杀，不知道这里的刑场为什么在东门外）。对着东门不远，有一片空地，空地上现在还有一些浅浅的圆坑，据说当初杀人就是让犯人跪在坑里，由背后向第三个颈椎的接缝处切一刀。现在不兴杀头了，枪毙犯人——当地叫做"铳人"，还是在这里。李小龙的同学有时上着课，听到街上犯人拉长音的凄惨的号声，就知道要铳人了。他们下了课赶去看，有时能看到尸首，有时看到地下一摊血。东门桥是全县唯一的一座铁板桥。桥下有闸。桥南桥北水位落差很大，河水倾跌下来，声音很吓人。当地人把这座桥叫做掉魂桥，说是临刑的犯人到了桥上，听到水声，魂就掉了。

李小龙犹豫了一下，还是走上铁板桥了。他的脚步踏得桥上的铁板当当地响。

天骤然黑下来了，雨云密集，天阴得很严。下了桥，他就掉在黑暗里了。什么也看不见，只能看到一条灰白的痕迹，是马路；黑糊糊的一片，是稻田。好在这条路他走得很熟，闭着眼也能走到，不会掉到河里去，走吧！他听见河水哗哗地响，流得比平常好像更急。听见稻子的新秀的穗子摆动着，稻粒磨擦着发出细碎的声音。一个什么东西窜过马路！——大概是一只獾子。什么东西落进河水了，——"卜通"！他的脚清楚地感觉到脚下的路。一个圆形的浅坑，这是一个牛蹄印子，干了。谁在这里扔下一块西瓜皮！差点摔了我一跤！天上不时扯一个闪。青色的闪、金色的闪、紫色的闪。闪电照亮一块黑云，黑云翻滚着，绞扭着，像一个暴怒的人正在憋着一腔怒火。闪电照亮一棵小柳树，张牙舞爪，像一个妖怪。

李小龙走着，在黑暗里走着，一个人。他走得很快，比平常要快得多，真是"大步流星"，踏踏踏踏地走着。他听见自己的两只裤脚擦得刹刹地响。

一半沉着，一半害怕。

不太害怕。

刚下掉魂桥，走过刑场旁边时，头皮紧了一下，有点怕，以后就好了。

他甚至觉得有点豪迈。

快要到了。前面就是傅公桥。"行百里者半九十"，今天上国文课时他刚听高先生讲过这句古文。

上了傅公桥，李小龙的脚步放慢了。

这是什么？

他从来没有看见过。

一道一道碧绿的光，在苇荡上。

李小龙知道，这是鬼火。他听说过。

绿光飞来飞去。它们飞舞着，一道道碧绿的抛物线。绿光飞得很慢，好像在呦呦地哭泣。忽然又飞快了，聚在一起；又散开了，好像又笑了，笑得那样轻。绿光纵横交错，织成一面疏网；忽然又飞向高处，落下来，像一道放慢了的喷泉。绿光在集会，在交谈。你们谈什么？……

李小龙真想多停一会，这些绿光多美呀！

但是李小龙没有停下来，说实在的，他还是有点紧张的。

但是他也没有跑。他知道他要是一跑，鬼火就会追上来。他在小学上自然课时就听老师讲过，"鬼火"不过是空气里的磷，在大雨将临的时候，磷就活跃起来。见到鬼火，要沉着，不能跑，一跑，把气流带动了，鬼火就会跟着你追。你跑得越快，它追得越紧。虽然明知道这是磷，是一种物质，不是什么"鬼火"，不过一群绿光追着你，还是怕人的。

李小龙用平常的速度轻轻地走着。

到了贞节牌坊跟前倒真的吓了他一跳！一条黑影，迎面向他走来。是个人！这人碰到李小龙，大概也有点紧张，跟小龙擦身而过，头也不回，匆匆地走了。这个人，那么黑的天，他跑到马上要下大雨的田野里去干什么？

到了几户种菜人家的跟前，李小龙的心才真的落了下来。种菜人家的窗缝里漏出了灯光。

李小龙一口气跑到家里。刚进门，"哗——"大雨就下来了。

李小龙搬了一张小板凳，在灯光照不到的廊檐下，对着大雨倾注的空庭，一个人呆呆地想了半天。他要想想今天的印象。

李小龙想：我还是走回来了。我走在半道上没有想退回去。

如果退回去，我就输了，输给黑暗，又输给了我自己。

李小龙回想着鬼火，他觉得鬼火很美。

李小龙看见过鬼火了，他又长大了一岁。

注释

① 本篇原载《东方少年》1984 年第一期；初收《晚饭花集》，人民文学
出版社，1985 年 3 月，有较大改动。

老　鲁①

　　去年夏天我们过的那一段日子实在是好玩。我想不起甚么恰当的词儿，只有说它好玩。学校里四个月发不出薪水，饭也是有一顿没一顿的吃。校长天天在外头跑，想法挪借。起先回来都还说哪儿能弄多少，甚么时候可以发一点钱。不知说了多少次，总未实现。有人于是说，他不说哪一天有，倒还有点希望，一说哪天有，那天准没有。大家颇不高兴，不免发牢骚，出怨言。然而生气的是他说谎，至于发不发薪水本身倒还其次。事实上我们已经穷到极限，再穷下去也不过如此，薪水发下来原无济于事，最多可以进城吃一顿。这个情形没有在内地，尤其是昆明，尤其是我们那个中学教过书的人，大概没法明白。好容易学校挨到暑假，没有中途关门。可是一到暑假，我们的日子就更特别了。钱，不用说，毫无指望。我们已好像把这件事忘了。校长能做到的事是给我们零零碎碎的弄一餐两餐米，买三二十斤柴。有时弄不到，就只有断炊。菜呢，对不起，校长实在想不

211

到法。可我们不能吃白斋呀，嗨，有了，有人在学校荒草之间发现了很多野生苋菜。这个菜云南人管叫小米菜，不大吃，大都摘来喂猪，或在胡萝卜田堆锦积绣的丛绿之中留一两棵，到深秋时，夕阳光中晶晶的红，看着好玩。学校里的苋菜多肥大而嫩，自己去摘，半天可得一大口袋。借一二百元买点油，多加大蒜，炒它一锅，连锅子掇上桌，味道实在极好。能赊得到，有时还赊半斤本乡土制，未经漉滤的酒来，就土碗里轮流大口大口的喝！小米菜渐渐被我们几个人吃光了，有人又认出一种野菜，说也可以吃的。这种菜，或不如说这种草更恰当些，枝叶深绿色，叶如猫耳大小而有缺刻，有小毛如粉，放在舌头上拉拉的。这玩意儿北方也有，叫做"灰藋菜"，也有叫讹了成"回回菜"的，按即庄子"逃蓬藋者闻人足音则跫然喜"之藋也。若是裹了面，和以葱汁蒜泥，蒸了吃，也怪好吃的。可是我们买不起面粉，只有少施油盐如炒苋菜办法炒了吃吧。味道比起苋菜，可是差远了。另外还有一种菜，独茎直生，周附柳叶状而较软熟的叶子，如一根脱毛的鸡毛掸帚，在人家墙角阴湿处皆可看见的，也能吃，不知怎么似乎没有尝试过。大概灰藋菜还足够我们吃的。学校在观音寺，是一荒村，也没有甚么地方可去。我们眠起居食，皆无定时。一早起来，各在屋里看看书，到山上田里走走，看看时间差不多，就招呼招呼去"采薇"了。下午常在门外一家可以欠账的小茶棚中喝茶，看远山近草，看行人车马，看一阵风卷起大股黄土，映在太阳光中如轻霞薄绮，看黄土后面蓝得（真是）欲流下来的天空。到太阳一偏西，例当再去想法晚饭菜了。晚上无灯，——交不出电灯费教电灯公司把线给铰了，集资买一根土蜡烛，会在一个人屋里，在凌乱的衣物书籍之间各自躺下坐好，天南地北的乱聊一气。或忆述故乡风物，或臧否同学教授，清媚幽俏，百说不厌；有时谈及人生大事，析情讲理，亦颇严肃认真；至说到对于现实政治社会，各人主张不同，带骨有刺的话也有的，然而好像没有尖锐得真打起架来过。

阿呀，题目是"老鲁"，我一开头就哩哩拉拉带上了这么些闲话做甚么？没有办法。——一个不会谈天的人才老是"我"怎么，"我们"怎么。我们（又来了！）那时在一处聊天时曾有戒条，不许老说自己的事。这本是针对一个太喜欢说自己的事的人而立的。但人大概总免不了有这点儿脾气。一个从来不说自己的事情的人，八成是个不近人情的怪物。我原想记一记老鲁是甚么时候来的，遂情不自禁的说了许多那时候的碎事。我还没有说得尽兴，但只得噎住了。再说多了，不但喧宾夺主，文章不成格局，（现在势必如此，已经如此；）且亦是不知趣了。

但这些事与老鲁实在有些关系。前已说过老鲁是那时候来的。学校弄成那样子，大家纷纷求去。真为校长担心，下学期不但请不到教员，即工役校警亦将无人敢来。而老鲁偏在这时会来了。没事在空落落的学校各处走走，有一天，似乎看见校警们所住房间热闹起来。看看，似乎多了两个人。想，大概是哪个来了从前队伍上的朋友了。（学校校警多是退伍的兵）。到吃晚饭时常听到那边有欢声。这个欢声一听即知道是烧酒翻搅出来的。嗷，这些校警有办法，还招待得起朋友阿？要不，是朋友自己花钱请客，翻作主人？走过门前，有人说"汪老师，来喝一杯"，我只说"你们喝，你们喝"，就过去了。是哪几个人也没看清。再过几天，我们在挑野菜时看见一个光头瘦长个子穿草绿色军服的人也在那儿低了头掐那种灰藋菜的嫩头。走过去，他歪了头似笑非笑的笑了一下。这是一种世故，也不失其淳朴。这个"校警的朋友"有五十了，额上一抬眉有细而密的皱纹。看他摘菜，极其内行。既迅速且"确实"。我们之中至今有一个还弄不大清楚，摘苋菜摘了些野菜莉叶子，摘灰藋菜则更不知道是甚么麻啦蓟啦的，都来了，总要别人更给鉴定一番。有时拣不胜拣，觉得麻烦，则不管三七二十一，花啦一齐倒下锅。这么在摘菜时每天都见面，即心仪神往起来，有点熟了。他就给我们指点指点，那些菜或草吃不得。照他说，简直可吃的太多了！他打着一嘴山东话，言语有神情趣味。

后来不但是蔬菜，即荤菜亦能随地找得到了。这大概可以说是老鲁发明的。——说发明，不对，应说甚么呢？在我看，那简直就是发明：是一种甲虫，形状略似金龟子，略长，微扁，有一粒蚕豆大，村子里人即管它叫蚕豆虫或豆壳虫。这东西自首夏至秋初从土里钻出来，黄昏时候，漫天飞，地下留下一个一个小圆洞。飞时鼓翅作声，声如黄蜂而微细，如蜜蜂而稍粗。走出门散步，满耳是这种营营的单调而温和的音乐。它们这样营营的忙碌的飞，是择配。这东西一出土即迫切的去完成它生物的义务。到一找到对象，俱就便在篱落枝头息下。或前或后于交合的是吃，极其起劲的吃。所吃的东西却只有柏叶一种。也许它并不太挑嘴，不过至少最喜欢吃柏叶是可断言的。学校后旁小山上一片柏林，向晚时无千带万。单就这点说，这东西是颇高雅的，有如吃果子狸或松鸡。老鲁上山挑水，回来说是这种虫子可吃。当晚他就捉了好多。这不费事，带个可以封盖东西，或瓶或罐，走到那里，随便一掳即可有三五七八个不等，它们毫不知逸避。老鲁笑嘻嘻的拿回来，掐了头，撕去甲翅，熟练得如同祖母她们挤虾仁一样。下锅用油一煤，（他说还有几种做法）洒上重重的花椒盐，搭起酒来了。"老师，请两个嘛！"有大胆的真尝了两个，说是不错。我们都是"有毛的不吃掸子，有腿的不吃板凳"的，经闭目咧嘴的尝了一个之后，"唔！好吃。"于是桌上多了一样菜，而外边小铺里的酒账就日渐其多起来了。这酒账直至下学期快开学时才由校长弄了一笔钱一总代付了的！豆壳虫味道略如清水河条米虾。可是我若有虾吃决不吃它。以后我大概即没有虾吃时也不会有吃这玩意的时候了。

老鲁呢，则不可知了。不论会吃或不会吃，他想都当因之而念及观音寺那个地方的吧。

不久，老鲁即由一个姓刘的旧校警领着见了校长，在校警队补了个名字。校长说，饷是一两月内发不出的哩。老刘自然早知道，说不要紧的，他只想清清静静住下，在队伍上走久了，不想干了，能吃一口就像这样的饭就行。（他说到"这样的饭"时在场人都笑了一下。）他姓鲁，叫鲁庭胜，（究竟该怎么写，不知道，他有个领饷用的小木头图章，上头是这三个字）。我们都叫他老鲁，只有总务主任叫他姓名。济南府人氏。何县，不详。和他一起来的一个，也"补上"了，姓吴，河北人。

学校之有校警，本是因为地方荒僻，弄几枝枪，找俩人背上，壮壮胆子的意思。年长日久，一向又没发生过甚么事情，这个队近于有名无实了。上班时他们抱着根老捷克式，坐在门口长凳上晒太阳，或看学生打球。事闲了则朵朵来米西的走来走去，嘴里咬了根狗尾巴草，与卖花生的老头搭讪，帮赶车的小孩钉蹄铁。日子过得极其从容。有些耐不住的，多说声"没意思"就走了。学校也觉得这么两枝老枪还是收起来吧，就一并搁在校长宿舍靠在墙角上锈生灰去了。有时忽然有谁端出来对准一只猫头鹰瞄了半天，当！的一声却打在一棵老栗树叶子最多的地方。校警呢，则留下来的两三个全届才做了工友本来做的事了。留下来的大都是爱这里的生活方式的，做点杂事倒无所谓。你别说，有一件制服在身，多少有点羁束，现在能爱怎么穿怎么穿，就添了一分自在。可是他们要是太爱那种生活方式，我们就有点不大方便。你要喝水，（做教员的水多重要！）挑水的正在软草浅沙之中躺着看天上的云呢。没办法，这个学校上上下下全透着一种颇浓的老庄气味。自从老吴和老鲁来了，气象才不同起来。

老吴留长发，向后梳，顶上秃了一块，看起来脑门子很高。高眉直鼻，瘦长身材，微微驼背。走路步子碎，稍急点就像跑了。这样的人让他穿件干干净净蓝布大衫比穿军服合适得多。学校里教书的多说国语，他那一口北京话，您啦您啦的就中意。他还颇识字，能读书报。甫来工作不久，有发愤做人之意，在自己床前贴了一副短联：

烟酒不戒哉

不可为人也

戒自然戒不了的，而且何必。老吴不比老鲁小多少，也望五十了，而有此志气，或有立志之兴趣，这在我们看起来，是难得的，而且不知怎么的有点教人难过。哎，我又要说不相干的话了。我说了这回事是证明他能写字耳。他管的事是进城送信送文书，在家时则有甚么做什么。他不让自己闲，哪里地不平，找把铲子弄平了；谁窗上皮纸破了，他给糊，而且出主意用清油抹一抹；地下一根草，一片纸屑，他见了，必要拾去；整天看见他在院子里不慌不忙而怏怏的走来走去。且脑子清楚，态度殷勤，我们每进城与熟人谈天，常提起新来了一个工友，"精彩！"有一天，须派人到一个甚么机关里交涉一宗事情，谁也不愿意去，有人说，让老吴去！校长把自己的一套旧西服取下来，说，行！真的老吴换了那身咖啡色西服，梳梳头，拿了张片子就去了。回来，结果自然满好，比我们哪个去都好。

一快放暑假时，大家说，完了，准备瘦吧。不是别的，每年春末之后，差不多全校要泻一次肚。在泻肚时大家眼睛必又一起通红发痒。是水的关系。这村子叫"观音寺"，可是这一带总属于"黄土坡"。昆明春天不下雨，是风季，或称干季，灰沙大得不得了，黄土坡尤其厉害。我们穿的衣服，在家里看看还过得去，一进城马上觉得脏得一塌胡涂。你即使新换了衣服进城也没用，人家一看就知道从哪里来的：我们的头发总是黄的！学校附近没有河，也没人家有井，食用的水大概是从两处挑来。一个是前面田地里一口塘，一是后面山顶上的一个"龙潭"。龙潭，昆明人叫泉叫龙潭。那也是一口塘，想是底下有水冒上来，故终年盈满，水清可鉴。若能往山上挑龙潭里水来吃用，自是好的。但我们平日不论饮用炊煮漱口洗面的水都是田地里的塘水。向学校抗议呀，是的，找事务主任！可是主任说，"我是管事务的，我也是×××呀"！这就是说他也是个人，不只是除事务之外就甚么也没有了的，他也有不耐烦的时候。跟工友三番二次说，"上山挑"！没用。说一次，挑两天。你不能每次跟着他去。而且，实在的，上山又远，路又不好走。也难怪，我们有时去散散步，来回一趟还怪累的。再加，山上风景不错，可是冷清得很，一个人挑个水桶，斤共斤共，有甚么意思？田里至少有两个娘们锄地插秧，漂衣洗菜，热闹得多。大家呢，不到眼红泻肚时也不记起来；等记起来则已经红都红了，泻也泻了。到时候六味地黄丸或者是甚么东西每人一包，要了一杯（还是塘里来的）水，相对吞食起来。这塘水倒是我们之间的一个契合，一种盟约。老鲁来了，从此我们肚子不大泻。眼睛是也红的，因为天干，吃得太坏，角膜炎，与水无关。胖自然也没胖起来。老鲁挑水都上山。也并没有哪个告诉他肚子眼睛的事，他往两处看了看，说底下那个水"要不的"。这全校三百多人连吃带用的水挑起来也够瞧的。老鲁一模糊亮就起来，来来回回不停的挑。有时来不及，则一担四桶，前两桶后两桶。水挑回来，还得劈柴。然后一个人关在茶炉间里烧。自此我们之中竟有人买了茶叶，颇讲究起来了。因为水实在太方便，一天来送好些回。

有人就穷过瘾了：昆明气候好，秋来无一点萧瑟严厉感觉，只稍为尝出百物似乎较为老熟深沉，（仍保留许多青春，不缺天真。）早晚岚雾重些，半夜读书写字时须多加一件衣裳。白天太阳照着，温暖平和，全像一个稍为删改过一番的春天。波斯菊依然未开尽，花小了点，绮丽如旧。美人蕉结了不少籽，而远看猩红一片，连籽儿也如花开。课余饭后在屋前小草坪上，各人搬张椅子，又聊开了。饭能像一顿饭那样的开出，有一件绒线衫在箱子里，还容许我们对未来做一点梦。我听过不止一个人说起过：一太平了，有个家，啊，要好好布置安排一下。让老吴，看门住在前院，管看门，管洒扫应对，出去时留下话，谁来找让他在客厅里等等，漆盒子里有铁观音，香烟在书桌左边抽屉里。老鲁呢，则住在后头小园子里最合适。当真再往下想：老吴要稍为懒一点才好，他得完全依他本性来，尽可借故到天桥落子馆坐坐，有事推给别人做。现在明明是过分"巴结"，不好。他应当有机会在主人工作的藤椅中坐坐，倒一杯好茶喝喝，开开抽屉取三四根烟。而让他去买东西，也必须跟铺子里要一个折扣才对。老鲁大概会把左右邻居的水都包下来。还给对面卖柿子的老太婆挑，有衣服可以让她补补。唔，老鲁多半还要回家种两年地，到田里粮食为蝗虫啃光了或大水冲完时又会坐在老吴门房里等主人回来的。自己想想，不免笑笑。觉得这告诉不得人。这是"落伍思想"，多少民族人类大事不思索，倒看到自己的暮年了，才二十几岁的人哩。而且或许引起人的剧烈批评，说这是布尔乔亚或甚么的。其实呢，想起来虽用第

一人称，倒不失为客观，并无把老吴老鲁供自己役使之意。何
必如此严重，想想好玩而已。你看老鲁刚刚冲了茶，茶正在你
手里热热的。而老吴夹了一卷今天的报纸来了，另一手上是两
封远地来的信。有人叫住他们俩，把这个好玩意思问他们，一
个是"好唉，好唉，"一个"那敢情好，"都笑着走开了。我不
知道人那么一问他们喜欢不喜欢。这两个四五十岁的人会不会
因此而能靠得紧些，有一种微妙关系结在他们心上呢？我有时
傻气得很，活在世界上恐怕不要这种东西。不过傻气的人也有。
自老吴老鲁一来，学校俨然分为两派，一派拥护老吴，一派拥
护老鲁。有时为他们的优劣（其实不好说优劣，优劣只能用在
钢笔手表热水壶上！）竟辩论过。我很高兴，我愿意他们喜欢
老鲁的人都喜欢老鲁了。至于别的人，我认为他们是根本无可
不可，或完全由自己利害观点出发的，可以不予考虑。对于老鲁，
有些人的感情可以说是"疼爱"。这好像有点近于滑稽了。可不！
原是可笑的。哎，我问你，你是不是一个一点都不可笑的人？
我们且问问：

"老鲁，你累不累？"

"累甚么，我的精神是顶年幼儿的来。"

这个"顶年幼儿的"，好新鲜的词儿！我们起初简直不懂，
一个山东同学（应说"同事"才对，可是我讨厌这个称呼，）含笑，
他是懂的。老鲁说的对。老鲁并不高大。——人太高大一则容

易令人叹惜，糟塌了材料；再，要不就是显得巍巍乎，不可亲近，不近人情。可是老鲁非常紧凑，非常经济。老鲁全身没有一块是因为要好看而练出来的肉。处处有来历，这是挑出来的，这是走出来的，这是为了加快血液循环，喘了气而涨出来的，这是吃苦吃出来的。而且，老鲁有一双微微向外的八字脚！这脚不是特别粗大肥厚，反之，倒是瘦瘦长长且薄薄的。老鲁是从有结晶的沙土里长出来的。一棵枣树，或，或甚么呢，想不起来了，就是一棵枣树吧，得。还要再往下说么，说他倔强的生根，风里吹，雨里打，严霜重露，荒旱大竭，困厄灾难，……那就贫气了，这你不知道！老鲁他倒是晒太阳喝水，该愁就愁，该喜就喜的活了下来。

老鲁十几岁即离家出来吃粮当兵。有一天，学校让我进城买米，我让老鲁一块去。老鲁挟了两个麻布口袋，活活泼泼的这抄一把那掏一撮的看来看去，跟一个掌柜的论了半天价。"不卖？好，不卖咱们走下家。"一会儿又回到原来铺子，偏着身子，（像是准备不成立刻就走）扬了头，（掌柜的高高爬在米垛子上，）"哎，胡子！卖不卖，就是那个数，二八，卖，咱就量来！"显然掌柜的极中意这个称呼，他有一嘴乌匝青密的牙刷胡子，他乐了乐，当真就卖了！太阳照得亮亮的，这两个人是一幅画。诸位，我这完全是题外之言。我是忘不了那天的情形。真要说的是那天进城的另外一件事。就是那天，我们在进城的

马车上，马车（可没有南京上海或美国电影上的那么美）上是
庄稼人，保长，小菜棚的老板娘进城办芝麻糖葵花籽，还有两
个穿军装的小伙子。这两个小伙子，我想是机械士或师长勤务
兵之类，一个手上一只不走的表，另一个左边犬齿镶了金包嵌
绿桃子，他们谈他们的，无缘无故的大起声音来，"我们哪里
没去过，甚么'交通工具'没坐过！飞机火车坦克车；法国大
菜，钢丝床！"老鲁不说话，抽他的烟。等他们下了马车，端
着肩膀走了，老鲁说，"两个烧包子！"好！这简直是老鲁说的
话。老鲁十几岁就当兵了。提起这个，令人惆怅：老是跟老鲁
说，"老鲁，甚么时候你来，弄点酒，谈谈你自己的事我们听
听。"老鲁则说："有甚么可谈的，作孽受苦就是了。好唉，哪天。
今儿不行，事多。"老说，老说，终没有个机会。

　　我们就知道一点点。老鲁在张宗昌手下当过兵。"铳子队，"
他说。"童子队？"有人不懂。"铳子队！喉，不懂，铳子队就
是马弁。"有人懂。"马弁，噢，马弁。"都懂了。"铳子队，都
挑些个年轻漂亮小伙子，才出头二十岁！"老鲁说。大家微笑。
笑现在，也笑从前。大家自然相信老鲁曾是个年轻漂亮小伙
子，盒子炮，两尺长鹅黄丝穗子！老鲁他不悲哀，仿佛那个铳
子队是他弟弟似的看他自己。他说了一点大帅的事，也不妨说
是他自己的事吧："大帅烧窑子。北京，大帅走进胡同，一个
最红的姐儿，窑姐儿刁了枝烟，（老鲁摆了个架势，跷起二郎

腿，抬眉细目，眼角迤斜，）让大帅点火。大帅说，'俺是个土暴子，俺不会点火。'豁呵，窑姐儿慌了，跪下咧，问你这位，是甚么官衔。大帅说'俺是山东梗,梗,梗！'（老鲁翘起大姆指，圆睁两眼,嘴微张开半天。从他神情中,我们知道'梗,梗,梗！'是一种甚么东西。这个字实在不知道怎么写。大帅的同乡们,你们贵处有此说法么？）窑姐儿说是你老开恩带我走吧。大帅说，'好唉！'（大帅也说'好唉'？）真凄惨，（老鲁用了一个形容词。）烧！大帅有令,十四岁以下,出来。十四岁过了的,一个不许走,烧！一烧烧了三条街,都烧死咧。"——老鲁叙述方法有点特别。你也许不大弄得清白。可不是，我也不知道大帅为甚么要烧窑子。我们就大概晓得那么一回事就是了。当然，老鲁也是点火烧的一个了。他是铳子队嚦。另外我们还知道一点老鲁吃过的东西。其一是猪食。军队到了一个地方，甚么都没有了，饿了好几天了，老百姓不见影子，粮食没有一颗。老鲁一看，咳！有个猪圈，猪是早没有了，猪食盆在呐，没办法，用手捧了一把。嘻，"还有两爿儿整个包谷一剖俩的呢，怪好吃！"老鲁说这比羊肉好吃多了。"比羊肉好吃？"有人奇怪，唉，甚么羊肉，白煮羊肉。"也是，老百姓都逃了，拖到一只羊，杀倒了，架上火烀烂了：没盐！"没盐的羊肉，你没有吃过，你就无法知道那多么难吃。何况又是瘪了多少日子的肚子。啧啧，老鲁吃过棉花。那年，（他都说得有时间有地方的，我都忘了。）败了，一阵一阵的退。饿的太凶了，都走不动，一步一步拖，有的，老鲁说，"像个空口袋似的就颓下去了。"昏昏糊糊的，"队伍像一根烂草绳穿了一绳子烂草鞋，一队鬼。"实在饿很了。老鲁他不觉得那是他自己。可是得走呀，在那个一眼看不到一棵矮树，一块石头的大平地上走。浑身没有一丝气力，光眼皮那还有点儿劲，不撑住，就搭拉下来了。老鲁看见前头一个人的衣服破了一块，白白的棉花绽出来，"吃棉花！前后肚皮都贴上了，"老鲁的脸上黑了一黑，"棉花啊，也就是填到肚里，有点儿东西。吃下去甚么样儿，拉出来还是个甚么样儿！"这，我们知道，纤维是不大溶解的。可是真没想到这点儿智识用到这上头来。这种事情于我们，还是不大"习惯"。生命到耗到最后一点点，居然又能回来。这教你想起小时候吹灯，眼看快灭了，松了口气，它又旺起来了，由青转红，马上就雪亮。此极不可思议。且说这些经验于老鲁本身是甚么意义呢？噫，这问题不大"普通"，我们且不必管他。然而，老鲁不经过这些事仍无损其为一个老鲁？老鲁呢，他是希望能够安安稳稳的过一辈子。

老鲁这一辈子"下来"过好几次。他在上海南京都住过。下来时，大概都有了点钱。他说在上海曾有过两间房子，想来还开个小铺子的。南京他弄过一个磨坊。这是抗战以前的事。一打仗，他摔下就跑了。临走时磨坊里还有一百六十多担麦子。

离开南京，他身上还有点钱，钱慢慢花完了，"又干上咧"。老鲁是"活过来的"了。他不大怀念那个过去。只有一次，我见他颇为惘然的样子。黄昏的时候，在那个茶棚前，一队驮马过去。赶马的是个小姑娘，呵叱一声，十头八匹马一起撒开步子，背上一个小木鞍桥郭搭郭搭敲着马脊背直响。老鲁细着眼睛，目送过去，兀立良久。他舌尖顶着牙龈肉打了个滚。但在他脱下军帽，抓一抓光头时，他已经笑了："南京城外赶驴子的，都是十七八岁大姑娘，一根小鞭子，哈哧哈哧，不打站，不歇力，一劲儿三四十里地，一串几十个，光着脚巴鸭子，戴得一头的花！"这么一来，那一百六十担麦子不能折磨他了。老鲁在他的形容中似乎得到一点快乐。"戴得一头的花"，他说得真好。

可是话说回来了，一百六十担麦子是一百六十担麦子呀，不是别的。一百六十担麦子比起一斗四升豆子，就显得更多了。也难怪老鲁要提起好多次。老鲁爱的是钱。他那么挑水，也一半为钱。"公家用的"水挑完了之后还给几个有家眷自己起火的，有孩子，衣服多，不能给人洗的，挑私用的水。多少可以得一点钱。有人问老鲁，"你要钱干甚么？"意思是"你这么样活了大半辈子，还对这个东西认识不清楚么？"有人且告诉他几个故事。某人某人，赤手起家，弄了三部卡车，来回跑缅甸仰光，几千万的家私，一炮也就完了。护国路有所大洋楼，黄铜窗槛绿绒帘子，颤呀颤的沙发椅子，住了一个"扁担"。这扁担挑了二十年，忽然时来运转发了一笔横财，钱是有了，可是人过的极无意思。到了大场面，大家因他是财主，另眼看待，可是他刘姥姥进大观园，手足无措，一身不自在。就是自己家里白磁澡盆都光滑冰冷用着不惯。从前的车站码头上一块吃猪耳朵闷小肠的朋友又没哪个敢来攀附他，实在孤独寞寂，整天摸他的大手。再说，三十年，一个马车夫得了法，房子盖得半条弄，又怎么呢，儿子整天为一块瓦片吵架，一家子鸡犬不宁。老鲁说不是这么说。"眼珠子是黑的，洋钱是白的。我家里挣下的几亩田，一定教叔叔舅舅占了卖了。我回去，我老娘不介意，欢欢喜喜的'啊，我儿子回来了！'我就是光着屁股也不要紧。别人喉，我回来吃甚么？"是的。于是老鲁要攒钱，找钱。到我们这里来，第一着是买了一斗四升豆子。老鲁这回下来时本有几个钱，约十万多一点。（我们那学期的薪水一月二万五。）他一来的确作了不少次主人，请老校警喝酒的。连吃带用，又为一个朋友花了四万元。那个朋友队伍上下来，带了一枝枪，想卖，路上让人查到了，关起来，老鲁得为他花钱。剩下那点钱，他就买了豆子了。他这大概是世界上规模最小的屯积了。他想等着起价，不想甚么都涨，豆子直跌！没法，卖给拉马车的。自己常常看见那匹瘦骨嶙峋的白马，掀动大嘴格蹦格蹦的嚼他的豆子。可真气人，一脱手，价钱就俏起来了。

据我们所知，老鲁后来又把他攒积下来的一点钱"运用"

过两次。那是在搬了家以后了。且说我们搬了家。从观音寺搬
到白马庙。我是跟老鲁一车子去的。车子,马车。老鲁早已经
到那边看过,远远就指给我们看,"那边,树郁郁的,喂,是了,
旁边有个红红的大房子的。"他好像极欢喜,极兴奋。原因大
半是那边"有一口大井,就在开水炉子旁边。"昆明的冬天也
一点都不冷。老鲁那天可穿得整整齐齐。不知谁送了他一件旧
青呢制服,想还是中学时候的东西,老鲁教洗衣老太婆翻了翻,
和新的一样。就是小了点。自搬到那边,我住到另一地方,许
多事都不大清楚了。过年了,(自然是阴历)一清早到学校看看,
学校各处打扫得干干净净。房子算是洋房了,台阶上还有几盆
花。老吴门上贴了副春联:

    一夜连双岁
    五更分二年

是他自己手笔。我猛然想起从前在家里吃的莲子羹来。而老鲁
来了,"汪先生来了!"给我作了个揖算拜年。我想起,掏了
一千块钱给他。一会儿老吴也来了,我听说他现在地位高了,
介乎工役与职员之间了,刚才见面已打了个招呼,怎么……
老吴穿校长送他的咖啡色西服。我没等他表示甚么,又掏出
一千,说"我昨天赢了钱,你打酒喝。"我心里一算,一共

三千，留一千我自己，刚好！其时我身边有个人望着我笑。本
说我请客看电影的，现在只有让她请我，一千元留着买一包吉
士斐儿。——自此，老吴以"大总管"自居，常衔了个旧烟斗，
各处看来看去。有时在办公室门口大叫"老——鲁！""耳朵上
哪去了！""要关照多少次？"老鲁对老吴说得上是恨，除了
老吴暴病死了，他才会忘记，且会拿出一点钱为他花一花的吧。
而且有一个姓胡的校警写了封信给校长，说，"东西是新的好，
人是旧的好，"也回来了。胡，二十几岁，派头很新，全是个
学生样子，多少事情都由他办了。老鲁就显得更不重要。老鲁
似乎很不快乐。——老鲁是因此而不快乐？我知道的，老鲁有
一笔钱"陷住了"。老鲁攒积攒积也有卯二十万样子。这钱为
一个事务员借去，合资托一个朋友买了谷子。事情不知怎么弄
的，久久未有下文。常见老鲁在他的茶炉间独自吃饭，——这
时他离群索居，校警之中只一个老刘还有时带了条大狗到他屋
子玩玩，来跟他一处吃饭，老鲁是几乎顿顿喝酒。"吃了，喝了，
都在我肚子里，谁也别想。"意思是有谁想他的钱似的。我还
是不懂，老鲁哪里来的牢骚呢，这样一个人？后来且见他一来
就一盘二三十个包子请客，请厨子，请一个女教员所雇女工。
我想，这可不得了，老鲁这个花法！渐渐知道，喝，老鲁做了
老板了。这包子是学校旁边一个小铺子来的，铺子有老鲁十几
万股本。果然，老鲁常蹲在包子铺门前抽他的烟筒，呼噜呼噜。

他拿那个新烟筒向我照了照：

"我买了个高射炮！"

佛笃吹着纸媒，抽了一袋，非常满意的样子。

"到云南来，有钱的没钱的，带两样东西回去。有钱的，带斗鸡。云南出斗鸡。没钱，带个水筒，——高射炮！"

我挪过一张小凳子，靠门坐下来。门前是一道河，河里汤汤流水，水上点点萍叶，一群小鸭子叽叽咤咤向东，而忽而折向南边水草丛中。呵，鸭子不能叫小鸭子了，颜色早已都黑了。一排尤加利树直直的伸上去。叶子从各种方向承受风吹，清脆有金石声。上头是云南特有的蓝天，圆圆的覆下来。牛哞，哪里有舂臼声音。八年了，我来到云南。胜利了也快十个月。一起吃灰藋菜豆壳虫的都差不多离去了。阿——契诃夫主张每一篇小说都该把开头与结尾砍去，有道理！（幸好我这不是小说。）我起来，检了块石头奋力一掷，看它跌在水里。

现在，我离开云南将二个月了，好快！

注释

① 本篇原载《文艺复兴》1947年第三卷第二期。初收《邂逅集》，文化生活出版社1949年4月，文字略有改动；又收《汪曾祺短篇小说选》，北京出版社1982年2月，文字有较大改动。

日　规①

西南联大新校舍对面是"北院"。北院是理学院区。一个狭长的大院，四面有夯土版筑的围墙。当中是一片长方形的空场。南北各有一溜房屋，土墙，铁皮房顶，是物理系、化学和生物系的办公室、教室和实验室。房前有一条土路，路边种着一排不高的尤加利树。一览无余，安静而不免枯燥。这里不像新校舍一样有大图书馆、大食堂、学生宿舍。教室里没有风度不同的教授讲授各种引人入胜的课程，墙上，也没有五花八门互相论战的壁报，也没有寻找失物或出让衣物的启事。没有操场，没有球赛。因此，除了理学院的学生，文法学院的学生很少在北院停留。不过他们每天要经过北院。由正门进，出东面的侧门，上一个斜坡，进城墙缺口。或到"昆中"、"南院"听课，或到文林街坐茶馆，到市里闲逛，看电影……理学院的学生读书多是比较扎实的，不像文法学院的学生放浪不羁，多少带点才子气。记定理、抄公式、画细胞，都要很专心。因此文法学院的学生走过北院时都不大声讲话,而且走得很快,免得打扰人家。但是他们在走尽南边的土路,将出侧门时,往往都要停一下:路边开着一大片剑兰!

这片剑兰开得真好!是美国种。别处没有见过。花很大,比普通剑兰要大出一倍。什么颜色的都有。白的、粉的、桃红的、大红的、浅黄的、淡绿的、蓝的,紫得像是黑色的。开得那样旺盛,那样水灵!可是,许看不许摸!这些花谁也不能碰一碰。这是化学系主任高崇礼种的。

高教授是个出名的严格方正、不讲情面的人。他当了多年系主任,教普通化学和有机化学。他的为人就像分子式一样,丝毫通融不得。学生考试,不及格就是不及格。哪怕是考了59分,照样得重新补修他教的那门课程。而且常常会像训小学生一样,把一个高年级的学生骂得面红耳赤。这人整天没有什么笑容,老是板着脸。化学系的学生都有点怕他,背地里叫他高阎王。他除了科学,没有任何娱乐嗜好。不抽烟。不喝酒。教授们有时凑在一起打打小麻将,打打桥牌,他绝不参加。他不爱串门拜客闲聊天。可是他爱种花,只种一种:剑兰。

这还是在美国留学时养成的爱好。他在麻省理工学院读化学。每年暑假,都到一家专门培植剑兰的花农的园圃里去做工,挣取一学年的生活费用,因此精通剑兰的种植技术。回国时带回了一些花种,每年还种一些。在北京时就种。学校迁到昆明,他又带了一些花种到昆明来，接着种。没想到昆明的气候土壤对剑兰特别相宜，花开得像美国那家花农的园圃里的一般大。逐年发展，越种越多，长了那样大一片！

可是没有谁会向他要一穗花，因为都知道高阎王的脾气：他的花绝不送人。而且大家知道，现在他的花更碰不得，他的花是要卖钱的！

昆明近日楼有个花市。近日楼外边，有一个水泥砌的圆池子。池子里没有水，是干的。卖花的就带了一张小板凳坐在池子里，把各种鲜花摊放在池沿上卖。晚香玉、缅桂花、康乃馨，也有剑兰。池沿上摆得满满的，色彩缤纷，老远地就闻到了花香。昆明的中产之家，有买花插瓶的习惯。主妇上街买菜，菜篮里常常一头放着鱼肉蔬菜，一头斜放着一束鲜花。花菜一篮，使人感到一片盎然的生意。高教授有一天走过近日楼，看看花市，忽然心中一动。

于是他每天一清早，就从家里走到北院，走进花圃，选择几十穗半开的各色剑兰，剪下来，交给他的夫人，拿到近日楼去卖。他的剑兰花大，颜色好，价钱也不太贵，很快就卖掉了。高太太就喜吟吟地走向菜市场。来时一篮花，归时一篮菜。这样，高教授的生活就提高了不少。他家的饭桌上常见荤腥。星期六还能燉一只母鸡。云南的玉溪鸡非常肥嫩，肉细而汤清。高太太把刚到昆明时买下的，已经弃置墙角多年的汽锅也洗出来了。

剑兰是多年生草本，全年开花；昆明的气候又是四季如春，不缺雨水，于是高教授家汽锅鸡的香味时常飘入教授宿舍的左邻右舍。他的两个在读中学的儿女也有了比较整齐的鞋袜。

哪位说：教授卖花，未免欠雅。先生，您可真是站着说话不腰疼！您不知道抗日战争期间，大后方的教授，穷苦到什么程度。您不知道，一位国际知名的化学专家，同时又是对社会学、人类学具有广博知识的才华横溢而性格（在有些人看来）不免古怪的教授，穿的是一双"空前绝后"的布鞋——脚趾和脚跟部位都磨通了。中文系主任，当代散文大师的大衣破得不能再穿，他就买了一件云南赶马人穿的粗毛氆氇一口钟穿在身上御寒，样子有一点像传奇影片里的侠客，只是身材略嫌矮小。原来抽筇立克、35牌香烟的教授多改成抽烟斗，抽本地出的鹿头牌的极其辛辣的烟丝。他们的3B烟斗的接口处多是破裂的、缠着白线。有些著作等身的教授，因为家累过重，无暇治学，只能到中学去兼课。有的治古字的学者在南纸店挂笔单为人治印。有的教授开书法展览会卖钱。教授夫人也多想法挣钱，贴补家用。有的制作童装，代织毛衣毛裤，有几位哈佛和耶鲁毕业的教授夫人，集资制作西点，在街头设摊出售。因此，高崇礼卖花，全校师生，皆无非议。

大家对这一片剑兰增加了一层新的看法，更加不敢碰这些花了。走过时只是远远地看看，不敢走近，更不敢停留。有的女同学想多看两眼，另一个就会说："快走，快走！高阎王在办公室里坐着呢！"没有谁会想起干这种恶作剧的事，半夜里去偷掐高教授的一穗花。真要是有人掐一穗，第二天早晨，高教授立刻就会发现。这花圃里有多少穗花，他都是有数的。

只有一个人可以走进高教授的花圃，蔡德惠。蔡德惠是生物系助教，坐办公室。生物系办公室和化学系办公室紧挨着、门对门。蔡德惠和高教授朝夕见面，关系很好。

蔡德惠是一个非常用功的学生。从小学到大学，各门功课都很好。他生活上很刻苦，联大四年，没有在外面兼过一天差。

联大学生的家大都在沦陷区。自从日本人占了越南，滇越铁路断了，昆明和平津沪杭不通邮汇，这些大学生就断绝了经济来源。教育部每月给大学生发一点生活费，叫做"贷金"。"贷金"名义上是"贷"给学生的，但是谁都知道这是永远不会归还的。这实际上是救济金，不知是哪位聪明的官员想出了这样一个新颖别致的名目，大概是觉得救济金听起来有伤大学生的尊严。"贷金"数目很少，每月十四元。货币贬值，物价飞涨，这十四元一直未动。这点"贷金"只够交伙食费，所以联大大部分学生都在外面找一个职业。半工半读，对付着过日子。五花八门，干什么的都有。有的在中学兼课，有的当家庭教师。昆明有个冠生园，是卖广东饭菜点心的。这个冠生园不知道为什么要办一个职工夜校，而且办了几年，联大不少同学都去教过那些广东名厨和糕点师傅。有的到西药房或拍卖行去当会计。上午听课，下午坐在柜台里算账，见熟同学走过，就起身招呼谈话。有的租一间门面，修理钟表。有一位坐在邮局门前为人代写家信。昆明有一个古老的习惯，每到正午时要放一炮，叫做"放午炮"。据说每天放这一炮的，也是联大的一位贵同学！这大概是哪位富于想象力的联大同学造出来的谣言。不过联大学生遍布昆明的各行各业，什么都干，却是事实。像蔡德惠这样没有兼过一天差的，极少。

联大学生兼差的收入，差不多全是吃掉了。大学生的胃口都极好，都很馋。照一个出生在南洋的女同学的说法：这些人的胃口都"像刀子一样"，见什么都想吃。也难怪这些大学生那么馋，因为大食堂的伙食实在太坏了！早晨是稀饭，一碟炒蚕豆或豆腐乳。中午和晚上都是大米干饭，米极糙，颜色紫红，中杂不少沙粒石子和耗子屎，装在一个很大的木桶里。盛饭的杓子也是木制的。因此饭粒入口，总带着很重的松木和杨木的气味。四个菜，分装在浅浅的酱色的大碗里。经常吃的是煮芸豆；还有一种不知是什么原料做成的紫灰色像是鼻涕一样的东西，叫做"蘑芋豆腐"。难得有一碗炒猪血（昆明叫"旺子"），几片炒回锅肉（半生不熟，极多猪毛）。这种淡而无味的东西，怎么能满足大学生们的刀子一样的食欲呢？二十多岁的人，单靠一点淀粉和碳水化合物是活不成的，他们要高蛋白，还要适量的动物脂肪！于是联大附近的小饭馆无不生意兴隆。新校舍的围墙外面出现了很多小食摊。这些食摊上的食品真是南北并陈，风味各别。最受欢迎的是一个广东老太太卖的鸡蛋饼：鸡蛋和面，入盐，加大量葱花，于平底锅上煎熟。广东老太太很舍得放猪油，饼在锅里煎得嗞嗞地响，实在是很大的诱惑。煎得之后，两面焦黄，径可一尺，卷而食之，极可解馋。有一家做一种饼，其实也没有什么稀奇，不过就是加了一点白糖的发面饼，但是是用松毛（马尾松的针叶）烤熟的，带一点清香，故有特点。联大的女同学最爱吃这种饼。昆明人把女大学生叫做"摩登"，于是这种饼就被叫成"摩登粑粑"。这些"摩登"们常把一个粑粑切开，中夹叉烧肉四两，一边走，一边吃，丝毫不觉得有什么不文雅。有一位贵州人每天挑一副担子来卖馄饨面。他卖馄饨是一边包一边下的。有时馄饨皮包完了，他就把馄饨馅一小疙瘩一小疙瘩拨在汤里下面。有人问他："你这叫什么面？"这位贵州老乡毫不犹豫地答曰："桃花面！"……

蔡德惠偶尔也被人拉到米线铺里去吃一碗焖鸡米线，但这样的时候很少。他每天只是吃食堂，吃煮芸豆和"蘑芋豆腐"。四年都是这样。

蔡德惠的衣服倒是一直比较干净整齐的。

联大的学生都有点像是阴沟里的鹅——顾嘴不顾身。女同学一般都还注意外表。男同学里西服革履，每天把裤子脱下来压在枕头下以保持裤线的，也有，但是不多。大多数男大学生都是不衫不履，邋里邋遢。有人裤子破了，找一根白线，把破洞处系成一个疙瘩，只要不露肉就行。蔡德惠可不是这样。

蔡德惠四五年来没有添置过什么衣服，——除了鞋袜。他的衣服都还是来报考联大时从家里带来的。不过他穿得很仔细。他的衣服都是自己洗，而且换洗得很勤。联大新校舍有一个文嫂，专给大学生洗衣服。蔡德惠从来没有麻烦过她。不但是衣服，他连被窝都是自己拆洗，自己做。这在男同学里是很少有的。因此，后来一些同学在回忆起蔡德惠时，首先总是想到蔡德惠在新校舍一口很大的井边洗衣裳，见熟同学走过，就抬起头来微微一笑。他还会做针线活，会裁会剪。一件衬衫的肩头穿破了，他能拆下来，把下摆移到肩头，倒个个儿，缝好了依然是一件完整的衬衫，还能再穿几年。这样的活计，大概多数女同学也干不了。

也许是性格所决定，蔡德惠在中学时就立志学生物。他对植物学尤其感兴趣。到了大学三年级，就对植物分类学着了迷。植物分类学在许多人看来是一门很枯燥的学问，单是背那么多拉丁文的学名，就是一件叫人头疼的事。可是蔡德惠觉得乐在其中。有人问他："你干嘛搞这么一门干巴巴的学问？"蔡德惠说："干巴巴的？——不，这是一门很美的科学！"他是生物系的高材生。四年级的时候，系里就决定让他留校。一毕业，他就当了助教，坐办公室。

高崇礼教授对蔡德惠很有好感。蔡德惠算是高崇礼的学生，他选读过高教授的普通化学。蔡德惠的成绩很好，高教授还记得。但是真正使高教授对蔡德惠产生较深印象，是在蔡德惠当了助教以后。蔡德惠很文静。隔着两道办公室的门，一天几乎听不到他的声音。他很少大声说话。干什么事情都是轻手轻脚的，绝不会把桌椅抽屉搞得乒乓乱响。他很勤奋。每天高教授来剪花时候（这时大部分学生都还在高卧），发现蔡德惠已经坐在窗前低头看书，做卡片。虽然在学问上隔着行，高教授无从了解蔡德惠在植物学方面的造诣，但是他相信这个年轻人是会有出息的，这是一个真正做学问的人。高教授也听生物系主任和几位生物系的教授谈起过蔡德惠，都认为他有才能，有见解，将来可望在植物分类学方面取得很高的成就。高教授对这点深信不疑。因此每天高教授和蔡德惠点头招呼，眼睛里所流露的，就不只是亲切，甚至可以说是：敬佩。

高教授破例地邀请蔡德惠去看看他的剑兰。当有人发现高阎王和蔡德惠并肩站在这一片华丽斑斓的花围里时，不禁失声说了一句："这真是黄河清了！"蔡德惠当然很喜欢这些异国名花。他时常担一担水来，帮高教授浇浇花；用一个小薅锄松松土；用烟叶泡了水除治剑兰的腻虫。高教授很高兴。

蔡德惠简直是钉在办公室里了，他很少出去走走。他交游不广，但是并不孤僻。有时他的杭高老同学会到他的办公室里来坐坐，——他是杭州人，杭高（杭州高中）毕业，说话一直带着杭州口音。他在新校舍同住一屋的外系同学，也有时来。他们来，除了说说话，附带来看蔡德惠采集的稀有植物标本。蔡德惠每年暑假都要到滇西、滇南去采集标本。像木蝴蝶那样的植物种子，是很好玩的。一片一片，薄薄的，完全像一个蝴蝶，而且一个荚子里密密的挤了那么多。看看这种种子，你会觉得：大自然真是神奇！有人问他要两片木蝴蝶夹在书里当书签，他会欣然奉送。这东西滇西多的是，并不难得。

在蔡德惠那里坐了一会的同学，出门时总要看一眼门外朝南院墙上的一个奇怪东西。这是一个日规。蔡德惠自己做的。所谓"做"，其实很简单，找一点石灰，跟瓦匠师傅借一个抿子，在墙上抹出一个规整的长方形，长方形的正中，垂直着钉进一根竹筷子，——院墙是土墙，是很容易钉进去的。筷子的影子落在雪白的石灰块上，随着太阳的移动而移动。这是蔡德惠的钟表。蔡德惠原来是有一只怀表的，后来坏了，他就一直没有再买，——也买不起。他只要看看筷子的影子，就知道现在是几点几分，不会差错。蔡德惠做了这样一个古朴的日规，一半是为了看时间，一半也是为了好玩，增加一点生活上的情趣。至于这是不是也表示了一种意思：寸阴必惜，那就不知道了。大概没有。蔡德惠不是那种把自己的决心公开表现给人看的人。

不过凡熟悉蔡德惠的人，总不免引起一点感想，觉得这个现代古物和一个心如古井的青年学者，倒是十分相称的。人们在想起蔡德惠时，总会很自然地想起这个日规。

蔡德惠病了。不久，死了。死于肺结核。他的身体原来就比较孱弱。

生物系的教授和同学都非常惋惜。

高崇礼教授听说蔡德惠死了，心里很难受。这天是星期六。吃晚饭了，高教授一点胃口都没有。高太太把汽锅鸡端上桌，汽锅盖噗噗地响，汽锅鸡里加了宣威火腿，喷香！高崇礼忽然想起：蔡德惠要是每天喝一碗鸡汤，他也许不会死！这一天晚上的汽锅鸡他一块也没有吃。

蔡德惠死了，生物系暂时还没有新的助教追补上来，生物系主任难得到系里来看看，生物系办公室的门窗常常关锁着。

蔡德惠手制的日规上的竹筷的影子每天仍旧在慢慢地移动着。

一九八四年六月五日初稿，六月七日重写

注释

① 本篇原载《雨花》1984 年第九期；初收《汪曾祺自选集》，漓江出版社，1987 年 10 月。

羊舍一夕 ①
—— 又名：四个孩子和一个夜晚

一、夜晚

火车过来了。

"216！往北京的上行车。"老九说。

于是他们放下手里的工作，一起听火车。老九和小吕都好像看见：先是一个雪亮的大灯，亮得叫人眼睛发胀。大灯好像在拼命地往外冒光，而且冒着汽，嗤嗤地响。乌黑的铁，铮黄的铜。然后是绿色的车身，排山倒海地冲过来。车窗蜜黄色的灯光连续地映在果园东边的树墙子上，一方块，一方块，川流不息地追赶着……每回看到灯光那样猛烈地从树墙子上刮过去，你总觉得会刮下满地枝叶来似的。可是火车一过，还是那样：树墙子显得格外的安详，格外的绿。真怪。

这些，老九和小吕都太熟悉了。夏天，他们睡得晚，老是到路口去看火车。可现在是冬天了。那么，现在是什么样子呢？

242

小吕想象，灯光一定会从树墙子的枝叶空隙处漏进来，落到果园的地面上来吧。可能！他想象着那灯光映在大梨树地间作的葱地里，照着一地的大葱蓬松的，干的，发白的叶子……

车轮的声音逐渐模糊成为一片，像刮过一阵大风一样，过去了。

"十点四十七。"老九说。老九在附近山头上放了好几年羊了，他知道每一趟火车的时刻。

留孩说："贵甲哥怎么还不回来？"

老九说："他又排戏去了，一定回来得晚。"

小吕说："这是什么奶哥！奶弟来了也不陪着，昨天是找羊，今天又去排戏！"

留孩说："没关系，以后我们就常在一起了。"

老九说："咱们烧山药吃，一边说话，一边等他。小吕，不是还有一包高山顶②吗？坐上！外屋缸里还有没有水？"

"有！"

于是三个人一起动手：小吕拿沙锅舀了多半锅水，抓起一把高山顶来撮在里面。这是老九放羊时摘来的。老九从麻袋里掏山药——他们在山坡上自己种的。留孩把炉子通了通，又加了点煤。

屋里一顺排了五张木床，联成一个大炕。一张是张士林的，他到狼山给场里去买果树苗子去了。隔壁还有一间小屋，锅灶俱全，是老羊倌住的。老羊倌请了假，看他的孙子去了。今天这里只剩下四个孩子：他们三个，和那个正在排戏的。

屋里有一盏自造的煤油灯——老九用墨水瓶子改造的，一个炉子。外边还有一间空屋，是个农具仓库，放着硫铵、石灰、DDT、铁桶、木叉、喷雾器……外屋门插着。门外，右边是羊圈，里边卧着四百只羊；前边是果园，什么都没有了，只剩下一点葱，还有一堆没有窖好的蔓菁。现在什么也看不见，外边是无边的昏黑。方圆左近，就只有这个半山坡上有一点点亮光。夜，正在深浓起来。

二、小吕

小吕是果园的小工。这孩子长得清清秀秀的。原在本堡念小学。念到六年级了，忽然跟他爹说不想念了，要到农场做活去。他爹想：农场里能学技术，也能学文化，就同意了。后来才知道，他还有个心思。他有个哥哥，在念高中，还有个妹妹，也在上学。他爹在一个医院里当炊事员。他见他爹张罗着给他们交费，买书，有时要去跟工会借钱，他就决定了：我去作活，这样就是两个人养活五个人，我哥能够念多高就让他念多高。

这样，他就到农场里来做活了。他用一个牙刷把子，截断了，一头磨平,刻了一个小手章:吕志国。每回领了工资,除了伙食、零用(买个学习本,配两节电池……),全部交给他爹。有一次,不知怎么弄的(其实是因为他从场里给家里买了不少东西:菜,果子),拿回去的只有一块五毛钱。他爹接过来,笑笑说:

"这就是两个人养活五个人吗?"

吕志国的脸红了。他知道他偶然跟同志们说过的话传到他爹那里去了。他爹并不是责怪他,这句嘲笑的话里含着疼爱。他爹想:困难是有一点的,哪里就过不去呢?这孩子!究竟走怎样一条路好:继续上学?还是让他在这个农场里长大起来?

小吕已经在农场里长大起来了。在菜园干了半年,后来调到果园,也都半年了。

在菜园里,他干得不坏,组长说他学得很快,就是有点贪玩。调他来果园时,征求过他本人的意见,他像一个成年的大工一样,很爽快地说:"行!在哪里干活还不是一样。"乍一到果园时,他什么都不摸头,不大插得上手,有点别扭。但没过多久,他就发现,原来果园对他说来是个更合适的地方。果园里有许多活,大工来做有点窝工,一般女工又做不了,正需要一个伶俐的小工。登上高凳,爬上树顶,绑老架的葡萄条,果树摘心,套纸袋,捉金龟子,用一个小铁丝钩疏虫果,接了长长的竿子喷射天蓝色的波尔多液……在明丽的阳光和葱笼的绿叶当中做这些事,既是严肃的工作,又是轻松的游戏,既"起了作用",

又很好玩，实在叫人快乐。这样的活，对于一个十四岁的孩子，不论在身体上、情绪上，都非常相投。

小吕很快就对果园的角角落落都熟悉了。他知道所有果木品种的名字：金冠、黄奎、元帅、国光、红玉、祝；烟台梨、明月、二十世纪；蜜肠、日面红、秋梨、鸭梨、木头梨；白香蕉、柔丁香、老虎眼、大粒白、秋紫、金铃、玫瑰香、沙巴尔、黑汗、巴勒斯坦、白拿破仑……而且准确地知道每一棵果树的位置。有时组长给一个调来不久的工人布置一件工作，一下子不容易说清那地方，小吕在旁边，就说："去！小吕，你带他去，告诉他！"小吕有一件大红的球衣，干活时他喜欢把外面的衣裳脱去，于是，在果园里就经常看见通红的一团，轻快地、兴冲冲地弹跳出没于高高低低、深深浅浅的丛绿之中，惹得过路的人看了，眼睛里也不由得漾出笑意，觉得天色也明朗，风吹得也舒服。

小吕这就真算是果园的人了。他一回家就是说他的果园。他娘、他妹妹都知道，果园有了多少年了，有多少棵树，单葡萄就有八十多种，好多都是外国来的。葡萄还给毛主席送去过。有个大干部要路过这里，毛主席跟他说："你要过沙岭子，那里葡萄很好啊！"毛主席都知道的。果园里有些什么人，她们也都清清楚楚的了，大老张、二老张、大老刘、陈素花、恽美兰……还有个张士林！连这些人的家里的情形，他们有什么能耐，她们也都明明白白。连他爹对果园熟悉得也不下于他所在的医院了。他爹还特为上农场来看过他儿子常常叨念的那个年轻人张士林。他哥放暑假回来，第二天，他就拉他哥爬到孤山顶上去，指给他哥看：

"你看，你看！我们的果园多好看！一行一行的果树，一架一架的葡萄，整整齐齐，那么大一片，就跟画报上的一样，电影上的一样！"

小吕原来在家里住。七月，果子大起来了，需要有人下夜护秋。组长照例开个会，征求大家的意见。小吕说，他愿意搬来住。一来夏天到秋天是果园最好的时候。满树满挂的果子，都着了色，发出香气，弄得果园的空气都是甜甜的，闻着都醉人。这时节小吕总是那么兴奋，话也多，说话的声音也大，好像家里在办喜事似的。二来是，下夜，睡在窝棚里，铺着稻草，星星，又大又蓝的天，野兔子窜来窜去，鸪鸪悠③叫，还可能有狼！这非常有趣。张士林曾经笑他："这小子，浪漫主义！"还有，搬过来，他可以和张士林在一起，日夜都在一起。

他很佩服张士林。曾经特为去照了一张相，送给张士林，在背面写道："给敬爱的士林同志！"他用的字眼是充满真实的意思的。他佩服张士林那么年轻，才十九岁，就对果树懂得那么多。不论是修剪，是嫁接，都拿得起来，而且能讲一套。有一次林业学校的学生来参观，由他领着给他们讲，讲的那些学生一楞一楞的，不停地拿笔记本子记。领队的教员后来问张士林："同志，你在什么学校学习过？"张士林说："我上过高小。我们家世代都是果农，我是在果树林里长大的。"他佩服张士林说玩就玩，说看书就看书，看那么厚的，比一块城砖还厚的《果树栽培学各论》。佩服张士林能文能武，正跟场里的技术员合作搞试验，培养葡萄抗寒品种，每天拿个讲义夹子记载。佩服张士林能"代表"场里出去办事。采花粉呀，交换苗木呀……每逢张士林从场长办公室拿了介绍信，背上他的挎包，由宿舍走到火车站去，他就在心里非常羡慕。他说张士林是去当"大使"去了。小张一回来，他看见了，总是连蹦带跳地跑到路口去，一面接过小张的挎包，一面说："嗬！大使回来了！"

他愿意自己也像一个真正的果园技工。可是自己觉得不像。缺少两样东西：一样是树剪子。这里凡是固定在果园做活的，每人都有一把树剪子，装在皮套子里，挎在裤腰带后面，远看像支伯朗宁手枪。他多希望也有一把呀，走出走进——赫！可是他没有。他也有使树剪子的时候。大的手术他不敢动，比如矫正树形，把一个茶杯口粗细的枝丫截掉，他没有那么大的胆子。像是丁个头什么的，这他可不含糊，拿起剪子叭叭地剪。只是他并不老使树剪子，因此没有他专用的，要用就到小仓库架子上去拿"官中"剪子。这不带劲！"官中"的玩意儿总是那么没味道，而且，当然总是，不那么好使。净"塞牙"，不快，费那么大劲，还剪不断。看起来倒像是你不会使剪子似的！气人。

组长大老张见小吕剪两下看看他那剪子，剪两下看看他那剪子，心里发笑。有一天，从他的锁着的柜子里拿出一把全新的苏式树剪，叫："小吕！过来！这把剪子交给你，由你自己使：钝了自己磨，坏了自己修，绷簧掉了——跟公家领，可别老把绷簧搞丢了。小人小马小刀枪，正合适！"周围的人都笑了：因为这把剪子特别轻巧，特别小。小吕这可高了兴了，十分得意地说："做啥像啥，卖啥吆喝啥嘛！"这算了了一桩心事。

自从有了这把剪子，他真是一日三摩挲。除了晚上脱衣服上床才解下来，一天不离身。没事就把剪子拆开来，用砂纸打磨得铮亮，拿在手里都是精滑的。

今天晚上没事，他又打磨他的剪子了，在216次火车过去以前，一直在细细地磨。磨完了，涂上一层凡士林，用一块布包起来——明年再用。葡萄条已经铰完，今年不再有使剪子的活了。

另外一样，是嫁接刀。他想明年自己就先练习削树码子，练得熟熟的，像大老刘一样！也不用公家的刀，自己买。用惯了，趁手。他合计好了：把那把双箭牌塑料把的小刀卖去，已经说好了，猪倌小白要。打一个八折。原价一块六，六八四十八，八得八，一块二毛八。再贴一块钱，就可以买一把上等的角柄嫁接刀！他准备明天就去托黄技师，黄技师两三天就要上北京。

三、老九

老九用四根油浸过的细皮条编一条一根葱的鞭子。这是一种很难的编法，四股皮条，这么绕来绕去的，一走神，就错了花，就拧成麻花要子了。老九就这么聚精会神地绕着，一面舔着他的舌头。绕一下，把舌头用力向嘴唇外边舔一下，绕一下，舔一下。有时忽然"唔！"的一声，那就是绕错了花了，于是拆掉重来。他的确是用的劲儿不小，一根鞭子，道道花一般紧，地道活计！编完了，从墙上把那根旧鞭子取下来，拆掉皮哨，把新鞭哨结在那个楸子木刨出来的又重又硬又光滑的鞭杆子上，还挂在原来的地方。

可是这根鞭子他自己是用不成了。

老九算是这个场子里的世袭工人。他爹在场里赶大车，又是个扶耧的好手。他穿着开裆裤的时候，就在场里到处乱钻。使砖头砸杏儿、摘果子、偷萝卜、刨甜菜，都有他。稍大一点，能做点事了，就什么也做，放鸭子，喂小牛，搓玉米，锄豆埂……最近三年正式固定在羊舍，当"羊伴子"——小羊倌。老九是土生土长（小吕家是从外地搬来的），这一带地方，不论是哪个山豁豁，渠坳坳，他都去过，用他自己的说法是"尿尿都尿遍了"。这一带的人，不问老少男女，也无不知道有个秦老九。每天早起，日头上来，露水稍干的时候，只要听见：

蓝蓝的天上白云飘，

白云下边马儿跑……

就知是老九来了。——这孩子，生了一副上低音的宽嗓子！他每天把羊从圈里放出来，上了路，走在羊群前面，一定是唱这一支歌。一挥鞭子：

挥动鞭儿响四方——

百鸟齐飞翔……

矮粗矮粗的个子，方头大脸，黑眉毛大眼睛，大嘴，大脚。老九这双鞋也是奇怪，实纳帮，厚布底，满底钉了扁头铁钉，还特别大，走起来忒楞忒楞地响。一摇一晃的，来了！后面是四百只白花花的，挨挨挤挤，颤颤游游的羊，无数的小蹄子踏在地上，走过去像下了一阵暴雨。

老九发育得快，看样子比小吕魁伟壮实得多，像个小大人了。可是，有一次，他拿了家里的碗去食堂买饭，那碗可跟食堂的碗一样，恰好食堂里这两天丢了几个碗，管理员看见了，就说是食堂的，并且大声宣告"秦老九偷了食堂的碗！"老九把脸涨得通红，一句话说不出，忽然嚎叫起来：

"我×你妈！"

一面毫不克制地咧开大嘴哇哇地哭起来，使得一食堂的人都喝吼起来：

"喉噫，不兴骂人！"

"有话慢慢说，别哭！"

老九要是到了一个新地方，在一个新单位，做了真正的"工人"，若是又受了点委屈，觉得自尊心受了损伤，还会这样哭，这样破口骂人么？

老九真的要走了，要去当炼钢工人去了。他有个舅舅，在第二炼钢厂当工人，早就设法让老九进厂去学徒，他爹也愿意。有人问老九：

"老九，你咋啦，你不放羊了么？"

这叫老九很难回答。谁都知道炼钢好，光荣，工人阶级是老大哥。但是放羊呢？他就说：

"我爹不愿意我放羊，他说放羊不好。"

他也竭力想同意他爹的看法，说：

"放羊不好，把人都放懒了，啥也不会！"

其实他心里一点也不同意！如果这话要是别人说的，他会第一个起来大声反驳：“你瞎说！你凭什么！”

放羊？嘿——

每天早起，打开羊圈门，把羊放出来。挥着鞭子，打着唿哨，嘴里“嘎！嘎！”地喝唤着，赶着羊上了路。按照老羊倌的嘱咐，上哪一座山。到了坡上，把羊打开，一放一个满天星——都匀匀地撒开；或者凤凰单展翅——顺着山坡，斜斜地上去，走成一长溜。羊安安驯驯地吃开草，就不用操什么心了。羊群缓缓地往前推移，远看，像一片云彩在坡上流动。天也蓝，山也绿，洋河的水在树林子后面白亮白亮的。农场的房屋、果树，都看得清清楚楚。一列一列的火车过来过去，看起来又精巧又灵活，简直不像是那么大的玩意。真好呀，你觉得心都轻飘飘的。

“放羊不是艺，笨工子下不地！④”不会放羊的，打都打不开。羊老是恋成一疙瘩，挤成一堆，走不成阵势，吃不好草。老九刚放羊时，也是这样。老九蹦过来，追过去，累得满头大汗，心里急咚咚地跳，还是弄不好！有一次，老羊倌病了，就他跟丁贵甲两个人上山，丁贵甲也还没什么经验，竟至弄得羊散了群，几乎下不了山。现在，老羊倌根本不怎么上山了，他俩也满对付得了这四百只羊了。问老九：“放羊是咋放法？”他也说不出，但是他会告诉你老羊倌说过的：看羊群一走，就知道这羊倌放了几年羊了。

放羊的能吃到好东西。山上有野兔子，一个有六七斤重。

有石鸡子，有半鸦子。石鸡子跟小野鸡似的，一个准有十两肉。半鸦子一个准是半斤。你听："呱格丹，呱格丹！呱格丹！"那是母石鸡子唤她汉子了。你不要忙，等着，不大一会，就听见对面山上"呱呱呱呱呱呱……"，你轻手轻脚地去，一捉就是一对。山上还有鸠鸠，就是野鸽子。"天鹅、地鹊，鸽子肉、黄鼠"，这是上讲究的。鸠鸠肉比鸽子还好吃。黄鼠也有，不过滩里更多。放羊的吃肉，只有一种办法：和点泥，把打住的野物糊起来，拾一把柴架起火来，烧熟。真香！山上有酸枣，有榛子，有榆林，有红姑蔫，有酸溜溜，有梭瓜瓜，有各色各样的野果。大北滩有一片大桑树林子，夏天结了满树的大桑椹，也没有人去采，落在地下，把地皮都染紫了。每回放羊回来经过，一定是"饱餐一顿"，吃得嘴唇、牙齿、舌头，都是紫的，真过瘾！……

放羊苦么？

咋不苦！最苦是夏天。羊一年上不上膘，全看夏天吃草吃得好不好。夏天放羊，又全靠晌午。"打柴一日，放羊一晌"。早起的露水草，羊吃了不好。要上膘，要不得病，就得吃太阳晒过的蔫筋草。可是这时正是最热的时候。不好找个荫凉地方躲着么？不行啊！你怕热，羊也怕热哩，它不给你好好地吃！它也躲荫凉。你看：都把头埋下来，挤成一疙瘩，净想躲在别的羊的影子里，往别个的肚子底下钻。这你就得不停地打。打散了，它就吃草了。可是打散了，一会会，它又挤到一块去！打散了，一会会，它又挤到一块去了。你想休息？甭想。一夏天这么大太阳晒着，烧得你嘴唇、上颚都是烂的！

真渴呀。这会，农场里给预备了行军壶，自然是好了。若是在旧社会，给地主家放羊，他不给你带水。给你一袋炒面，你就上山吧！你一个人，又不敢走远了去弄水，狼把羊吃了怎办？渴急了，就只好自己喝自己的尿。这在放羊的不是稀罕事。老羊倌就喝过，丁贵甲小时当小羊伴子，也喝过，老九没喝过。不过他知道这些事。就是有行军壶，你也不敢多喝。若是敞开来，由着性儿喝，好家伙，那得多少水？只好抿一点儿，抿一点儿，叫嗓子眼潮润一下就行。

好天还好说，就怕刮风下雨。刮风下雨也好说，就怕下雹子。老九就遇上过。有一回，在马脊梁山，遇了一场大雹子！下了足有二十分钟，足有鸡蛋大。砸得一群羊惊惶失措，满山乱跑，咩咩地叫成一片。砸坏了二三十只，跛了腿，起不来了。后来是老羊倌、丁贵甲和老九一趟一趟地抱回来的。吓得老九那天沉不住了，脸上一阵白，一阵紫，他觉得透不出气来。不是老羊倌把他那个竹皮大斗笠给他盖住，又给他喝了几口他带在身上的白酒，说不定就回不来啦。

但是这些，从来也没有使老九告过孬，发过怵。他现在回想起来倒都觉得很痛快，很甜蜜，很幸福。他甚至觉得遇上那场雹子是运气。这使他觉得生活丰富、充实，使他觉得自己能够算得上是一个有资格，有经验的羊倌了，是个见识过的，干过一点事情的人了，不再是只知道要窝窝吃的毛孩子了。这些，苦热、苦渴、风雨、冷雹，将和那些蓝天、白云、绿山、白羊、石鸡、野兔、酸枣、桑椹互相融和调合起来，变成一幅浓郁鲜明的图画，永远记述着秦老九的十五岁的少年的光阴，日后使他在不同的环境中还会常常回想。他从这里得到多少有用的生活的技能和知识，受了多好的陶冶和锻炼啊。这些，在他将来炼钢的时候，或者履行着别样的职务时，都还会在他的血液里涌泆，给予他持续的力量。

但是他的情绪日渐向往于炼钢了。他在电影里，在招贴画上，看过不少炼钢的工人，他的关于炼钢的知识和印象也就限于这些。他不止一次设想自己下一个阶段的样子——一个炼钢工人：戴一顶大八角鸭舌帽，帽舌下有一副蓝颜色的像两扇小窗户一样的眼镜，穿着水龙布的工作服——他不知那是什么布，只觉得很厚，很粗，场子里有水泵，水泵上用的管子也是用布做的，也很厚，很粗，他以为工作服就是那种布——戴了很大很大的手套，拿着一个很长的后面有个大圈的铁家伙……没人的时候，他站在床上，拿着小吕护秋用的标枪，比划着，比划着。他觉得前面，偏左一点，是炼钢的炉子，轰隆轰隆的熊熊的大火。他觉得火光灼着他的眼睛，甚至感觉得到他左边的额头和脸颊上明明有火的热度。他的眼睛眯细起来，眯细起来……他出神地体验着，半天，半天，一动也不动。果园的大老张一头闯进来，看见老九脸上的古怪表情（姿势赶快就改了，标枪也撂了，可是脸上没有来得及变样——他这么眯细着太久了，肌肉一下子也变不过来），忍不住问："老九，你在干啥呢？你是怎么啦？"

今天晚上，老九可是专心致意地打了一晚上鞭子。你已经要去炼钢了，还编什么鞭子呢？

一来是习惯。他不还没有走吗？他明天把行李搬回去，叫他娘拆洗拆洗，三天后才动身呢。那么，既在这里，总要找点事做。这根鞭子早就想到要编了。编起来，他不用，总有人用。何况，他本来已经想好，在编着的时候又更确实地重复了一遍他的决定：这根鞭子送给留孩，明天走的时候送给他。

四、留孩和丁贵甲

留孩和丁贵甲是奶兄弟。这一带风俗，对奶亲看得很重。结婚时先给奶爹奶母磕头；奶爹奶母死了，像给自己的爹妈一样的戴孝。奶兄弟，奶姊妹，比姨姑兄弟姊妹都亲。丁贵甲的亲娘还没有出月子就死了，丁贵甲从小在留孩娘跟前寄奶。后来丁贵甲的爹得了腰疼病，终于也死了。他在给人家当小羊伴子以前，一直就在留孩家长大。丁贵甲有时请假说回家看看，就指的是留孩的家。除此之外，他的家便是这个场了。

留孩一年也短不了来看他奶哥。过去大都是他爹带他来，这回是他自己来的——他爹在生产队里事忙，三五天内分不开身；而且他这回来和往回不同：他是来谈工作的。他要来顶老九的手。留孩早就想过这个场里来工作。他奶哥也早跟场领导提了。这回谈妥了，老九一走，留孩就搬过来住。

留孩，你为什么想到场子里来呢？这儿有你奶哥；还有？——"这里好。"这里怎么好？——"说不上来。"

…………

这里有火车。

这里有电影，两个星期就放映一回，常演打仗片子，捉特务。

这里有很多小人书。图书馆里有一大柜子。

这里有很多机器。播种机、收割机、脱粒机……张牙舞爪，排成一大片。

这里庄稼都长得整齐。先用个大三齿耙似的家伙在地里划出线，长出来，笔直。

这里有花生、芝麻、红白薯……这一带都没有种过，也长得挺好。

有果园，有菜园。

有玻璃房子，好几排，亮堂堂的，冬天也结西红柿，结黄瓜。黄瓜那么绿，西红柿那么红，跟上了颜色一样。

有很多鸡，都一色是白的；有很多鸭，也一色是白的。风一吹，白毛儿忒勒勒飘翻起来，真好看。有很多很多猪，都是短嘴头子，大腮帮子，巴克夏，约克夏。这里还有养鱼池，看得见一条一条的鱼在水里游……

这里还有羊。这里的羊也不一样。留孩第一次来，一眼就看到：这里的羊都长了个狗尾巴。不是像那样扁不塌塌的沉甸甸颤巍巍的坠着，遮住屁股蛋子，而是很细很长的一条，当郎着。他先初以为这不像样子，怪寒伧的。后来当然知道，这不是本地羊，是本地羊和高加索绵羊的杂交种。这种羊，一把都抓不透的毛子，作一件皮袄，三九天你尽管躺到洋河冰上去睡觉吧！既是这样，那么尾巴长得不大体面，也就可以原谅了。

那两头"高加索"，好家伙，比毛驴还大。那么大个脑袋（老羊倌说一个脑袋有十三斤肉），两盘大角，不知绕了多少圈，最后还旋扭着向两边支出来。脖子下的皮皱成数不清的折子，鼓鼓囊囊的，像围了一个大花领子。老是慢吞吞地，稳稳重重地在草地上踱着步。时不时地，停下来，斜着眼，这边看看，那边看看，样子很威严，很尊贵。留孩觉得它很像张士林的一本游记书上画的盛装的非洲老酋长。老九叫他骑一骑。留孩说："羊嘛，咋骑得！"老九说："行！"留孩当真骑上去，不想它立刻围着羊舍的场子开起小跑来，步子又匀，身子又稳！原来这两只羊已经叫老九训练得很善于做本来是驴应做的事了。

留孩，你过两天就是这个场子里的一个农业工人了。就要一天和这两个老酋长，还有那四百只狗尾巴的羊作伴了，你觉得怎么样，好呢还是不好？——"好。"

场子里老一点的工人都还记得丁贵甲刚来的时候的样子。又干又瘦，披了件丁令当郎的老羊皮，一卷行李还没个枕头粗。问他多大了，说是十二，谁也不相信。待问过他属什么，算一算，却又不错。不论什么时候，都是那么寒簌簌的；见了人，总是那么怯生生的。有的工人家属见他走过，私下担心：这孩子怕活不出来。场子里支部书记有一天远远地看了他半天，说，这孩子怎的呢，别是有病吧，送医院里检查检查吧。一检查：是肺结核。在医院整整住了一年，好了，人也好像变了一个。接着，这小子，好像遭了掐脖旱的小苗子，一朝得着足量的肥水，飕飕地飞长起来，三四年工夫，长成了一个肩阔胸高腰细腿长的，非常匀称挺拔的小伙子。一身肌肉，晒得紫黑紫黑的。照一个当饲养员的王全老汉的说法：像个小马驹子。

这马驹子如今是个无事忙，什么事都有他一份。只要是球，他都愿意摸一摸。放了一天羊，爬了一天山，走了那么远的路，回来扒拉两大碗饭，放下碗就到球场上去。逢到节日，有球赛，连打两场，完了还不休息。别人都已经走净了，他一个人在月亮地里还绷楞绷楞地射篮。摸鱼，捉蛇，掏雀，撵兔子，只要一声吆唤，马上就跟你走。哪里有夜战，临时突击一件什么工作，挑渠啦，挖沙啦，不用招呼，他扛着铁锨就来了。也不问青红皂白，吭吭就干起来。冬天刨冻粪，这是个最费劲的活，常言说："刨过个冻粪哪！作过个怕梦哪！"他最愿意揽这个活。使尖镐对准一个口子，别足了劲："许一个猪头——开！许一个羊头——开！开——开！狗头也不许了⑤！"这小伙子好像有太多过剩的精力，不找点什么重实点的活消耗消耗，就觉得不舒服似的。

小伙子一天无忧无虑，不大有心眼。什么也不盘算。开会很少发言，学习也不大好，在场里陆续认下的两个字还没有留孩认得的多。整天就知道干活、玩。也喜欢看电影。他把所有的电影分成两大类：一类是打仗的，一类是找媳妇的。凡是打仗的，就都"好！"凡是找媳妇的，就"唉噫，不看不看！"找媳妇的电影尚且不看，真的找媳妇那更是想都不想了。他奶母早就想张罗着给他寻一个对象了。每次他回家，他奶母都问他场子里有没有好看的姑娘，他总是回答得不得要领。他说林凤梅长得好，五四也长得好。问了问，原来林凤梅是场里生产队长的爱人，已经生过三个孩子；五四是个幼儿园的孩子，一九五四年生的！好像恰恰是和他这个年龄相当的，他都没有留心过。奶母没法，只好摇头。其实场子里这个年龄的，很有几个，也有几个长得不难看的。她们有时谈悄悄话的时候，也常提到他。有一个念过一年初中的菜园组长的女儿，给他做了个鉴定，说："他长得像周炳，有一个名字正好送给他：《三家巷》第一章的题目！"其余几个没有看过《三家巷》的，就找了这本小说来看。一看，原来是："长得很俊的傻孩子"，她们格格格地笑了一晚上。于是每次在丁贵甲走过时，她们就更加留神看他，一面看，一面想想这个名字，便格格格地笑。这很快就固定下来，成为她们私下对于他的专用的称呼，后来又简化、缩短，由"长得很俊的傻孩子"变成"很俊的——"。正在做活，有人轻轻一嘀咕："嗨！很俊的来了！"于是都偷眼看他，于是又格格格的笑。

这些，丁贵甲全不理会。他一点也不知道他有这么一个名字。起先两回，有人在他身后格格地笑，笑得他也疑惑，怕是老九和小吕在他歇晌时给他在脸上画了眼镜或者胡子。后来听惯了，也不以为意，只是在心里说：丫头们，事多！

其实，丁贵甲因为从小失去爹娘，多受苦难，在情绪上智慧上所受的启发诱导不多；后来在这样一个集体的环境中成长，接触的人事单纯，又缺少一点文化，以致形成他思想单纯，有时甚至显得有点楞，不那么精伶。这是一块璞，如果在一个更坚利精微的沙轮上磨洗一回，就会放出更晶莹的光润。理想的沙轮，是部队。丁贵甲正是日夜念念不忘地想去参军。他之所以一点也不理会"丫头们"的事，也和他的立志做解放军战士有关。他现在正是服役适龄。上个月底，刚满十八足岁。

丁贵甲这会儿正在演戏。他演戏，本来不合适，嗓子不好，唱起来不搭调。而且他也未必是对演戏本身真有兴趣。真要派他一个重要一点的角色，他会以记词为苦事，背锣经为麻烦。他的角色也不好派，导演每次都考虑很久，结果总是派他演家院。就是演家院，他也不像个家院。照一个天才鼓师（这鼓师即猪倌小白，比丁贵甲还小两岁，可是打得一手好鼓）说："你根本就一点都不像一个古人！"可不是，他直直地站在台上，太健康，太英俊，实在不像那么一回事，虽则是穿了老斗衣，还挂了一副白满。但是他还是非常热心地去。他大概不过是觉得排戏人多，好玩，红火，热闹，大锣大鼓地一敲，哇哇地吼几嗓子，这对他的蓬勃炽旺的生命，是能起鼓扬疏导作用的。他觉得这么闹一阵，舒服。不然，这么长的黑夜，你叫他干什么去呢，难道像王全似的摊开盖窝睡觉？

现在秋收工作已经彻底结束，地了场光，粮食入库，冬季学习却还没有开始，所以场里决定让业余剧团演两晚上戏，劳逸结合。新排和重排的三个戏里都有他，两个是家院，一个是中军。以前已经拉了几场了，最近连排三个晚上，可是他不能去，这把他着急坏了。

因为丢了一只半大羊羔子。大前天，老九舅舅来了，早起老九和丁贵甲一起把羊放上山，晌午他先回一步，丁贵甲一个人把羊赶回家的。入圈的时候，一数，少了一只。丁贵甲连饭也没吃，告诉小吕，叫他请大老张去跟生产队说一声，转身就返回去找了。找了一晚上，十二点了，也没找到。前天，叫老九把羊赶回来，给他留点饭，他又一个人找了一晚上，还是没找到。回来，老九给他把饭热好了，他吃了多半碗就睡了。这两天老羊倌又没在，也没个人讨主意！昨天，生产队说：找不到就算了，算是个事故，以后不要麻痹。看样子是找不到了，两夜了，不是叫人拉走，也要叫野物吃了。但是他不死心，还要找。他上山时就带了一点干粮，对老九说："我准备找一通夜！找不到不回来。若是人拉走了，就不说了；若是野物吃了，骨头我也要找它回来，它总不能连皮带骨头全都咽下去。不过就是这么几座山，几片滩，它不能土遁了，我一个脚印一个脚印地把你盖遍了，我看你跑到哪里去！"老九说他把羊赶回去也来，还可以叫小吕一起来帮助找，丁贵甲说："不。家里没有人怎么行？晚上谁起来看羊圈？还要闷料——玉黍在老羊倌屋里，先用那个小麻袋里的。小吕子不行，他路不熟，胆子也小，黑夜没有在山野里呆过。"正说着，他奶弟来了。他知道他这天来的，就跟奶弟说："我今天要找羊。事情都说好了，你请小吕陪你到办公室，填一个表，我跟他说了。晚上你先睡吧，甭等我。我叫小吕给你借了几本小人书，你看。要是有什么问题，你先找一下大老张，让他告给你。"

晚上，老九和留孩都已经睡实了，小吕也都正在迷糊着了——他们等着等着都困了，忽然听见他连笑带嚷地来了：

"哎！找到啦！找到啦！还活着哩！哎！快都起来！都起来！找到啦！我说它能跑到哪里去呢？哎——"

这三个人赶紧一骨碌都起来，小吕还穿衣裳，老九是光着屁股就跳下床来了。留孩根本没脱——他原想等他奶哥的，不想就这么睡着了，身上的被子也不知是谁给搭上的。

"找到啦？"

"找到啦！"

"在哪儿哪？"

"在这儿哪。"

原来他把自己的皮袄脱下来给羊包上了，所以看不见。大家于是七手八脚地给羊舀一点水，又倒了点精料让它吃。这羔子，饿得够呛，乏得不行啦。一面又问：

"在哪里找到的？"

"怎么找到的？"

"黑咕咚咚的，你咋看见啦？"

丁贵甲嚼着干粮（他干粮还没吃哩），一面喝水，一面说：

"我哪儿哪儿都找了。沿着我们那天放羊走过的地方，来回走了三个过儿——前两天我都来回地找过了：没有！我心想：哪儿去了呢？我一边找，一边捉摸它的个头、长相，想着它的叫声，忽然，我想起：叫叫看，怎么样？试试！我就叫！满山遍野地叫。不见答音。四外静悄悄的，只有宁远铁厂的吹风机好像远远地呼呼地响，也听不大真切，就我一个人的声音。我还叫。忽然，——'咩……'我说，别是我耳朵听差了音，想的？我又叫——'咩……咩……'这回我听真了，没错！这还能错？我天天听惯了的，娇声娇气的！我赶紧奔过去——看我磕膝上摔的这大块青，——破了！路上有棵新伐树桩子，我一喜欢，忘了，叭又摔出去丈把远，喔唷，真他妈的！肿了没有？老九，给我拿点碘酒——不要二百二，要碘酒，妈的，辣辣的，有劲！——把我帽子都摔丢了！我找了羊，又找帽子。找帽子又找了半天！真他妈缺德！他早不伐树晚不伐树，赶爷要找羊了，他伐树！

"你说在哪儿找到的？太史弯不有个荒沙梁子吗？拐弯那儿不是叫山洪冲了个豁子吗？笔陡的？那底下不是坟滩吗？前天，老九，我们不是看见人家迁坟吗，刨了一半，露了棺材，不知为什么又不刨了！这毬东西，爷要打你！它不是老爱走外手边①吗，大概是豁口那儿沙软了，往下塌，别的羊一挤，它就滚下去了！有那么巧，可可掉在坟窟窿里！掉在烂棺材里！出不来了！棺材在土里埋了有日子了，糟朽了，它一砸，就折了，它站在一堆死人骨头里，——那里头倒不冷！不然饿不杀你也冻杀你！外边挺黑。可我在黑里头久了，有点把星星的光就能瞅见。我又叫一声——'咩……'不错！就在这里。它是白的，我模模糊糊看见有一点白晃晃的，下面一摸，正是它！小东西！可把爷担心得够呛！累得够呛！明天就叫伙房宰了你！我看你还爱走外手边！还爱走外手边？唔？"

等羊缓过一点来，有了精神，把它抱回羊圈里去，收拾睡下，已经是后半夜了。

今天，白天他带着留孩上山放了一天羊，告诉他什么地方的草好，什么地方有毒草。几月里放阳坡，上什么山；几月里放阴坡，上什么山；什么山是半椅子臂⑦，该什么时候放。哪里蛇多，哪里有个暖泉，哪里地里有碱。看见大栅栏落下来了，千万不能过——火车要来了。片石山每天十一点五十要放炮崩山，不能去那里……其实日子长着呢，非得赶今天都告诉你奶弟干什么？

晚上，烧了一个小吕在果园里拾来的刺猬，四个人吃了，玩了一会，他就急急忙忙去侍候他的家爷和元帅去了，他知道奶弟不会怪他的。到这会还不回来！

五、夜，正在深浓起来

小吕从来没放过羊，他觉得很奇怪，就问老九和留孩："你们每天放羊，都数么？"

留孩和老九同声回答：

"当然数，不数还行哩？早起出圈，晚上回来进圈，都数。不数，丢了你怎么知道？"

"那咋数法？"

咋数法？留孩和老九不懂他的意思，两个人互相看看。老九想了想，哦！

"也有两个一数的，也有三个一数的，数得过来五个一数也行，数不过来一个一个地数！"

"不是这意思！羊是活的嘛！它要跑，这么窜着蹦着挨着挤着，又不是数一筐荸荠，一把树码子，摆着。这你怎么数？"

老九和留孩想一想，笑起来。是倒也是，可是他们小时候放羊用不着他们数，到用到自己数的时候，自然就会了。从来没发生这样的问题。老九又想了想，说：

"看熟了。羊你都认得了，不会看花了眼的。过过眼就行。猪舍那么多猪，我看都是一样。小白就全都认得，小猪娃子跑出来了，他一把抱住，就知往哪个圈里送。也是熟了，一样的。"

小吕想象，若叫自己数，一定不行，非数乱了不可！数着数着，乱了——重来；数着数着，乱了——重来！那，一天早上也出不了圈，晚上也进不了家，净来回数了！他想着那情景，不由得嘿嘿地笑起来，下结论说：

"真是隔行如隔山。"

老九说：

"我看你给葡萄花去雄授粉，也怪麻烦的！那么小的花须，要用镊子夹掉，还不许蹭着柱头！我那天夹了几个，把眼都看酸了！"

小吕又想起昨天晚上丁贵甲一个人满山叫小羊的情形，想起那么黑，那么静，就只听见自己的声音，想起坟窟窿，棺材，对留孩说：

"你奶哥胆真大！"

留孩说："他现在胆大，人大了。"

小吕问留孩和老九：

"要叫你们去，一个人，敢么？"

老九和留孩都没有肯定地回答。老九说：

"丁贵甲叫羊急的，就是怕，也顾不上了。事到临头，就得去。这一带他也走熟了。他晚上排戏还不老是十一二点回来。也就是解放后。我爹说，十多年头里，过了扬旗，晚上就没人敢走了。那里不清静，劫过人，还把人杀了。"

"在哪里？"

"过了扬旗。准地方我也不知道。"

…………

"——这里有狼么？"小吕想到狼了。

"有！"

"河南®狼多，"留孩说，"这两年也少了。"

"他们说是五八年大炼钢铁炼的，到处都是火，烘烘烘，狼都吓得进了大山了。有还是有的。老郑黑夜浇地还碰上过。"

"那我怎么下了好几个月夜，也没碰上过？"

"有！你没有碰上就是了。要是谁都碰上，那成了口外的狼窝沟了！这附近就有，还来果园。你问大老刘，他还打死过一只——肚子都是葡萄。"

小吕很有兴趣了，留孩也奇怪，怎么都是葡萄，就都一起问：

"咋回事？咋回事？"

"那年，还是李场长在的时候哩！葡萄老是丢，而且总是丢白香蕉。大老刘就夜夜守着，原来不是人偷的，是一只狼。李场长说：'老刘，你敢打么？'老刘说，'敢！'老刘就对着它每天来回走的那条车路，挖了一道壕子，趴在里面，拿上枪，上好子弹，等着——"

"什么枪，是这支火枪么？"

"不是，"老九把羊舍的火枪往身边靠了靠，说，"是老陈守夜的快枪——等了它三夜，来了！一枪就给撂倒了。打开膛：一肚子都是葡萄，还都是白香蕉！这老家伙可会挑嘴哩，它也知道白香蕉葡萄好吃！"

留孩说："狼吃葡萄么？狼吃肉，不是说'狼行千里吃肉'么？"

老九说："吃。狼也吃葡萄。"

小吕说："这狼大概是个吃素的，是个把斋的老道！"

说得留孩和老九都笑起来。

"都说狼会赶羊，是真的么？狼要吃哪只羊，就拿尾巴拍拍它，像哄孩子一样，羊就乖乖地在前头走，是真的么？"

"哪有这回事！"

"没有！"

"那人怎么都这么说？"

"是这样——狼一口咬住羊的脖子，拖着羊，羊疼哩，就走，狼又用尾巴抽它，——哪是拍它！嗯擞——嗯擞——嗯擞，看起来轻轻的，你看不清楚，就像狼赶羊，其实还是狼拖羊。它要不咬住它，它跟你走才怪哩！"

"你们看见过么？留孩，你见过么？"

"我没见过，我是在家听贵甲哥说过的。贵甲哥在家给人当羊伴子时候，可没少见过狼。他还叫狼吓出过毛病，这会不知好了没有，我也没问他。"

这连老九也不知道，问：

"咋回事？"

"那年，他跟上羊倌上山了。我们那里的山高，又陡，差不多的人连羊路都找不到。羊倌到沟里找水去了，叫贵甲哥一个人看一会。贵甲哥一看，一群羊都惊起来了，一个一个哆里哆嗦的，又低低地叫唤。贵甲哥心里嘭通一下——狼！一看，灰黄灰黄的，毛茸茸的，挺大，就在前面山杏丛里。旁边有棵树，吓得贵甲哥一窜就上了树。狼叼了一只大羔子，使尾巴赶着，嗖啦一下子就从树下过去了，吓得贵甲哥尿了一裤子。后来，只要有点着急事，下面就会津津地漏出尿来。这会他胆大了，小时候，——也怕。"

"前两天丢了羊，也着急了，咱们问问他尿了没有！"

"对！问他！不说就扒他的裤子检查！"

茶开了。小吕把沙锅端下来，把火边的山药翻了翻。老九在挎包里摸了摸，昨天吃剩的朝阳瓜子还有一把，就兜底倒出来，一边喝着高山顶，一边嗑瓜子。

"你们说，有鬼没有？"这回是老九提出问题。

留孩说："有。"

小吕说："没有。"

"有来，"老九自己说，"就在咱们西南边，不很远，从前是个鬼市，还有鬼饭馆。人们常去听，半夜里，乒乒乓乓地炒菜，杓子铲子响，可热闹啦！"

"在哪里？"这小吕倒很想去听听，这又不可怕。

"现在没有了。现在那边是兽医学校的牛棚。"

"哎噫——"小吕失望了，"我不相信，这不知是谁造出来的！鬼还炒菜？！"

留孩说："怎么没有鬼？我听我大爷说过：

"有一帮河南人，到口外去割莜麦。走到半路上，前不巴村，后不巴店，天也黑夜了，有一个旧马棚，空着，也还有个门，能插上，他们就住进去了。在一个大草滩子里，没有一点人烟。都睡下了。有一个汉子烟瘾大，点了个蜡头在抽烟。听到外面有人说：

"'你老们，起来解手时多走两步噢，别尿湿了我这疙瘩毡子，我就这么一块毡子啊！'

"这汉子也没理会，就答了一声：

"'知道啦。'

"一会儿，又是：

"'你老们，起来解手时多走两步噢，别尿湿了我这疙瘩毡子，我就这么一块毡子啊！'

"'知道啦。'

"一会会，又来啦：

"'你老们，起来解手时多走两步噢，我就这么一块疙瘩毡子！'

"'知道啦！你怎么这么噜苏啊！'

"'我怎么噜苏啦？'

"'你就是噜苏！'

"'我怎么噜苏！'

"'你噜苏！'

"两个就隔着门吵起来，越吵越凶。外面说：

"'你敢给爷出来！'

"'出来就出来！'

"那汉子伸手就要拉门，回身一看：所有的人都拿眼睛看住他，一起轻轻地摇头。这汉子这才想起来，吓得脸煞白——"

"怎么啦？"

"外边怎么可能有人啊，这么个大草滩子里？撒尿怎么会尿湿了他的毡子啊？他们都想，来的时候仿佛离墙不远有一疙瘩土，像是一个坟。这是鬼，是也是像他们一样背了一块毡子来割莜麦的，死在这里了。这大概还是一个同乡。

"第二天，他们起来看，果然有一座新坟。他们给他加加土，就走了。"

这故事倒不怎么可怕，只是说得老九和小吕心里都为这个客死在野地里的只有一块毡子的河南人很不好受。夜已经很深了，他们也不想喝茶了，瓜子还剩一小撮，也不想吃了。

过了一会，忽然，老九的脸色一沉：

"什么声音？"

是的！轻轻的，但是听得很清楚，有点像羊叫，又不太像。

老九一把抓起火枪：

"走！"

留孩立刻理解：羊半夜里从来不叫，这是有人偷羊了！他跟着老九就出来。两个人直奔羊圈。小吕抓起他的标枪，也三步抢出门来，说："你们去羊圈看看，我在这里，家里还有东西。"

老九、留孩用手电照了照几个羊圈，都好好的，羊都安安静静地卧着，门、窗户，都没有动。正察看着，听见小吕喊：

"在这里了！"

他们飞跑回来，小吕正闪在门边，握着标枪，瞄着屋门：

"在屋里！"

他们略一停顿，就一齐踢开门进去。外屋一照，没有。上里屋。里屋灯还亮着，没有。床底下！老九的手电光刚向下一扫，听见床下面"扑嗤"的一声——

"他妈的，是你！"

"好！你可吓了我们一跳！"

丁贵甲从床底下爬出来，一边爬，一边笑得捂着肚子。

"好！耍我们！打他！"

于是小吕、老九一齐扑上去，把丁贵甲按倒，一个压住脖子，一个骑住腰，使劲打起来。连留孩也上了手，拽住他企图往上翻拗的腿。一边打，一边说，骂；丁贵甲在下面一边招架，一边笑，说。

"我看见灯……还亮着……我说，试试这几个小鬼！……我早就进屋了！拨开门划，躲在外屋……我嘻嘻嘻……叫了一声，听见老九，嘻嘻嘻嘻——"

"妈的！我听见'嗨——咩'的一声，像是只老公羊！是你！这小子！这小子！"

"老九……拿了手电嘻嘻就……走！还拿着你娘的……火枪嘻嘻，呜噎，别打头！小吕嘻嘻嘻拿他妈一根破标……枪嘻嘻，你们只好……去吓鸟！"

这么一边说着，打着，笑着，滚着，闹了半天，直到丁贵甲在下面说：

"好香！炆了……山药……炆了！哎哟……我可饿了！"

他们才放他起来。留孩又去捅了捅炉子，把高山顶又坐热了，大家一边吃山药，一边喝茶，一边又重复地演述着刚才的经过。

他们吃着，喝着，说了又说，笑了又笑。当中又夹着按倒，拳击，捧腹，搂抱，表演，比划。他们高兴极了，快乐极了，简直把这间小屋要闹翻了，涨破了，这几个小鬼！他们完全忘记了现在是很深的黑夜。

六、明天

明天，他们还会要回味这回事，还会说、学、表演、大笑，而且等张士林回来一定会告诉张士林，会告诉陈素花、恽美兰，

276

并且也会说给大老张听的。将来有一天，他们聚在一起，还会谈起这一晚上的事，还会觉得非常愉快。今夜，他们笑够了，闹够了，现在都安静了，睡下了。起先，隔不一会还有人含含糊糊地说一句什么，不知是醒着还是在梦里，后来就听不到一点声息了。这间在昏黑中哗闹过、明亮过的半坡上的羊舍屋子，沉静下来，在拥抱着四山的广阔、丰美、充盈的暗夜中消融。一天就这样的过去了。夜在进行着，夜和昼在渗入，交递，开往北京的216次列车也正在轨路上奔驰。

明天，就又是一天了。小吕将会去找黄技师，置办他的心爱的嫁接刀。老九在大家的帮助下，会把行李结束起来，走上他当一个钢铁工人的路。当然，他会把他新编得的羊鞭交给留孩。留孩将要来这个"很好的"农场里当一名新一代的牧羊工。征兵的消息已经传开，说不定场子里明天就接到通知，叫丁贵甲到曾经医好他肺结核的医院去参加体格检查，准备入伍、受训，在他所没有接触过的山水风物之间，在蓝天或绿海上，戴起一顶缀着星徽的军帽。这些，都在夜间趋变为事实。

这也只是一个平常的夜。但是人就是这样一天一天，一黑夜一黑夜地长起来的。正如同庄稼，每天观察，差异也都不太明显，然而它发芽了，出叶了，拔节了，孕穗了，抽穗了，灌浆了，终于成熟了。这四个现在在一排并睡着的孩子（四个枕头各托着一个蓬蓬松松的脑袋），他们也将这样发育起来。在党无远弗及的阳光照煦下，经历一些必要的风风雨雨，都将迅速、结实、精壮地成长起来。

现在，他们都睡了。灯已经灭了。炉火也封住了。但是从煤块的缝隙里，有隐隐的火光在泄漏，而映得这间小屋充溢着薄薄的，十分柔和的，蔼然的红晖。

睡吧，亲爱的孩子。

一九六一年十一月二十五日写成

注释

① 本篇原载《人民文学》1962 年六月号。初收《羊舍的夜晚》，中国少年儿童出版社，1963 年 1 月；又收《汪曾祺短篇小说选》，北京出版社，1982 年 2 月，文字有较大改动。

② 一种野生植物，可以当茶喝。

③ 鹄鹄悠即猫头鹰。

④ "笨工子"是外行。"下不地"是说应付不了。

⑤ 这本来是开山的石匠的习语。在石头未破开前许愿：如果开了，则用一个羊头、猪头作贡献；但当真开了，即什么也不许了。

⑥ 外手边是右边。这本来是赶车人的说法。赶车人都习惯于跨坐在左辕，所以称左边为里手边或里边，右边为外手边或外边。

⑦ 南北方向的小岭，两边坡上都常见阳光，形状略似椅臂者。

⑧ 洋河以南。

黄油烙饼[①]

萧胜跟着爸爸到口外去。

萧胜满七岁，进八岁了。他这些年一直跟着奶奶过。他爸的工作一直不固定。一会儿修水库啦，一会儿大炼钢铁啦。他妈也是调来调去。奶奶一个人在家乡，说是冷清得很。他三岁那年，就被送回老家来了。他在家乡吃了好些萝卜白菜，小米面饼子，玉米面饼子，长高了。

奶奶不怎么管他。奶奶有事。她老是找出一些零碎料子给他接衣裳，接褂子，接裤子，接棉袄，接棉裤。他的衣服都是接成一道一道的，一道青，一道蓝。倒是挺干净的。奶奶还给他做鞋。自己打袼褙，剪样子，纳底子，自己绱。奶奶老是说："你的脚上有牙，有嘴？""你的脚是铁打的！"再就是给他做吃的。小米面饼子，玉米面饼子，萝卜白菜——炒鸡蛋，熬小鱼。他整天在外面玩。奶奶把饭做得了，就在门口嚷："胜儿！回来吃饭咧！——"

后来办了食堂。奶奶把家里的两口锅交上去，从食堂里打饭回来吃。真不赖！白面馒头，大烙饼，卤虾酱炒豆腐，闷茄子，猪头肉！食堂的大师傅穿着白衣服，戴着白帽子，在蒸笼的白蒙蒙的热气中晃来晃去，拿铲子敲着锅边，还大声嚷叫。人也胖了，猪也肥了。真不赖！

后来就不行了。还是小米面饼子，玉米面饼子。

后来小米面饼子里有糠，玉米面饼子里有玉米核磨出的碴子，拉嗓子。人也瘦了，猪也瘦了。往年，攒个猪可费劲哪。今年，一伸手就把猪后腿攥住了。挺大一个克郎，一挤它，咕咚就倒了。掺假的饼子不好吃，可是萧胜还是吃得挺香。他饿。

奶奶吃得不香。她从食堂打回饭来，掰半块饼子，嚼半天。其余的，都归了萧胜。

奶奶的身体原来就不好。她有个气喘的病。每年冬天都犯。白天还好，晚上难熬。萧胜躺在炕上，听奶奶喝喽喝喽地喘。睡醒了，还听她喝喽喝喽。他想，奶奶喝喽了一夜。可是奶奶还是喝喽着起来了，喝喽着给他到食堂去打早饭，打掺了假的小米饼子，玉米饼子。

爸爸去年冬天回来看过奶奶。他每年回来，都是冬天。爸爸带回来半麻袋土豆，一串口蘑，还有两瓶黄油。爸爸说，土豆是他分的；口蘑是他自己采，自己晾的；黄油是"走后门"搞来的。爸爸说，黄油是牛奶炼的，很"营养"，叫奶奶抹饼子吃。

土豆，奶奶借锅来蒸了，煮了，放在灶火里烤了，给萧胜吃了。口蘑过年时打了一次卤。黄油，奶奶叫爸爸拿回去："你们吃吧。这么贵重的东西！"爸爸一定要给奶奶留下。奶奶把黄油留下了，可是一直没有吃。奶奶把两瓶黄油放在躺柜上，时不时地拿抹布擦擦。黄油是个啥东西？牛奶炼的？隔着玻璃，看得见它的颜色是嫩黄嫩黄的。去年小三家生了小四，他看见小三他妈给小四用松花粉扑痱子。黄油的颜色就像松花粉。油汪汪的，很好看。奶奶说，这是能吃的。萧胜不想吃。他没有吃过，不馋。

奶奶的身体越来越不好。她从前从食堂打回饼子，能一气走到家。现在不行了，走到歪脖柳树那儿就得歇一会。奶奶跟上了年纪的爷爷、奶奶们说："只怕是过得了冬，过不得春呀。"萧胜知道这不是好话。这是一句骂牲口的话。"嗳！看你这乏样儿！过得了冬过不得春！"果然，春天不好过。村里的老头老太太接二连三地死了。镇上有个木业生产合作社，原来打家具、修犁耙，都停了，改了打棺材。村外添了好些新坟，好些白幡。奶奶不行了，她浑身都肿。用手指按一按，老大一个坑，半天不起来。她求人写信叫儿子回来。

爸爸赶回来，奶奶已经咽了气了。

爸爸求木业社把奶奶屋里的躺柜改成一口棺材，把奶奶埋了。晚上，坐在奶奶的炕上流了一夜眼泪。

萧胜一生第一次经验什么是"死"。他知道"死"就是"没有"了。他没有奶奶了。他躺在枕头上，枕头上还有奶奶的头发的气味。他哭了。

奶奶给他做了两双鞋。做得了，说："来试试！"——"等会儿！"吱溜，他跑了。萧胜醒来，光着脚把两双鞋都试了试。一双正合脚，一双大一些。他的赤脚接触了搪底布，感觉到奶奶纳的底线，他叫了一声"奶奶！"又哭了一气。

爸爸拜望了村里的长辈，把家里的东西收拾收拾，把一些能应用的锅碗瓢盆都装在一个大网篮里。把奶奶给萧胜做的两双鞋也装在网篮里。把两瓶动都没有动过的黄油也装在网篮里。锁了门，就带着萧胜上路了。

萧胜跟爸爸不熟。他跟奶奶过惯了。他起先不说话。他想家，想奶奶，想那棵歪脖柳树，想小三家的一对大白鹅，想蜻蜓，想蝈蝈，想挂大扁飞起来格格地响，露出绿色硬翅膀底下的桃红色的翅膜……后来跟爸爸熟了。他是爸爸呀！他们坐了汽车，坐火车，后来又坐汽车。爸爸很好。爸爸老是引他说话，告诉他许多口外的事。他的话越来越多，问这问那。他对"口外"产生了很浓厚的兴趣。

他问爸爸啥叫"口外"。爸爸说"口外"就是张家口以外，又叫"坝上"。"为啥叫坝上？"他以为"坝"是一个水坝。爸爸说到了就知道了。

敢情"坝"是一溜大山。山顶齐齐的，倒像个坝。可是真大！汽车一个劲地往上爬。汽车爬得很累，好像气都喘不过来，不停地哼哼。上了大山，嘿，一片大平地！真是平呀！又平又大。像是擀过的一样。怎么可以这样平呢！汽车一上坝，就撒开欢了。它不哼哼了，"刷——"一直往前开。一上了坝，气候忽然变了。坝下是夏天，一上坝就像秋天。忽然，就凉了。坝上坝下，刀切的一样。真平呀！远远有几个小山包，圆圆的。一棵树也没有。他的家乡有很多树。榆树，柳树，槐树。这是个什么地方！不长一棵树！就是一大片大平地，碧绿的，长满了草。有地。这地块真大。从这个小山包一匹布似的一直扯到了那个小山包。爸爸告诉他：有一个农民牵了一头母牛去犁地，犁了一趟，回来时候母牛带回来一个新下的小牛犊，已经三岁了！

汽车到了一个叫沽源的县城，这是他们的最后一站。一辆牛车来接他们。这车的样子真可笑，车轱辘是两个木头饼子，还不怎么圆，骨鲁鲁，骨鲁鲁，往前滚。他就仰面躺在牛车上，上面是一个很大的蓝天。牛车真慢，还没有他走得快。他有时下来掐两朵野花，走一截，又爬上车。

这地方的庄稼跟口里也不一样。没有高粱，也没有老玉米，种莜麦，胡麻。莜麦干净得很，好像用水洗过，梳过。胡麻打着把小蓝伞，秀秀气气，不像是庄稼，倒像是种着看的花。

喝，这一大片马兰！马兰他们家乡也有，可没有这里的高大。长齐大人的腰那么高，开着巴掌大的蓝蝴蝶一样的花。一眼望不到边。这一大片马兰！他这辈子也忘不了。他像是在一个梦里。

牛车走着走着。爸爸说：到了！他坐起来一看，一大片马铃薯，都开着花，粉的、浅紫蓝的、白的，一眼望不到边，像是下了一场大雪。花雪随风摇摆着，他有点晕。不远有一排房子，土墙、玻璃窗。这就是爸爸工作的"马铃薯研究站"。土豆——山药蛋——马铃薯。马铃薯是学名，爸说的。

从房子里跑出来一个人。"妈妈——！"他一眼就认出来了！妈妈跑上来，把他一把抱了起来。

萧胜就要住在这里了，跟他的爸爸、妈妈住在一起了。

奶奶要是一起来，多好。

萧胜的爸爸是学农业的，这几年老是干别的。奶奶问他："为什么总是把你调来调去的？"爸说："我好欺负。"马铃薯研究站别人都不愿来，嫌远。爸愿意。妈是学画画的，前几年老画两个娃娃拉不动的大萝卜啦，上面张个帆可以当作小船的豆荚啦。她也愿意跟爸爸一起来，画"马铃薯图谱"。

妈给他们端来饭。真正的玉米面饼子，两大碗粥。妈说这粥是草籽熬的。有点像小米，比小米小，绿盈盈的挺稠，挺香。还有一大盘鲫鱼，好大。爸说别处的鲫鱼很少有过一斤的，这儿"淖"里的鲫鱼有一斤二两的，鲫鱼吃草籽，长得肥。草籽熟了，风把草籽刮到淖里，鱼就吃草籽。萧胜吃得很饱。

爸说把萧胜接来有三个原因。一是奶奶死了，老家没有人了。二是萧胜该上学了，暑假后就到不远的一个完小去报名。三是这里吃得好一些。口外地广人稀，总好办一些。这里的自留地一个人有五亩！随便刨一块地就能种点东西。爸爸和妈妈就在"研究站"旁边开了一块地，种了山药，南瓜。山药开花了，南瓜长了骨朵了。用不了多久，就能吃了。

马铃薯研究站很清静，一共没有几个人。就是爸爸、妈妈，还有几个工人。工人都有家。站里就是萧胜一家。这地方，真安静。成天听不到声音，除了风吹莜麦穗子，沙沙地像下小雨；有时有小燕吱喳地叫。

爸爸每天戴个草帽下地跟工人一起去干活，锄山药。有时查资料，看书。妈一早起来到地里掐一大把山药花，一大把叶子，回来插在瓶子里，聚精会神地对着它看，一笔一笔地画。画的花和真的花一样！萧胜每天跟妈一同下地去，回来鞋和裤脚沾得都是露水。奶奶做的两双新鞋还没有上脚，妈把鞋和两瓶黄油都锁在柜子里。

白天没有事，他就到处去玩，去瞎跑。这地方大得很，没遮没挡，跑多远，一回头还能看到研究站的那排房子，迷不了路。他到草地里去看牛、看马、看羊。

他有时也去莳弄莳弄他家的南瓜、山药地。锄一锄，从机井里打半桶水浇浇。这不是为了玩。萧胜是等着要吃它们。他们家不起火，在大队食堂打饭，食堂里的饭越来越不好。草籽粥没有了，玉米面饼子也没有了。现在吃红高粱饼子，喝甜菜叶子做的汤。再下去大概还要坏。萧胜有点饿怕了。

他学会了采蘑菇。起先是妈妈带着他采了两回，后来，他自己也会了。下了雨，太阳一晒，空气潮乎乎的，闷闷的，蘑菇就出来了。蘑菇这玩意很怪，都长在"蘑菇圈"里。你低下头，侧着眼睛一看，草地上远远的有一圈草，颜色特别深，黑绿黑绿的，隐隐约约看到几个白点，那就是蘑菇圈。的溜圆。蘑菇就长在这一圈深颜色的草里。圈里面没有，圈外面也没有。蘑菇圈是固定的。今年长，明年还长。哪里有蘑菇圈，老乡们都知道。

有一个蘑菇圈发了疯。它不停地长蘑菇，呼呼地长，三天三夜一个劲地长，好像是有鬼，看着都怕人。附近七八家都来采，用线穿起来，挂在房檐底下。家家都挂了三四串，挺老长的三四串。老乡们说，这个圈明年就不会再长蘑菇了，它死了。萧胜也采了好些。他兴奋极了，心里直跳。"好家伙！好家伙！这么多！这么多！"他发了财了。

他为什么这样兴奋？蘑菇是可以吃的呀！

他一边用线穿蘑菇，一边流出了眼泪。他想起奶奶，他要给奶奶送两串蘑菇去。他现在知道，奶奶是饿死的。人不是一下饿死的，是慢慢地饿死的。

食堂的红高粱饼子越来越不好吃，因为掺了糠。甜菜叶子汤也越来越不好喝，因为一点油也不放了。他恨这种掺糠的红高粱饼子，恨这种不放油的甜菜叶子汤！

他还是到处去玩，去瞎跑。

大队食堂外面忽然热闹起来。起先是拉了一牛车的羊砖来。他问爸爸这是什么，爸爸说："羊砖。"——"羊砖是啥？"——"羊粪压紧了，切成一块一块。"——"干啥用？"——"烧。"——"这能烧吗？"——"好烧着呢！火顶旺。"后来盘了个大灶。后来杀了十来只羊。萧胜就站在旁边看杀羊。他还没有见过杀羊。嘿，一点血都流不到外面，完完整整就把一张羊皮剥下来了！

这是要干啥呢？

爸爸说，要开三级干部会。

"啥叫三级干部会？"

"等你长大了就知道了！"

三级干部会就是三级干部吃饭。

大队原来有两个食堂，南食堂，北食堂，当中隔一个院子，院子里还搭了个小棚，下雨天也可以两个食堂来回串。原来"社员"们分在两个食堂吃饭。开三级干部会，就都挤到北食堂来。南食堂空出来给开会干部用。

三级干部会开了三天，吃了三天饭。头一天中午，羊肉口蘑蘑子蘸莜面。第二天炖肉大米饭。第三天，黄油烙饼。晚饭倒是马马虎虎的。

"社员"和"干部"同时开饭。社员在北食堂，干部在南食堂。北食堂还是红高粱饼子，甜菜叶子汤。北食堂的人闻到南食堂里飘过来的香味，就说："羊肉口蘑蘑子蘸莜面，好香好香！""炖肉大米饭，好香好香！""黄油烙饼，好香好香！"

萧胜每天去打饭，也闻到南食堂的香味。羊肉、米饭，他倒不稀罕；他见过，也吃过。黄油烙饼他连闻都没闻过。是香，闻着这种香味，真想吃一口。

回家，吃着红高粱饼子，他问爸爸："他们为什么吃黄油烙饼？"

"他们开会。"

"开会干嘛吃黄油烙饼？"

"他们是干部。"

"干部为啥吃黄油烙饼？"

"哎呀！你问得太多了！吃你的红高粱饼子吧！"

正在咽着红饼子的萧胜的妈忽然站起来，把缸里的一点白面倒出来，又从柜子里取出一瓶奶奶没有动过的黄油，启开瓶盖，挖了一大块，抓了一把白糖，兑点起子，擀了两张黄油发面饼。抓了一把莜麦秸塞进灶火，烙熟了。黄油烙饼发出香味，和南食堂里的一样。妈把黄油烙饼放在萧胜面前，说：

"吃吧,儿子,别问了。"

萧胜吃了两口,真好吃。他忽然咧开嘴痛哭起来,高叫了一声:"奶奶!"

妈妈的眼睛里都是泪。

爸爸说:"别哭了,吃吧。"

萧胜一边流着一串一串的眼泪,一边吃黄油烙饼。他的眼泪流进了嘴里。黄油烙饼是甜的,眼泪是咸的。

注释

① 本篇原载《新观察》1980 年第二期;初收《汪曾祺短篇小说选》,北京出版社,1982 年 2 月,略有改动。

七里茶坊①

我在七里茶坊住过几天。

我很喜欢七里茶坊这个地名。这地方在张家口东南七里，当初想必是有一些茶坊的。中国的许多计里的地名，大都是行路人给取的。如三里河、二里沟、三十里铺。七里茶坊大概也是这样。远来的行人到了这里，说："快到了，还有七里，到茶坊里喝一口再走。"送客上路的，到了这里，客人就说："已经送出七里了，请回吧！"主客到茶坊又喝了一壶茶，说了些话，出门一揖，就此分别了。七里茶坊一定萦系过很多人的感情。不过现在却并无一家茶坊。我去找了找，连遗址也无人知道。"茶坊"是古语，在《清明上河图》、《东京梦华录》、《水浒传》里还能见到。现在一般都叫"茶馆"了。可见，这地名的由来已久。

这是一个中国北方的普通的市镇。有一个供销社，货架上空空的，只有几包火柴、一堆柿饼。两只乌金釉的酒坛子擦得

290

很亮，放在旁边的酒提子却是干的。柜台上放着一盆麦麸子做的大酱。有一个理发店，两张椅子，没有理发的，理发员坐着打瞌睡。有一个邮局。一个新华书店，只有几套毛选和一些小册子。路口矗着一面黑板，写着鼓动冬季积肥的快板，文后署名"文化馆宣"，说明这里还有个文化馆。快板里写道："天寒地冻百不咋②，心里装着全天下。"轰轰烈烈的大跃进已经过去，这种豪言壮语已经失去热力。前两天下过一场小雨，雨点在黑板上抽打出一条一条斜道。路很宽，是土路。两旁的住户人家，也都是土墙土顶（这地方风雪大，房顶多是平的）。连路边的树也都带着黄土的颜色。这个长城以外的土色的冬天的市镇，使人起悲凉的感觉。

除了店铺人家，这里有几家车马大店。我就住在一家车马大店里。

我头一回住这种车马大店。这种店是一看就看出来的，街门都特别宽大，成天敞开着，为的好进出车马。进门是一个很宽大的空院子。院里停着几辆大车，车辕向上，斜立着，像几尊高射炮。靠院墙是一个长长的马槽，几匹马面墙拴在槽头吃料，不停地甩着尾巴。院里照例喂着十多只鸡。因为地上有撒落的黑豆、高粱，草里有稗子，这些母鸡都长得极肥大。有两间房，是住人的。都是大炕。想住单间，可没有。谁又会上车马大店里来住一个单间呢？"碗大炕热"，就成了这类大店招倈顾客的口碑。

我是点名住到这种大店里来的呢？

我在一个农业科学研究所下放劳动，已经两年了。有一天生产队长找我，说要派几个人到张家口去掏公共厕所，叫我领着他们去。为什么找到我头上呢？说是以前去了两拨人，都闹了意见回来了。我是个下放干部，在工人中还有一点威信，可以管得住他们，云云。究竟为什么，我一直也不太明白。但是我欣然接受了这个任务。

我打好行李，挎包里除了洗漱用具，带了一枝大号的 3B 烟斗，一袋掺了一半榆树叶的烟草，两本四部丛刊本《分类集注杜工部集》，坐上单套马车，就出发了。

我带去的三个人，一个老刘、一个小王，还有一个老乔，连我四个。

我拿了介绍信去找市公共卫生局的一位"负责同志"。他住在一个粪场子里。一进门，就闻到一股奇特的酸味。我交了介绍信，这位同志问我：

"你带来的人，咋样？"

"咋样？"

"他们，啊，啊，啊……"

他"啊"了半天，还是找不到合适的词句。这位负责同志大概不大认识字。他的意思我其实很明白，他是问他们政治上可靠不可靠。他怕万一我带来的人会在公共厕所的粪池子里放一颗定时炸弹。虽然他也知道这种可能性极小，但还是问一问好。可是他词不达意，说不出这种报纸语言。最后还是用一句不很切题的老百姓话说：

"他们的人性咋样？"

"人性挺好！"

"那好。"

他很放心了，把介绍信夹到一个卷宗里，给我指定了桥东区的几个公厕。事情办完，他送我出"办公室"，顺便带我参观了一下这座粪场。一边堆着好几垛晒好的粪干，平地上还晒着许多薄饼一样的粪片。

"这都是好粪，不掺假。"

"粪还掺假？"

"掺！"

"掺什么？土？"

"哪能掺土！"

"掺什么？"

"酱渣子。"

"酱渣子？"

"酱渣子，味道、颜色跟大粪一个样，也是酸的。"

"粪是酸的？"

"发了酵。"

我于是猛吸了一口气，品味着货真价实、毫不掺假的粪干的独特的、不能代替的、余韵悠长的酸味。

据老乔告诉我，这位负责同志原来包掏公私粪便，手下用了很多人，是一个小财主。后来成了卫生局的工作人员，成了"公家人"，管理公厕。他现在经营的两个粪场，还是很来钱。这人紫棠脸，阔嘴岔，方下巴，眼睛很亮，虽然没有文化，但是看起来很精干。他虽不大长于说"字儿话"，但是当初在指挥粪工、洽谈生意时，所用语言一定是很清楚畅达，很有力量的。

掏公共厕所，实际上不是掏，而是凿。天这么冷，粪池里的粪都冻得实实的，得用冰镩凿开，破成一二尺见方大小不等的冰块，用铁锹起出来，装在单套车上，运到七里茶坊，堆积在街外的空场上。池底总有些没有冻实的稀粪，就刮出来，倒在事先铺好的干土里，像和泥似的和好。一夜工夫，就冻实了。第二天，运走。隔三四天，所里车得空，就派一辆三套大车把积存的粪冰运回所里。

看车把式装车，真有个看头。那么沉的、滑滑溜溜的冰块，照样装得整整齐齐，严严实实，拿绊绳一煞，纹丝不动。走个百八十里，不兴掉下一块。这才真叫"把式"！

"叭——"的一鞭，三套大车走了。我心里是高兴的。我们给所里做了一点事了。我不说我思想改造得如何好，对粪便产生了多深的感情，但是我知道这东西很贵。我并没有做多少，只是在地面上挖一点干土，和粪。为了照顾我，不让我下池子凿冰。老乔呢，说好了他是来玩的，只是招招架架，跑跑颠颠。活，主要是老刘和小王干的。老刘是个使冰镩的行家，小王有的是力气。

这活脏一点，倒不累，还挺自由。

骡马大店的东房，——正房是掌柜的一家人自己住的。南北相对，各有一铺能睡七八个人的炕，——挤一点，十个人也睡下了。快到春节了，没有别的客人，我们四个人占据了靠北的一张炕，很宽绰。老乔岁数大，睡炕头。小王火力壮，把门靠边。我和老刘睡当间。我那位置很好，靠近电灯，可以看书。两铺炕中间，是一口锅灶。

天一亮，年轻的掌柜的就推门进来，点火添水，为我们作饭，——推莜面窝窝。我们带来一口袋莜面，顿顿饭吃莜面，而且都是推窝窝。——莜面吃完了，三套大车会又给我们捎来的。小王跳到地下帮掌柜的拉风箱，我们仁就拥着被窝坐着，欣赏他推窝窝的手艺。——这么冷的天，一大清早就让他从内掌柜的热被窝里爬出来为我们作饭，我心里实在有些歉然。不大一会，莜面蒸上了，屋里弥漫着白蒙蒙的蒸汽，很暖和，叫人懒洋洋的。可是热腾腾的窝窝已经端到炕上了。刚出屉的莜面，真香！用蒸莜面的水，洗了脸，我们就蘸着麦麸子做的大酱吃起来。没有油，没有醋，尤其是没有辣椒！可是你得相信我说的是真话：我一辈子很少吃过这么好吃的东西。那是什么时候呀？——一九六〇年！

我们出工比较晚。天太冷。而且得让过人家上厕所的高潮。八点多了，才赶着单套车到市里去。中午不回来。有时由我掏钱请客，去买一包"高价点心"，找个背风的角落，蹲下来，各人抓了几块嚼一气。老乔、我、小王拿一副老掉了牙的扑克牌接龙、蹩七。老刘在呼呼的风声里居然敢把脑袋缩在老羊皮袄里睡一觉，还挺香！下午接着干。四点钟装车，五点多就回到七里茶坊了。

一进门，掌柜的已经拉动风箱，往灶火里添着块煤，为我们作晚饭了。

吃了晚饭，各人干各人的事。老乔看他的《啼笑因缘》。他这本《啼笑因缘》是个古本了，封面封底都没有了，书角都打了卷，当中还有不少缺页。可是他还是戴着老花镜津津有味地看，而且老看不完。小王写信，或是躺着想心事。老刘盘着腿一声不响地坐着。他这样一声不响地坐着，能够坐半天。在所里我就见过他到生产队请一天假，哪儿也不去，什么也不干，就是坐着。我发现不止一个人有这个习惯。一年到头的劳累，坐一天是很大的享受，也是他们迫切的需要。人，有时需要休息。他们不叫休息，就叫"坐一天"。他们去请假的理由，也是："我要坐一天。"中国的农民，对于生活的要求真是太小了。我，就靠在被窝上读杜诗。杜诗读完，就压在枕头底下。这铺炕，炕沿的缝隙跑烟，把我的《杜工部集》的一册的封面薰成了褐黄色，留下一个难忘的、美好的纪念。

有时，就有一句没一句，东拉西扯地瞎聊天。吃着柿饼子，喝着蒸锅水，抽着掺了榆树叶子的烟。这烟是农民用包袱包着私卖的，颜色是灰绿的，劲头很不足，抽烟的人叫它"半口烟"。榆树叶子点着了，发出一种焦糊的，然而分明地辨得出是榆树的气味。这种气味使我多少年后还难于忘却。

小王和老刘都是"合同工"，是所里和公社订了合同，招来的。他们都是柴沟堡的人。

老刘是个老长工，老光棍。他在张家口专区几个县都打过长工，年轻时年年到坝上割莜麦。因为打了多年长工，庄稼活他样样精通。他有过老婆，跑了，因为他养不活她。从此他就不再找女人，对女人很有成见，认为女人是个累赘。他就这样背着一卷行李——一块毡子、一床"盖窝"（即被）、一个方顶的枕头，到处漂流。看他捆行李的利索劲儿和背行李的姿势，就知道是一个常年出门在外的老长工。他真也是自由自在，也不置什么衣服，有两个钱全喝了。他不大爱说话，但有时也能说一气，在他高兴的时候，或者不高兴的时候。这二年他常发牢骚，原因之一，是喝不到酒。他老是说："这是咋搞的？咋搞的？"——"过去，七里茶坊，啥都有：驴肉、猪头肉、炖牛蹄子、茶鸡蛋……，卖一黑夜。酒！现在！咋搞的！咋搞的！"——"'楼上楼下，电灯电话'！做梦娶媳妇，净慕好事！多会儿？"③他年轻时曾给八路军送过信，带过路。"俺们那阵，有什好吃的，都给八路军留着！早知这样，哼！……"他说的话常常出了圈，老乔就喝住他："你瞎说点啥！没喝酒，你就醉了！你是想'进去'住几天是怎么的？嘴上没个把门的，亏你活了这么大！"

小王也有些不平之气。他是念过高小的。他给自己编了一口顺口溜："高小毕业生，白费六年工。想去当教员，学生管我叫老兄。想去当会计，珠算又不通！"他现在一个月挣二十九块六毛四，要交社里一部分，刨去吃饭，所剩无几。他才二十五岁，对老刘那样的自由自在的生活并不羡慕。

老乔，所里多数人称之为乔师傅。这是个走南闯北，见多识广，老于世故的工人。他是怀来人。年轻时在天津学修理汽车。抗日战争时跑到大后方，在资源委员会的运输队当了司机，跑仰光、腊戌。抗战胜利后，他回张家口来开车，经常跑坝上各县。后来岁数大了，五十多了，血压高，不想再跑长途，他和农科所的所长是亲戚，所里新调来一辆拖拉机，他就来开拖拉机，顺便修修农业机械。他工资高，没负担。农科所附近一个小镇上有一家饭馆，他是常客。什么贵菜、新鲜菜，饭馆都给他留着。他血压高，还是爱喝酒。饭馆外面有一棵大槐树，夏天一地浓荫。他到休息日，喝了酒，就睡在树荫里。树荫在东，他睡在东面；树荫在西，他睡到西面，围着大树睡一圈！这是前二年的事了。现在，他也很少喝了。因为那个饭馆的酒提潮湿的时候很少了。他在昆明住过，我也在昆明呆过七八年，因此他老愿意找我聊天，抽着榆叶烟在一起怀旧。他是个技工，掏粪不是他的事，但是他自愿报了名。冬天，没什么事，他要来玩两天。来就来吧。

这天，我们收工特别早，下了大雪，好大的雪啊！

这样的天，凡是爱喝酒的都应该喝两盅，可是上哪儿找酒去呢？

吃了莜面，看了一会书，坐了一会，想了一会心事，照例聊天。

像往常一样，总是老乔开头。因为想喝酒，他就谈起云南的酒。市酒、玫瑰重升、开远的杂果酒、杨林肥酒……

"肥酒？酒还有肥瘦？"老刘问。

"蒸酒的时候，上面吊着一大块肥肉，肥油一滴一滴地滴在酒里。这酒是碧绿的。"

"像你们怀来的青梅煮酒？"

"不像。那是烧酒，不是甜酒。"

过了一会，又说："有点像……"

接着，又谈起昆明的吃食。这老乔的记性真好，他可以从华山南路、正义路，一直到金碧路，数出一家一家大小饭馆，又岔到护国路和甬道街，哪一家有什么名菜，说得非常详细。他说到金钱片腿、牛干巴、锅贴乌鱼、过桥米线……

"一碗鸡汤，上面一层油，看起来连热气都没有，可是超过一百度。一盘子鸡片、腰片、肉片，都是生的。往鸡汤里一推，就熟了。"

"那就能熟了？"

"熟了！"

他又谈起汽锅鸡。描写了汽锅是什么样子，锅里不放水，全凭蒸汽把鸡蒸熟了，这鸡怎么嫩，汤怎么鲜……

老刘很注意地听着，可是怎么也想象不出这汽锅是啥样子，这道菜是啥滋味。

后来他又谈到昆明的菌子：牛肝菌、青头菌、鸡㙡④，把鸡㙡夸赞了又夸赞。

"鸡㙡？有咱这儿的口蘑好吃吗？"

"各是各的味儿。"

…………

老乔刮话的时候，小王一直似听不听，躺着，张眼看着房顶。忽然，他问我：

“老汪，你一个月挣多少钱？”

我下放的时候，曾经有人劝告过我，最好不要告诉农民自己的工资数目，但是我跟小王认识不止一天了，我不想骗他，便老实说了。小王没有说话，还是张眼躺着。过了好一会，他看着房顶说：

“你也是一个人，我也是一个人，为什么你就挣那么多？”

他并没有要我回答，这问题也不好回答。

沉默了一会。

老刘说：“怨你爹没供你书⑤。人家老汪是大学毕业！”

老乔是个人情练达的人，他捉摸出小王为什么这两天老是发呆，为什么会提出这样的问题，说：

“小王，你收到一封什么信，拿出来我看看！”

前天三套大车来拉粪冰的时候，给小王捎来一封寄到所里的信。

事情原来是这样的：小王搞了一个对象。这对象搞得稍为有点离奇：小王有个表姐，嫁到邻村李家。李家有个姑娘，和小王年貌相当，也是高小毕业。这表姐就想给小姑子和表弟撮合撮合，写信来让小王寄张照片去。照片寄到了，李家姑娘看了，不满意。恰好李家姑娘的一个同学陈家姑娘来串门，她看了照片，对小王的表姐说：“晓得人家要俺们不要？”表姐跟陈家姑娘要了一张照片，寄给小王，小王满意。后来表姐带了陈家姑娘到农科所来，两人当面相了一相，事情就算定了。农村的婚姻，往往就是这样简单，不像城里人有逛公园、轧马路、看电影、写情书这一套。

陈家姑娘的照片我们都见过，挺好看的，大眼睛，两条大辫子。

小王收到的信是表姐寄来的，催他办事。说人家姑娘一天一天大了，等不起。那意思是说，过了春节，再拖下去，恐怕就要吹。

小王发愁的是：春节他还办不成事！柴沟堡一带办喜事倒不尚铺张，但是一床里面三新的盖窝、一套花直贡呢的棉衣、一身灯芯绒裤袄、绒衣绒裤、皮鞋、球鞋、尼龙袜子……总是要有的。陈家姑娘没有额外提什么要求，只希望要一支金星牌钢笔。这条件提得不俗，小王倒因此很喜欢。小王已经作了长期的储备，可是算来算去还差五六十块钱。

老乔看完信，说：

"就这个事吗？值得把你愁得直眉瞪眼的！叫老汪给你拿二十，我给你拿二十！"

老刘说："我给你拿上十块！现在就给！"说着从红布肚兜里就摸出一张十圆的新票子。

问题解决了，小王高兴了，活泼起来了。

于是接着瞎聊。

从云南的鸡枞聊到内蒙古的口蘑。说到口蘑，老刘可是个专家。黑片蘑、白蘑、鸡腿子、青腿子……

"过了正蓝旗，捡口蘑都是赶了个驴车去。一天能捡一车！"

不知怎么又说到独石口。老刘说他走过的地方没有比独石口再冷的了，那是个风窝。

"独石口我住过，冷！"老乔说，"那年我们在独石口吃了一洞子羊。"

"一洞子羊？"小王很有兴趣了。

"风太大了，公路边有一个涵洞，去避一会风吧。一看，涵洞里白糊糊的，都是羊。不知道是谁的羊，大概是被风赶到这里的，挤在涵洞里，全冻死了。这倒好，这是个天然冷藏库！俺们想吃，就进去拖一只，吃了整整一个冬天！"

老刘说："肥羊肉炖口蘑，那叫香！四家子的莜面，比白面还白。坝上是个好地方。"

话题转到了坝上。老乔、老刘轮流说，我和小王听着。

老乔说：坝上地广人稀，只要收一季莜麦，吃不完。过去山东人到口外打把势卖艺，不收钱。散了场子，拿一个大海碗挨家要莜面，"给！"一给就是一海碗。说坝上没果子。怀来人赶一个小驴车，装一车山里红到坝上，下来时驴车换成了三套大马车，车上满满地装的是莜面。坝上人都豪爽，大方。吃起肉来不是论斤，而是放开肚子吃。他说坝上人看见坝下人吃肉，一小碗，都奇怪："这吃个什么劲儿呢？"他说，他们要是看见江苏人、广东人炒菜：青菜加两三片肉，更会奇怪了。他还说坝上女人长得很好看。他说，都说水多的地方女人好看，坝上没水，怎么女人都长得白白净净？那么大风沙，皮色都很好。他说他在崇礼县看过两姐妹，长得像傅全香。

傅全香是谁，老刘、小王可都不知道。

老刘说：坝上地大，风大，雪大，雹子也大。他说有一年沽源下了一场大雪，西门外的雪跟城墙一般高。也是沽源，有一年下了一场雹子，有一个雹子有马大。

"有马大？那掉在头上不砸死了？"小王不相信有这样大的雹子！

老刘还说，坝上人养鸡，没鸡窝。白天开了门，把鸡放出去。鸡到处吃草籽，到处下蛋。他们也不每天去捡。隔十天半月，挑了一副筐，到处捡蛋，捡满了算。他说坝上的山都是一个一个馒头样的山包。山上没石头。有些山很奇怪，只长一样东西。有一个山叫韭菜山，一山都是韭菜；还有一座芍药山，夏天开了满满一山的芍药花……

老乔、老刘把坝上说得那样好，使小王和我都觉得这是个奇妙的、美丽的天地。

芍药山，满山芍药花，这是什么景象？

"咱们到韭菜山上掐两把韭菜，拿盐腌腌，明天蘸莜面吃吧。"小王说。

"见你的鬼！这会儿会有韭菜？满山大雪！——把钱收好了！"

聊天虽然有趣，终有意兴阑珊的时候。天已经很黑了，房顶上的雪一定已经堆了四五寸厚了，摊开被窝，我们该睡了。

正在这时，屋门开处，掌柜的领进三个人来。这三个人都反穿着白茬老羊皮袄，齐膝的毡疙瘩。为头是一个大高个儿，五十来岁，长方脸，戴一顶火红的狐皮帽。一个四十来岁，是个矮胖子，脸上有几颗很大的痘疤，戴一顶狗皮帽子。另一个是和小王岁数仿佛的后生，雪白的山羊头的帽子遮齐了眼睛，使他看起来像一个女孩子。——他脸色红润，眼睛太好看了！他们手里都拿着一根六道木二尺多长的短棍。虽然刚才在门外已经拍打了半天，帽子上、身上，还粘着不少雪花。

掌柜的说："给你们作饭？——带着面了吗？"

"带着哩。"

后生解开老羊皮袄，取出一口面口袋。——他把面口袋系在腰带上，怪不道他看起来身上鼓鼓囊囊的。

"推窝窝？"

高个儿把面口袋交给掌柜的：

"不吃莜面！一天吃莜面。你给俺们到老乡家换几个粑粑头⑥吃。多时不吃粑粑头，想吃个粑粑头。把火弄得旺旺的，烧点水，俺们喝一口。——没酒？"

"没。"

"没咸菜？"

"没。"

"那就甜⑦吃！"

老刘小声跟我说："是坝上来的。坝上人管窝窝头叫粑粑头。是赶牲口的，——赶牛的。你看他们拿的六道木的棍子。"随即，他和这三个坝上人搭喇起来：

"今天一早从张北动的身？"

"是。——这天气！"

"就你们仨？"

"还有仨。"

"那仨呢？"

"在十多里外，两头牛掉进雪窟窿里了。他们仨在往上弄。俺们把其余的牛先送到食品公司屠宰场，到店里等他们。"

"这样天气，你们还往下送牛？"

"没法子。快过年了。过年，怎么也得叫坝下人吃上一口肉！"

不大一会，掌柜的搞了粑粑头和几个腌蔓菁来。他们把粑粑头放在火里烧，水开了，把烧焦的粑粑头拍打拍打，就吃喝起来。

老乔就把我们的酱碗给他们送过去。

"你们那里今年年景咋样？"

"好！"高个儿回答得斩钉截铁。显然这是反话，因为痘疤脸和后生都噗嗤一声笑了。

"不是说去年你们已经过了'黄河'了？"

"过了！那还不过！"

老乔知道他话里有话，就问：

"也是假的？"

"不假。搞了'标准田'。"

"啥叫'标准田'？"

"把几块地里打的粮算在一起。"

"其余的地？"

"不算产量。"

"坝上过'黄河'？不用什么'科学家'，我就知道，不行！"老刘用了一个很不文雅的字眼说："过'黄河'，过毬的个河吧！"

老乔解释："老刘说的对。坝上的土层只有五寸，下面全是石头。坝上一向是广种薄收，要求单位面积产量，是主观主义。"

痘疤脸说："就是！俺们和公社的书记说，这产量是虚的。但人家说：有了虚的，就会带来实的。"

后生说："还说这是：以虚带实。"

我还从来没有听说过"以虚带实"是这样的解释的。

高个儿沉重地叹了一口气："这年月！当官的都说谎！"

老刘接口说："当官的说谎，老百姓遭殃！"

老乔把烟口袋递给他们：

"牲畜不错？"

"不错！也经不起胡糟践。头二年，大跃进，大炼钢铁，夜战，把牛牵到地里，杀了，在地头架起了大锅，大块大块地煮烂，大伙儿，吃！那会儿吃了个痛快；这会儿，想去吧！——他们仨咋还不来？去看看。"

高个儿说着又把老羊皮袄又系紧了。

痘疤脸说："我们俩去。你啦就甭去了。"

"去！"

他们和掌柜的借了两根木杠，把我们车上的钢绳也借去了，拉开门，就走了。

听见后生在门外大声说："雪更大了！"

老刘起来解手，把地下三根六道木的棍子归在一起，上了炕，说：

"他们真辛苦！"

过了一会，又自言自语地说：

"咱们也很辛苦。"

老乔一面钻被窝，一面说：

"中国人都很辛苦啊！"

小王已经睡着了。

"过年，怎么也得叫坝下人吃上一口肉！"我老是想着大个儿的这句话，心里很感动，很久未能入睡。这是一句朴素、美丽的话。

半夜，朦朦胧胧地听到几个人轻手轻脚走进来，我睁开眼，问：

"牛弄上来了？"

高个儿轻轻地说：

"弄上来了。把你吵醒了！睡吧！"

他们睡在对面的炕上。

第二天，我们起得很晚。醒来时，这六个赶牛的坝上人已经走了。

一九八一年五月十一日写成

注释

① 本篇原载《收获》1981 年第五期；初收《汪曾祺短篇小说选》，北京出版社，1982 年 2 月。

② "百不咋"是无所谓、没关系的意思。

③ 那时农村宣传"共产主义",都说是"楼上楼下,电灯电话"。慕,是思量、向往的意思。这是很古的语言,元曲中常见。张家口地区保留了很多宋元古语。

④ 鸡㙡是一种菌,长在白蚁窝上,味极腴美。

⑤ "供书"是拿钱供学生读书的意思。

⑥ 他们说"粑粑头","粑粑"作入声。

⑦ 张家口一带不说"淡",说"甜"。

金 冬 心 ①

召应博学鸿词杭郡金农字寿门别号冬心先生、稽留山民、龙樱仙客、苏伐罗吉苏伐罗，早上起来觉得很无聊。

他刚从杭州扫墓回来。给祖坟加了加土，吩咐族侄把聚族而居的老宅子修理修理，花了一笔钱。杭州官员馈赠的程仪殊不丰厚，倒是送了不少花雕和莼菜，坛坛罐罐，装了半船。装莼菜的磁罐子里多一半是西湖水。我能够老是饮花雕酒喝莼菜汤过日脚么？开玩笑！

他是昨天日落酉时回扬州的。刚一进门，洗了脸，给他装裱字画、收拾图书的陈聋子就告诉他：袁子才把十张灯退回来了。是托李馥馨茶叶庄的船带回来的。附有一封信。另外还有十套《随园诗话》。金冬心当时哼了一声。

去年秋后，来求冬心先生写字画画的不多，他又买了两块大砚台，一块红丝碧端，一块蕉叶白，手头就有些紧。进了腊月，他忽然想起一个主意：叫陈聋子用乌木做了十张方灯的架子，四面由他自己书画。自以为这主意很别致。他知道他的字画在扬州实在不大卖得动了，——太多了，几乎家家都有。过了正月初六，就叫陈聋子搭了李馥馨的船到南京找袁子才，托他代卖。凭子才的面子，他在南京的交往，估计不难推销出去。他希望一张卖五十两。少说，也能卖二十两。不说别的，单是乌木灯架，也值个三两二两的。那么，不无小补。

袁子才在小仓山房接见了陈聋子，很殷勤地询问了冬心先生的起居，最近又有什么轰动一时的诗文，说："灯是好灯！诗、书、画，可称三绝。先放在我这里吧。"

金冬心原以为过了元宵，袁子才就会兑了银子来。不想过了清明，还没有消息。

现在，退回来了！

袁枚的信写得很有风致："……金陵人只解吃鸭脯，光天白日，尚无目识字画，安能于灯光烛影中别其嫱妍耶？……"

这个老奸巨猾！不帮我卖灯，倒给我弄来十部《诗话》，让我替他向扬州的鹾贾打秋风！——俗！

晚上吃了一碗鸡丝面，早早就睡了。

今天一起来，很无聊。

喝了几杯苏州新到的碧螺春，念了两遍《金刚经》，趿着鞋，到小花圃里看了看。宝珠山茶开得正好，含笑也都有了骨朵了。然而提不起多大兴致。他惦记着那十盆兰花。他去杭州之前，瞿家花园新从福建运到十盆素心兰。那样大的一盆，每盆不愁有百十个箭子！索价五两一盆，不贵！要是袁子才替他把灯卖出去，这十盆建兰就会摆在他的小花圃苇棚下的石条上。这样的兰花，除了冬心先生，谁配？然而……

他踱回书斋里，把袁枚的信摊开又看了一遍，觉得袁枚的字很讨厌，而且从字里行间嚼出一点挖苦的意味。他想起陈聋子描绘的随园：有几棵柳树，几块石头，有一个半干的水池子，池子边种了十来棵木芙蓉，到处是草，草里有蜈蚣……这样一个破园子，会是江宁织造的大观园么？可笑！②此人惯会吹牛，装模作样！他顺手把《随园诗话》打开翻了几页，到处是倚人自重，借别人的赏识，为自己吹嘘。有的诗，还算清新，然而，小聪明而已。正如此公自道："诗被人嫌只为多"！再看看标举的那些某夫人、某太夫人的诗，都不见佳。哈哈，竟然对毕秋帆也揄扬了一通！毕秋帆是什么？——商人耳！郑板桥对袁子才曾作过一句总评，说他是"斯文走狗"，不为过分！

他觉得心里痛快了一点，——不过，还是无聊。

他把陈聋子叫来，问问这些天有什么函件简帖。陈聋子捧出了一叠。金冬心拆看了几封，都没有什么意思，问："还有没有？"

陈聋子把脑门子一拍，说："有！——我差一点忘了，我把它单独放在拜匣里了：程雪门有一张请帖，来了三天了！"

"程雪门？"

"对对对！请你陪客。"

"请谁？"

"铁大人。"

"哪个铁大人？"

"新放的两淮盐务道铁保珊铁大人。"

"几时？"

"今天！中饭！平山堂！"

"你多误事！——去把帖子给我拿来！——去订一顶轿子！——你真是！——快去！——哎哟！"

金冬心开始觉得今天有点意思了。

等着催请了两次，到第三次催请时，冬心先生换了衣履，坐上轿子，直奔平山堂。

程雪门是扬州一号大盐商，今天宴请新任盐务道，非比寻常！果然，等金冬心下了轿，往平山堂一看，只见扬州的名流显贵都已到齐。藩臬二司、河工漕运、当地耆绅、清客名士，济济一堂。花翎补服，辉煌耀眼；轻衣缓带，意态萧闲。程雪门已在正面榻座上陪着铁保珊说话，一眼看见金冬心来了，站起身来，铁保珊早抢步迎了出来。

"冬心先生！久仰！久仰得很哪！"

"岂敢岂敢！臣本布衣，幸瞻丰采！铁大人从都里来，一路风霜，辛苦了！"

"请！"

"请！请！"

铁保珊拉了金冬心入座。程雪门道了一声"得罪！"自去应酬别的客人。大家只见铁保珊倾侧着身子和金冬心谈得十分投机，金冬心不时点头拊掌，不知他们谈些什么，不免悄悄议论。

"雪门今天请金冬心来陪铁保珊，好大的面子！"

"听说是铁保珊指名要见的。"

"金冬心这时候才来，架子搭得不小！"

"看来他的字画行情要涨！"

少顷宴齐，更衣入席。平山堂中，雁翅般摆开了五桌。正中一桌，首座自然是铁保珊。次座是金冬心。金冬心再三谦让，铁保珊一把把他按得坐下，说："你再谦，大家就不好坐了！"金冬心只得从命。程雪门在这桌的主座上陪着。

今天的酒席很清淡。铁大人接连吃了几天满汉全席，实在是没有胃口，接到请帖，说："请我，我到！可是我只想喝一碗晚米稀粥，就一碟香油拌疙瘩丝！"程雪门说一定照办。按扬州请客的规矩，菜单曾请铁保珊过了目。凉碟是金华竹叶腿、宁波瓦楞明蚶、黑龙江熏鹿脯、四川叙府糟蛋、兴化醉蛏鼻、东台醉泥螺、阳澄湖醉蟹、糟鹌鹑、糟鸭舌、高邮双黄鸭蛋、界首茶干拌荠菜、凉拌枸杞头……热菜也只是蟹白烧乌青菜、鸭肝泥酿怀山药、鲫鱼脑烩豆腐、烩青腿子口蘑、烧鹅掌。甲鱼只用裙边。鳜花鱼不用整条的,只取两块嘴后腮边眼下蒜瓣肉。砗螯只取两块瑶柱。炒芙蓉鸡片塞牙,用大兴安岭活捕来的飞龙剁泥、鸽蛋清。烧烤不用乳猪,用果子狸。头菜不用翅唇参燕,清炖杨妃乳——新从江阴运到的河鲀鱼。铁大人听说有河鲀,说:"那得有炒蒌蒿呀!——'竹外桃花三两枝,春江水暖鸭先知,蒌蒿满地芦芽短,正是河鲀欲上时',有蒌蒿,那才配称。"有有有!随饭的炒菜也极素净:素炒蒌蒿苔、素炒金花菜、素炒豌豆苗、素炒紫芽姜、素炒马兰头、素炒凤尾——只有三片叶子的嫩莴苣尖、素烧黄芽白……铁大人听了菜单(他没有看)说是"这样好,'咬得菜根,则百事可做'。"他请金冬心过目,冬心先生说:"'一箪食,一瓢饮',农一介寒士,无可无不可的。"

金冬心尝了尝这一桌非时非地清淡而名贵的菜肴,又想起袁子才,想起他的《随园食单》,觉得他把几味家常鱼肉说得天花乱坠,真是寒乞相,嘴角不禁浮起一丝冷笑。

酒过三巡,铁保珊提出寡饮无趣,要行一个酒令。他提出的这个酒令叫做"飞红令",各人说一句或两句古人诗词,要有"飞、红"二字,或明嵌、或暗藏,都可以。这令不算苛。他自己先说了两句:"花谢花飞飞满天,红消香断有谁怜?"有人不识出处。旁边的人提醒他:"《红楼梦》!"这时正是《红楼梦》大行的时候，"开谈不说《红楼梦》，纵读诗书也枉然"，不知出处的怕露怯，连忙说："哦，《红楼梦》！《红楼梦》！"下面也有说"一片花飞减却春"的，也有说"桃花乱落如红雨"的。有的说不上来，甘愿罚酒。也有的明明说得出，为了谦抑，故意说："我诗词上有限，认罚认罚！"借以凑趣的。临了，到了程雪门。程雪门说了一句：

"柳絮飞来片片红。"

大家先是愕然，接着就哗然了：

"柳絮飞来片片红，柳絮如何是红的？"

"无是理！无是理！"

"杜撰！杜撰无疑！"

"罚酒！罚酒！"

"满上！满上！喝了！喝了！"

程雪门也不知道自己怎么会诌出这样一句不通的诗来，正在满脸紫涨，无地自容，忽听得金冬心放下杯箸，从容言道：

"诸位莫吵。雪翁此诗有出处。这是元人咏平山堂的诗，用于今日，正好对景。"他站起身来，朗吟出全诗：

廿四桥边廿四风，

凭栏犹忆旧江东。

夕阳返照桃花渡，

柳絮飞来片片红。

大家一听，全都击掌：

"好诗！"

"好一个'柳絮飞来片片红'！妙！妙极了！"

"如此尖新，却又合情合理，这定是元人之诗，非唐非宋！"

"到底是冬心先生！元朝人的诗，我们知道得太少，惭愧惭愧！"

"想不到程雪翁如此博学！佩服！佩服！"

程雪门哈哈大笑，连说："过奖，过奖！——菜凉了，河鲀要趁热！"

于是大家的筷子一齐奔向杨妃乳。

铁保珊拈须沉吟：这是元朝人的诗么？

金冬心真是捷才！出口成章，不动声色。快，而且，好！有意境……

第二天，一清早，程雪门派人给金冬心送来一千两银子。金冬心叫陈聋子告诉瞿家花园，把十盆建兰立刻送来。

陈聋子刚要走，金冬心叫住他：

"不忙。先把这十张灯收到厢房里去。"

陈聋子提起两张灯，金冬心又叫住他：

"把这个——搬走！"

他指的是堆在地下的《随园诗话》。

陈聋子抱起《诗话》，走出书斋，听见冬心先生骂道：

"斯文走狗！"

陈聋子心想：他这是骂谁呢？

一九八三年十月二十五日

注释

① 本篇原载《现代作家》1984 年第二期；初收《晚饭花集》，人民文学出版社，1985 年 3 月。

② 袁枚曾说大观园就是他的随园。

晚饭后的故事①

　　京剧导演郭庆春就着一碟猪耳朵喝了二两酒，咬着一条顶花带刺的黄瓜吃了半斤过了凉水的麻酱面，叼着前门烟，捏了一把芭蕉扇，坐在阳台上的竹躺椅上乘凉。他脱了个光脊梁，露出半身白肉。天渐渐黑下来了。楼下的马缨花散发着一阵一阵的清香。衡水老白干的饮后回甘和马缨花的香味，使得郭导演有点醺醺然了……

　　郭庆春小时候，家里很穷苦。父亲死得早，母亲靠缝穷维持一家三口的生活，——郭庆春还有个弟弟，比他小四岁。每天早上，母亲蒸好一屉窝头，留给他们哥俩，就夹着一个针线笸箩，上市去了。地点没有定准，哪里穿破衣服的人多就奔哪里。但总也不出那几个地方。郭庆春就留在家里看着弟弟。他有时也领着弟弟出去玩，去看过妈给人缝穷。妈靠墙坐在街边的一个马扎子上，在闹市之中，在车尘马足之间，在人们的腿脚之下，挣着他们明天要吃的杂和面儿。穷人家的孩子懂事早。冬天，郭庆春知道妈一定很冷；夏天，妈一定很热，很渴，很困。缝穷的冬天和夏天都特别长。郭庆春的街坊、亲戚都比较贫苦，但是郭庆春从小就知道缝穷的比许多人更卑屈，更低贱。他跟着大人和比他大些的孩子学会了说许多北京的俏皮话、歇后语："武大郎盘杠子，——上下够不着"，"户不拉喂饭，——不正经玩儿"等等，有一句歇后语他绝对不说，小时候不说，长大以后也不说："缝穷的撒尿，——瞅不冷子"。有一回一个大孩子当他面说了一句，他满脸通红，跟他打了一架。那孩子其实是无心说的，他不明白郭庆春为什么生那么大的气。

这个穷苦的出身，日后给他带来了无限的好处。

郭庆春十二三岁就开始出去奔自己的衣食了。

他有个舅舅，是在剧场（那会不叫剧场，叫戏园子，或者更古老一些，叫戏馆子）里"写字"的。写字是写剧场门口的海报，和由失业的闲汉扛着走遍九城的海报牌。那会已有报纸，剧场都在报上登了广告，可是很多人还是看了海报牌，知道哪家剧场今天演什么戏，才去买票的。舅舅的光景比郭家好些，也好不到哪里去。他时常来瞧瞧他的唯一的妹妹。他提出，庆春长得快齐他的肩膀高了（舅舅是个矮子），能把自己吃的窝头挣出来了。舅舅出面向放印子的借了一笔本钱，趸了一担西瓜。郭庆春在陕西巷口外摆了一个西瓜摊，把瓜切成块，卖西瓜。

他穿了条大裤衩，腰里插着一把芭蕉扇，学着吆唤：

"唉，闹块来！

脆沙瓤喽，

赛水糖喽，

唉，闹块来！……"

他头一回听见自己吆唤，有一种说不出来的新鲜感。他竟能吆唤得那样像。这不是学着玩，这是真事！他的弟弟坐在小板凳上看哥哥做买卖，也觉得很新鲜。他佩服哥哥。晚上，哥俩收了摊子，飞跑回家，把卖得的钱往妈面前一放：

"妈！钱！我挣的！"

妈这天给他们炒了个麻豆腐吃。

这种新鲜感很快就消失了。西瓜生意并不那样好。尤其是下雨天。他恨下雨。

有一天，倒是大太阳，卖了不少钱。从陕西巷里面开出一辆军用卡车，一下子把他的西瓜摊带翻了，西瓜滚了一地。他顾不上看摔破了、压烂了多少，纵起身来一把抓住卡车挡板后面的铁把手，哭喊着：

"你赔我！你赔我瓜！你赔我！"

卡车不理碴，尽快地往前开。

"你赔我！你赔我瓜！"

他的小弟弟迈着小腿在后面追：

"哥哥！哥哥！"

路旁行人大声喊：

"孩子，你撒手！他们不会赔你的！他们不讲理！孩子，撒手！快撒手！"

卡车飞快的开着，快开到珠市口了。郭庆春的胳臂吃不住劲了。他一松手，面朝下平拍在马路上。缓了半天，才坐起来。脸上、胸脯拉了好些的道道。围了好些人看。弟弟直哭："哥哥！唔，哥哥！"郭庆春拉着弟弟的手往回走，一面回头向卡车开去的方向骂："我操你妈！操你臭大兵的妈！"

在水管龙头上冲了冲，用擦西瓜刀的布擦擦脸，他还得做买卖。——他的滚散了的瓜已经有好心的大爷给他捡回来了。他接着吆唤：

"唉，闹块来！

我操你妈！

闹块来！

我操你臭大兵的妈！

闹块来！"

…………

舅舅又来了。舅舅听说外甥摔了的事了。他跟妹妹说："庆春到底还小，在街面上混饭吃，还早了点。我看叫他学戏吧。没准儿将来有个出息。这孩长相不错，有个人缘儿，扮上了，不难看。我听他的吆唤，有点膛音。马连良家原先不也是挺苦的吗？你瞧人家这会儿，净吃蹦虾仁！"

妈知道学戏很苦，有点舍不得。经舅舅再三开导，同意了。舅舅带他到华春社科班报了名，立了"关书"。舅舅是常常写关书的，写完了，念给妹妹听听。郭庆春的妈听到："生死由命，概不负责。若有逃亡，两家寻找。"她听懂了，眼泪直往下掉。她说："孩子，你要肚里长牙，千万可不能半途而废！我就指着你了。你还有个弟弟！"郭庆春点头，说："妈，您放心！"

学戏比卖西瓜有意思！

耗顶，撕腿。耗顶得耗一炷香，大汗珠子叭叭地往下滴，滴得地下湿了一片。撕腿，单这个"撕"字就叫人肝颤。把腿楞给撕开，撕得能伸到常人达不到的角度。学生疼得真掉眼泪，抄功的董老师还是使劲地把孩子们的两只小腿往两边掰，毫不怜惜，一面嘴里说："若要人前显贵，必得人后受罪，小子，忍着点！"

接着，开小翻、开虎跳、前扑、蹿毛、倒插虎、乌龙搅柱、拧旋子、练云里翻……

这比卖西瓜有意思。

吃的是棒子面窝头、"三合油"，——韭菜花、青椒糊、酱油，倒在一个木桶里，拿开水一沏，这就是菜。学生们都吃得很香。郭庆春在出科以后多少年，在大城市的大旅馆里，甚至在国外，还会有时忽然想起三合油的香味，非常想喝一碗。大白菜下来的时候，就顿顿都是大白菜。有的时候，师父——班主忽然高了兴，在他的生日，或是买了几件得意的古董玉器，就吩咐厨子："给他们炒蛋炒饭！"蛋炒饭油汪汪的，装在一个大缸里，管饱！撑得这些孩子一个一个挺腰凸肚。

师父是个喜怒无常的人。高了兴，给蛋炒饭吃，稍不高兴，就"打通堂"。全科学生，每人五板子，平均对待，无一幸免。这板子平常就供在祖师爷龛子的旁边，谁也不许碰，神圣得很。到要用的时候，"请"下来。掌刑的，就是抄功的董老师。他打学生很有功夫，节奏分明，不紧不慢，轻重如一，不偏不向。师父说一声"搬板凳！"董老师在鼻孔里塞两撮鼻烟，抹了个蝴蝶，用一块大手绢把右手腕子缠住（防止闪了腕子），学生就很自觉地从大到小挨着个儿撩起衣服，趴到板凳上，老老实实，规规矩矩，挨那份内应得的重重的五下。

"打通堂"的原因很多。几个馋嘴师哥把师父买回来放在冰箱里准备第二天吃的熏鸡偷出来分吃了；一个调皮捣蛋的学生在董老师的鼻烟壶里倒进了胡椒面了；一个小学生在台上尿了裤子了……都可以连累大家挨一顿打。

"打通堂"给同科的师兄师弟留下极其甘美的回忆。他们日后聚在一起，常常谈起某一次"打通堂"的经过，彼此互相补充，谈得津津有味。"打通堂"使他们的同学意识变得非常深刻，非常坚实。这对于维系他们的感情，作用比一册印刷精美的同学录要大得多。

一同喝三合油，一同挨"打通堂"，还一同生虱子，一同长疥，三四年很快过去了。孩子们都学会了几出戏，能应堂会，能上戏园子演出了。郭庆春学的是武生，能唱《哪吒闹海》《蜈蚣岭》《恶虎村》……（后来他当了教师，给学生开蒙，也是这几出）。因为他是个小白胖子（吃那种伙食也能长胖，真也是奇迹），长得挺好玩，在节日应景戏《天河配》里又总扮一个洗澡的小仙女，因此到他已经四十几岁，有儿有女的时候，旧日的同学还动不动以此事来取笑："你得了吧！到天河里洗你的澡去吧！"

他们每天排着队上剧场。都穿的长衫、棉袍，冬天戴着小帽头，夏天露着刮得发青的光脑袋。从科班到剧场，要经过一个胡同。胡同里有一家卖炒疙瘩的，掌柜的是个跟郭庆春的妈差不多岁数的大娘，姓许。许大娘特别喜欢孩子，——男孩子。科班的孩子经过胡同时，她总站在门口一个一个地看他们。孩子们也知道许大娘喜欢他们，一个一个嘴很甜，走过跟前，都叫她：

"大娘！"

"哎！"

"大娘！"

"哎！"

　　许大娘知道科班里吃得很苦，就常常抓机会拉一两个孩子上她铺子里吃一盘炒疙疸。轮流请。华春社的学生几乎全吃过她的炒疙疸。以后他们只要吃炒疙疸，就会想起许大娘。吃的次数最多的是郭庆春。科班学生排队从许大娘铺子门前走过，大娘常常扬声叫庆春："庆春哪，你放假回家的时候，到大娘这儿弯一下。"——"哎。"

　　许大娘有个女儿，叫招弟，比郭庆春小两岁。她很爱和庆春一块玩。许大娘家后面有一个很小的院子，院里有一棵马缨花，两盆茉莉，还有几盆草花。郭庆春吃完了炒疙疸（许大娘在疙疸里放了好些牛肉，加了半勺油），他们就在小院里玩。郭庆春陪她玩女孩子玩的抓子儿，跳房子；招弟也陪庆春玩男孩子玩的弹球。谁输了，就让赢家弹一下脑绷，或是拧一下耳朵，刮一下鼻子，或是亲一下。庆春赢了，招弟歪着脑袋等他来亲。庆春只是尖着嘴，在她脸上碰一下。

　　"亲都不会！饶你一下，重来！"

　　郭庆春看见招弟耳垂后面有一颗红痣（他头二年就看到了），就在那个地方使劲地亲了一下。招弟格格地笑个不停：

　　"痒痒！"

　　从此每次庆春赢了，就亲那儿。招弟也愿意让他亲这儿。每次都格格地笑，都说"痒痒"。

　　有一次许大娘看见郭庆春亲招弟，说："哪有这样玩的！"

许大娘心里一沉：孩子们自己不知道，他们一天一天大了哇！

渐渐的，他们也知道自己大了，就不再这么玩了。招弟爱瞧戏。她家离戏园子近，跟戏园子的人都很熟，她可以随时钻进去看一会。她看郭庆春的《恶虎村》，也看别人的戏，尤其爱看旦角戏。看得多了，她自己也能唱两段。郭庆春会拉一点胡琴。后两年吃完了炒疙疸，就是庆春拉胡琴，招弟唱"苏三离了洪洞县"、"儿的父去投军无音信"……招弟嗓子很好。郭庆春松了琴弦，合上弓，常说："你该唱戏去的，耽误了，可惜！"

人大了，懂事了。他们有时眼对眼看着，看半天，不说话。马缨花一阵一阵地散发着清香。

许大娘也有了点心事。她很喜欢庆春。她也知道，如果由她做主把招弟许给庆春，招弟是愿意的。可是，庆春日后能成气候么？唱戏这玩意，唱红了，荣华富贵；唱不红，流落街头。等二年再说吧！

残酷的现实把许大娘的这点淡淡的梦砸得粉碎：庆春在快毕业的那年倒了仓，倒得很苦，——一字不出！"子弟无音客无本"，郭庆春见过多少师哥，在科班里是好角儿，一旦倒了仓，倒不过来，拉洋车，卖落花生，卖大碗茶。他惊恐万状，一身一身地出汗。他天不亮就到窑台喊嗓子，他听见自己那一点点病猫一样的嘶哑的声音，心都凉了。夜里做梦，念了一整出《连环套》，"愚下保镖，路过马兰关口……"脆亮响堂，高兴得从床上跳起来。一醒来，仍然是一字不出。祖师爷把他的饭碗收去了，他该怎么办呢？许大娘也知道庆春倒仓没倒过来了。招弟也知道了。她们也反反复复想了许多。

郭庆春只有两条路可走：当底包龙套，或是改行。

郭庆春坐科学戏是在敌伪时期，到他该出科时已经是抗战胜利，国民党中央军来了。"想中央，盼中央，中央来了更遭殃。"物价飞涨，剧场不上座。很多人连赶两包（在两处剧场赶两个角色），也奔不出一天的嚼裹儿。有人唱了一天戏，开的份儿只够买两个茄子，一家几口，就只好吃这两个熬茄子。满街都是伤兵，开口就是"老子抗战八年！"动不动就举起双拐打人。没开戏，他们就坐满了戏园子。没法子，就只好唱一出极其寡淡无味的戏，把他们唱走。有一出戏，叫《老道游山》，就一个角色——老道，拿着云帚，游山。游到哪里，"真好景致也"，唱一段，接着再游。没有别的人物，也没有一点故事情节，要唱多长唱多长。这出戏本来是评剧唱，后来京剧也唱。唱得这些兵大爷不耐烦了："他妈的，这叫什么戏！"一哄而去。等他们走了，再开正戏。

很多戏曲演员都改了行了。郭庆春的前几科的师哥，有的到保定、石家庄贩鸡蛋，有的在北海管租船，有的卖了糊盐，——盐炒糊了，北京还有极少数人家用它来刷牙，可是这能卖几个钱？……

有嗓子的都没了辙了，何况他这没嗓子的？他在科班虽然不是数一数二的好角儿，可是是能唱一出的。当底包龙套，他不甘心！再说，当底包龙套也吃不饱呀！郭庆春把心一横：干脆，改行！

春秋两季，拉菜车，从广渠门外拉到城里。夏天，卖西瓜。冬天，卖柿子。一车青菜，两千多斤。头几回拉，累得他要吐血。咬咬牙，也就挺过来了。卖西瓜，是他的老行当。西瓜摊还是摆在陕西巷口外。因为嗓子没音，他很少吆唤。但是人大了，有了经验，隔皮知瓤，挑来的瓜个个熟。西瓜片切得很薄，显得块儿大。木板上铺了蓝布，溻了水，显着这些瓜鲜亮水淋，啝啝地往外冒着凉气。卖柿子没有三天的"力笨"，人家咋卖咱咋卖。找个背风的旮旯儿，把柿子挨个儿排在地上，就着路灯的光，照得柿子一个一个黄澄澄的，饱满鼓立，精神好看，谁看了都想到围着火炉嚼着带着冰碴的凉柿子的那股舒服劲儿。卖柿子的怕回暖，尤其怕刮风。一刮风，冻柿子就流了汤了。风再把尘土涂在柿子皮上，又脏又黑，满完！因此，郭庆春就盼着一冬天都是那么干冷干冷的。

卖力气，做小买卖，不丢人！街坊邻居不笑话他。他的还在唱戏和已经改了行的师兄弟有时路过，还停下来跟他聊一会。有的师哥劝他别把功撂下，早上起来也到陶然亭喊两嗓子。说是有人倒仓好几年，后来又缓过来的。没准儿，有那一天，还能归到梨园行来。郭庆春听了师哥的话，间长不短的，耗耗腿，拉拉山膀，无非是解闷而已。

郭庆春没有再去看许大娘。他拉菜车、卖西瓜、卖柿子，不怕碰见别的熟人，可就怕碰见许大娘母女。听说，许大娘搬了家了，搬到哪里，他也没打听。北京城那样大，人一分开，就像树上落下两片叶子，风一吹，各自西东了。

北京城并不大。

一天晚上，干冷干冷的。郭庆春穿了件小棉袄，蹲在墙旮旯。地面上的冷气从裆下一直透进他的后脊梁。一辆三轮车蹬了过来，车上坐了一个女的。

"三轮，停停。"

女的揭开盖在腿上的毛毯，下了车。

"这柿子不错，给我包四个。"

她扔下一条手绢，郭庆春挑了四个大的，包上了。他抬起头来，把手绢往上递：是许招弟！穿了一件长毛绒大衣。

许招弟一看，是郭庆春。

"你……这样了！"

郭庆春把脑袋低了下去。

许招弟把柿子钱丢在地下，坐上车，走了。

转过年来，夏天，郭庆春在陕西巷口卖西瓜，正吆唤着（他嗓子有了一点音了），巷里走出一个人来：

"卖西瓜的，递两个瓜来。——要好的。"

"没错！"

郭庆春挑了两个大黑皮瓜，对旁边的纸烟阁子的掌柜说："劳您驾，给照看一下瓜摊。"——"你走吧。"郭庆春跟着要瓜的那人走，到了一家，这家正办喜事。堂屋正面挂着大红双喜幔帐，屋里屋外一股炮仗硝烟气味。两边摆着两桌酒。已经行过礼，客人入席了。郭庆春一看，新娘子是许招弟！她烫了发，抹了胭脂口红，耳朵下垂着水钻坠子。郭庆春把两个瓜放在旁边的小方桌上，拔腿就跑。听到后面有人喊：

"卖西瓜的，给你瓜钱！"

这是一个张恨水式的故事，一点小市民的悲欢离合。这样的故事在北京城每天都有。

北京解放了。

解放，使许多人的生活发生了急转直下的变化。许多故事产生了一个原来意想不到的结尾。

郭庆春万万没有想到，他会和一个老干部，一个科长结了婚，并且在结婚以后变成现在的郭导演。

北京解放以后，物价稳定，没有伤兵，剧场上座很好。很多改了行的演员又纷纷搭班唱戏了。他到他曾经唱过多次戏的剧场去听过几次蹭戏，紧锣密鼓，使他兴奋激动，筋肉伸张。随着锣经，他直替台上的同行使劲。

一个外地剧经到北京来约人。那个贩卖鸡蛋的师哥来找郭庆春：

"庆春，他们来找了我。我想去。我提了你。北京的戏不好唱。咱先到外地转转。你的功底我知道，这些年没有全撂下，稍稍练练，能捡回来。听你吆唤，嗓子出来了。咱们一块去吧。学了那些年，能就扔下吗？就你那几出戏，管保能震他们一下子。"

郭庆春沉吟了一会，说："去！"

到了那儿，安顿下了，剧团团长领他们几个新从北京约来的演员去见见当地文化局的领导。戏改科的杨科长接见了他们。杨科长很忙，一会儿接电话，一会在秘书送来的文件收文簿上签字，显得很果断，很有气魄。杨科长勉励了他们几句，说他们是剧团的"新血液"，希望他们发挥自己的专长，为人民服务。郭庆春连连称是。他对杨科长油然产生一种敬重之情。一个女的，能当科长，了不起！他觉得杨科长的举止动作，言谈话语，都像一个男人，不像是个女的。

重返舞台，心情紧张。一生成败，在此一举。三天"打炮"，提心吊胆。没有想到，一"炮"而红。他第一次听到台下的掌声，好像在做梦。第三天《恶虎村》，出来就有碰头好。以后"四记头"亮相，都有掌声。他扮相好，身上规矩，在台上很有人缘。

他也的确是"卯上"了。经过了生活上的一番波折，他这才真正懂得在进科班时他妈跟他说的话："要肚里长牙"。他在台上从不偷工惜力，他深深知道把戏唱砸了，出溜下来，会有什么后果。他的戏码逐渐往后挪，从开场头一二出挪到中间，又挪到了倒第二。他很知足了，这就到了头。在科班时他就知道自己唱不了大轴，不是那材料。一个人能吃几碗干饭，自己清楚，别人也清楚。

杨科长常去看京剧团的戏。一半由于职务，一半出于爱好。他万万没有想到，她后来竟成了他的爱人。

郭庆春在阳台上忽然一个人失声笑了出来。他的女儿在屋里问："爸爸，你笑什么？"

他笑他们那个讲习会。市里举办了第一届全市旧艺人讲习会。局长是主任，杨科长是副主任。讲《新民主主义论》、社会发展史、政治经济学。小组讨论，真是笑话百出。杨科长一次在讲课时说："列宁说过……"一个拉胡琴的老艺人问："列宁是唱什么的？"——"列宁不是唱戏的。"——"哦，不是唱戏的，那咱们不知道。"又有一次，杨科长鼓励大家要有主人翁思想，这位老艺人没有听明白前言后语，站起来说："咱们是从旧社会来的，什么坏思想都有，就这主人翁思想，咱没有！"原来他以为主人翁思想就是想当班主的思想。

讲习会要发展一批党员。郭庆春被列为培养对象。杨科长时常找他个别谈话。鼓励他建立革命人生观，提高阶级觉悟，提高政治水平，要在政治上有表现，会上积极发言。郭庆春很认真也很诚恳地照办了。他大小会都发言。讲的最多的是新旧社会对比。他有切身感受，无须准备，讲得很真实，很生动。同行的艺人多有类似经历，容易产生共鸣。讲的人、听的人个个热泪盈眶，效果很好。讲习班结业时，讨论发展党员名单，他因为出身好，政治表现突出，很顺利地通过了。他的入党介绍人是杨科长和局长。

第一批发展的党员，回到剧团，全都成了剧团的骨干。郭庆春被提升为副团长、艺委会主任。

因为时常要到局里请示汇报工作，他和杨科长接触的机会就更多了。熟了，就不那么拘谨了，有时也说点笑话，聊点闲天。局里很多人叫杨科长叫杨大姐或大姐，郭庆春也随着叫。虽然叫大姐，他还是觉得大姐很有男子气。

没想到，大姐提出要跟他结婚。他目瞪口呆，结结巴巴，不知说什么好。他觉得和一个领导结婚，简直有点乱伦的味道，他想也没有想过。天地良心，他在大姐面前从来没有起过邪念。他当然同意。

杨科长的老战友们听说她结了婚，很诧异。听说是和一个京剧演员结婚，尤其诧异。她们想：她这是图什么呢？她喜欢他什么？

虽然结了婚，他们的关系还是上下级。不论是在工作上，在家里，她是领导，他是被领导。他习惯于"服从命令听指挥"，觉得这样很舒服，很幸福。

杨科长是个目光远大的人，她得给庆春（和她自己）安排一个远景规划的蓝图。庆春目前一切都很顺利，但要看到下一步。唱武生的，能在台上蹦跶多少年呢？照戏班里的说法，要找一个"落劲"。中央戏剧学院举办导演训练班，学员由各省推荐。市里分到一个名额，杨科长提出给郭庆春，科里、局里都同意。郭庆春在导演训练班学了两年，听过苏联专家的课，比较系统的知道斯坦尼斯拉夫斯基体系。毕业之后，回到剧团，大家自然刮目相看。这个剧团原来没有导演，要排新戏，排《三打祝家庄》、《红娘子》，不是向外地剧团学，"刻模子"，就是请话剧团的导演来排。郭庆春学成归来，就成了专职导演。剧团里的人，有人希望他露两手，有人等着看他的笑话。接连排了两个戏，他全"拿"下来了。他并没有用一些斯坦尼的术语去唬人，他知道那样会招人反感。他用一些戏曲演员所熟悉，所能接受的行话临场指挥。比如，他不说"交流"，却说"过电"，——"你们俩得过电哪！"他不说什么"情绪的记忆"这样很玄妙的词儿，他只说是"神气"。

"你要长神气。——长一点，再长一点！"他用的舞台调度也无非还是斜胡同、蛇蜕皮……但是变了一下，就使得演员既"过得去"、"走得上来"，又觉得新鲜。郭导演的威信建立起来了。从此，他不上舞台了。有时，有演员病了，他上去顶一角，人们就要竖大拇指："瞧人家郭导演，不拿导演架子！好样儿的！"

不但在本剧团，外剧团也常请他。京剧、评剧、梆子，他全导过。一通百通，应付裕如。他导的戏，已经不止一出拍成了戏曲艺术片。郭庆春三个字印在影片的片头，街头的广告上。

他不会再卖西瓜，卖柿子了。

他曾经两次参加戏剧代表团出国，到过东欧、苏联，到过朝鲜。他听了曾经出过国的师哥的建议，带了一包五香粉，一瓶酱油，于是什么高加索烤羊肉、带血的煎牛排，他都能对付。他很想带一罐臭豆腐，经同行团员的劝阻，才没有带。量服装的时候，问他大衣要什么料子，他毫不迟疑地说："长毛绒！"服装厂的同志说在外国，男人没有穿长毛绒的，这才改为海军呢。

他在国外照了好多照片，黑白的，还有彩色的。他的爱人一张一张地贴在仿古缎面的相册上。这些照片上的郭庆春全都是器宇轩昂，很像个大导演。

由于爱人的活动（通过各种"老战友"的关系），他已经调到北京的剧团里来了。他的母亲还健在。他的弟弟由于他的资助,上了学,现在在一家工厂当出纳。他有了一个女儿,已经上小学了。他有一套三居室的单元。他在剧团里自然也有气儿不顺的时候:为一个戏置景置装的费用,演员的"人位",和领导争得面红耳赤,摔门,拍桌子;偶尔有很"葛"的演员调皮捣蛋"吊腰子",当面顶撞,出言不逊,气得他要休克,但是这样的时候不多,一年也只是七八次。总的说来,一切都很顺利。他对自己的生活很满意。因为满意,就没有理由不发胖,于是就发胖了。

他的感情是平稳的、柔软的、滑润的,像一块奶油(从国外回来,他养成爱吃奶油的习惯)。

今天遇见了一件事,使他的情绪有一点小小的波动。

剧团招收学员,他是主考。排练厅里摆了一张乒乓案子,几把椅子。他坐在正中的一把上。像当初他进科班时被教师考察一样,一个一个考察着来应试的男孩子、女孩子。看看他们的相貌,体格,叫他们唱两句,拉一个山膀,踢踢腿,——来应试的孩子多半在家里请人教过,都能唱几句,走几个"身上"。然后在名单上用铅笔做一些记号。来应试的女孩子里有一个叫于小玲。这孩子一走出来,郭庆春就一愣,这孩长得太像一个人了。他有点走神。于小玲的唱(她唱的是"苏三离了洪洞县"),所走的"身子",他都没有认真地听,看,名单上于小玲的名字底下，什么记号也没有做。

学员都考完了，于小玲往外走。郭庆春叫住她：

"于小玲。"

于小玲站住：

"您叫我？"

"……你妈姓什么？"

"姓许。"

没错，是许招弟的女儿。

"你爸爸……对，姓于。他还好吗？"

"我爸死了，有五年了。"

"你妈挺好？"

"还可以。"

"……她还是那样吗？"

"您认得我妈？"

"认得。"

"我妈就在外面。妈——！"

于小玲走出排练厅，郭庆春也跟着走出来。

迎面走过来许招弟。

许招弟还那样，只是憔悴瘦削，显老了。

"妈，这是郭导演。"

许招弟看着郭庆春，很客气地称呼一声：

"郭导演!"

郭庆春不知怎么称呼她好,也不能像小时候一样叫她招弟,只好含含糊糊地应了一声,问道:

"您倒好?"

"还凑合。"

"多年不见了。"

"有年头了。——这孩子,您多关照。"

"她不错。条件挺好。"

"回见啦。"

"回见!"

许招弟领着女儿转身走了。郭庆春看见她耳垂后面那颗红痣,有些怅惘。

以上,是京剧导演郭庆春在晚饭之后,微醺之中,闻着一阵一阵的马缨花的香味时所想的一些事。想的时候自然是飘飘忽忽,断断续续的。如果用意识流方法照实地记录下来,将会很长。为省篇幅,只能挑挑拣拣,加以剪裁,简单地勾出一个轮廓。

郭导演想:……一个人走过的路真是很难预料。如果不是解放了,他会是什么样子呢?也许还是卖西瓜、卖柿子、拉菜车?……如果他出科时不倒仓,又会是什么样子呢?也许他就唱红了，也许就会和许招弟结了婚。那么于小玲就会是他的女儿，她会不姓于，而姓郭？……

他正在这样漫无边际地想下去，他的女儿在屋里娇声喊道：

"爸，你进来，我要你！"

正好夹在手里的大前门已经吸完，烟头烧痛了他的手指，他把烟头往楼下的马缨花树帽上一扔，进屋去了。

第二天，郭导演上午导了一场戏，中午，几个小青年拉他去挑西瓜。

"郭导演，给我们挑一个瓜。"

"去一边去！当导演的还管挑西瓜呀！"

但还是被他们连推带拽地去了。他站在一堆西瓜前面巡视一下，挑了一个，用右手大拇指按在瓜皮上，用力往前一蹭，放在耳朵边听一听，轻轻拍一下：

"就这个！保证脆沙瓤。生了，瘪了，我给钱！"

他抄起案子上的西瓜刀，一刀切过去，只听见咯喳一声，瓜裂开了：薄皮、红瓤、黑籽。

卖瓜的惊奇地问：

"您卖过瓜？"

"我卖瓜的那阵，还没有你哪！哈哈哈哈……"

他大笑着走回剧团。谁也不知道他的笑声里包含了多少东西。

过了几天，招考学员发了榜，于小玲考取了。人们都说，是郭导演给她使了劲。

注释

①　本篇原载《人民文学》1981年第八期；初收《晚饭花集》，人民文学出版社，1985年3月。

郝有才趣事①

郝有才一辈子没有什么露脸的事。也没有多少现眼的事。他是个极其普通的人，没有什么特点。要说特点，那就是他过日子特别仔细，爱打个小算盘。话说回来了，一个人过日子仔细一点，爱打个小算盘，这碍着别人什么了？为什么有些人总爱拿他的一些小事当笑话说呢？

他是三分队的。三分队是舞台工作队。一分队是演员队，二分队是乐队。管箱的，——大衣箱、二衣箱、旗包箱，梳头的，检场的……这都归三分队。郝有才没有坐过科，拜过师，是个"外行"，什么都不会，他只会装车、卸车、搬布景、挂吊杆，干一点杂活。这些活，看看就会，没有三天力巴。三分队的都是"苦哈哈"，他们的工资都比较低。不像演员里的"好角"，一月能拿二百多、三百。也不像乐队里的名琴师、打鼓佬，一月也能拿一百八九。他们每月都只有几十块钱。"开支"的时候，工资袋里薄薄的一叠，数起来很省事。他们的家累也都比较重，孩子多。因此,三分队的过日子都比较简省,郝有才是其尤甚者。

他们家的饭食很简单。不过能够吃饱。一年难得吃几次鱼,都是带鱼,熬一大盆,一家子吃一顿。他们家的孩子没有吃过虾。至于螃蟹,更不知道是什么滋味了。中午饭有什么吃什么,窝头、贴饼子、烙饼、馒头、米饭。有时也蒸几屉包子,菠菜馅的、韭菜馅的、茴香馅的,肉少菜多。这样可以变变花样,也省粮食。晚饭一般是吃面。炸酱面、麻酱面。茄子便宜的时候,茄子打卤。扁豆老了的时候,焖扁豆面,——扁豆焖熟了,把面往锅里一下,一翻个儿,得!吃面浇什么,不论,但是必须得有蒜。"吃面不就蒜,好比杀人不见血!"他吃的蒜也都是紫皮大瓣。"青皮萝卜紫皮蒜,抬头的老婆低头的汉,这是上讲的!"他的蒜都是很磁棒,很鼓立的,一头是一头,上得了画,能拿到展览会上去展览。每一头都是他精心挑选过,挨着个儿用手捏过的。

不但是蒜,他们家吃的菜也都是经他精心挑选的。他每天中午、晚晌下班,顺便买菜。从剧团到他们家共有七家菜摊,经过每一个菜摊,他都要下车——他骑车,问问价,看看菜的成色。七家都考察完了,然后决定买哪一家的,再骑车翻回去选购。卖菜的约完了,他都要再复一次秤,——他的自行车后架上随时带着一杆小秤。他买菜回来,邻居见了他买的菜都羡慕:"你瞧有才买的这菜,又水灵,又便宜!"郝有才翢腿下车,说："货买三家不吃亏，——您得挑！"

郝有才干了一件稀罕事。他对他们家附近的烧饼、焦圈作了一次周密的调查研究。他早点爱吃个芝麻烧饼夹焦圈。他家在西河沿。他曾骑车西至牛街，东至珠市口，把这段路上每家卖烧饼焦圈的铺子都走遍，每一家买两个烧饼、两个焦圈，回家用戥子一一约过。经过细品，得出结论：以陕西巷口大庆和的质量最高。烧饼分量足，焦圈炸得透。他把这结论公诸于众，并买了几套大庆和的烧饼焦圈，请大家品尝。大家嚼食之后，一致同意他的结论。于是纷纷托他代买。他也乐于跑这个小腿。好在西河沿离陕西巷不远，骑车十分钟就到了。他的这一番调查给大家留下深刻印象，因为别人都没有想到。

剧团外出，他不吃团里的食堂。每次都是烙了几十张烙饼，用包袱皮一包，带着。另外带了好些卤虾酱、韭菜花、臭豆腐、秦椒糊、豆儿酱、芥菜疙瘩、小酱萝卜，瓶瓶罐罐，丁令当啷。他就用这些小菜就干烙饼。一到烙饼吃完，他就想家了，想北京，想北京的"吃儿"。他说，在北京，哪怕就是虾米皮熬白菜，也比外地的香。"为什么呢？因为，——五味神在北京！""五味神"是什么神？至今尚未有人考证过，不见于载籍。

他抽烟，抽烟袋，关东。他对于烟叶，要算个行家。什么黑龙江的亚布利、吉林的交河烟、易县小叶乃至云南烤烟，他只要看看，捏一撮闻闻，准能说出个子午卯西。不过他一般不上烟铺买烟，他遛烟摊。这摊上的烟叶子厚不厚，口劲强不强，是不是"灰白火亮"，他老远地一眼就能瞧出来。卖烟的耍的"手彩"别想瞒过他。什么"插翎儿"、"洒药"，全都逃不过他的眼睛。"几捆烟摆在地下，你一瞧，色气好，叶儿挺厚实，拐子不多，不赖！卖烟的打一捆里，噌——抽出了一根：'尝尝！尝尝！'你揉一揉往烟袋里一摁，点火，抽！真不赖，'满口烟'，喷香！其实他这几捆里就这一根是好的，是插进去的，——卖烟的知道。你再抽抽别的叶子，不是这个味儿了！——这为'插翎'。要说，这个'侃儿'②起得挺有个意思，烟叶可不有点像鸟的翎毛么？还有一种，归'洒药'。地下一堆碎烟叶。你来了，卖烟的抢过你的烟袋：'来一袋，尝尝！试试！'给你装了一袋，一抽：真好！其实这一袋，是他一转身的那工夫，从怀里掏出来给你装上的，——这是好烟。你就买吧！买了一包，地下的，一抽，咳！——屁烟！——'洒药'！"

他爱喝一口酒。不多，最多二两。他在家不喝。家里不预备酒，免得老想喝。在小铺里喝。不就菜，抽关东烟就酒。这有个名目，叫做"云彩酒"。

他爱逛寄卖行。他家大人孩子们的鞋、袜、手套、帽子，都是处理品。剧团外出，他爱逛商店，遛地摊，买"俏货"。他买的俏货都不是什么贵重东西。凉席、雨伞、马莲根的炊帚、铁丝笊篱……他买俏货，也有吃亏上当的时候。有一次，他从汉口买了一套套盆，——绿釉的陶盆，一个套着一个，一套五个，外面最大的可以洗被窝，里面最小的可以和面。他就像收藏家买了一张唐伯虎的画似的，高兴得不得了。费了半天劲，才把这套宝贝弄上车。不想到了北京，出了前门火车站，对面一家山货店里就有，东西和他买的一样，价钱比汉口便宜。他一气之下，恨不能把这套套盆摔碎了。——当然没有，他还是咬着嘴唇把这几十斤重的东西背回去了。"郝有才千里买套盆"落下一个"哏"，供剧团的很多人说笑了个把月。

说话，到了"文化大革命"。"文化大革命"乍一起来的时候，郝有才也矇了。这是怎么回事呢？昨天还是书记、团长，三叔、二大爷，一宵的工夫，都成了走资派、"三名三高"。大字报铺天盖地。小伙子们都像"上了法"，一个个杀气腾腾，瞧着都瘆得慌。大家都学会了嚷嚷。平日言迟语拙的人忽然都长了口才，说起话一套一套的。郝有才心想：这算哪一出呢？渐渐地他心里踏实了。他知道"革命"革不到他头上。他头一回知道：三分队的都是红五类——工人阶级。各战斗组都拉他们。三分队的队员顿时身价十倍。有的人趾高气扬，走进走出都把头抬得很高。他们原来是人下人，现在翻身了！也有老实巴交的，还跟原来一样，每天上班，抽烟喝水，低头听会。郝有才基本上属于后一类。他也参加大批判，大辩论，跟着喊口号，叫"打倒"，但是他没有动手打过人，往谁脸上啐过唾沫，给谁嘴里抹过浆糊。他心里想：干嘛呀，有朝一日，还要见面。只有一件事少不了他。造反派上谁家抄家时总得叫上他，让他蹬平板三轮，去拉抄出来的"四旧"。他翻翻抄出来的东西，不免生一点感慨：真有好东西呀！

没多久，派来了军、工宣队，搞大联合，成立了革命委员会。

又没多久，这个团被指定为样板团。

样板团有什么好处？——好处多了！

样板团吃样板饭。炊事班每天变着样给大伙做好吃的。番茄焖牛肉、香酥鸡、糖醋鱼、包饺子、炸油饼……郝有才觉得天天过年。肚子里油水足，他胖了。

样板团发样板服。每年两套的确良制服，一套深灰，一套浅灰。穿得仔细一点，一年可以不用添置衣裳。——三分队还有工作服。到了冬天，还发一件棉军大衣。领大衣时，郝有才闹了一点小笑话。

棉大衣共有三个号：一号、二号、三号——大、中、小。一般身材，穿二号。矮小一点的，三号就行了。能穿一号的，全团没有几个。三分队的队长拿了一张表格，叫大家报自己的大衣号，好汇总了报上去。到了郝有才，他要求登记一件一号的。队长愣了："你多高？"——"一米六二。"——"那你要一号的？你穿三号的！——你穿上一号的像什么样子，那不成了道袍啦？"——"一号的，一号的！您给我登一件一号的！劳您驾！

劳您驾！"队长纳了闷了，问他："你这是什么意思？"他说了实话："我拿回去，改改。下摆铰下来，能缝一副手套。"——"呸！什么人呐！全团有你这样的吗？领一件大衣，还饶一副手套！亏你想得出来！"队长把这事汇报了上去，军代表把他叫去训了一通。到底还是给他登记了一件三号的。

郝有才干了一件不大露脸的事，拿了人家五个羊蹄。他到一家回民食堂挑了五个羊蹄，趁着人多，售货员没注意，拿了就走，——没给钱。不想售货员早注意上他了，一把拽住："你给钱了吗？"——"给啦！"——"给了多少？我还没约呐，你就给了钱啦？"——"我现在给！"——"现在给？——晚啦！"旁边围了一圈人，都说："真不像话！""还是样板团的哪！"（他穿着样板服哪）。售货员非把他拉到公安局去不可。公安局的人一看，就五个羊蹄，事不大，就说："你写个检查吧！"——"写不了！我不认字。"公安局给剧团打了个电话，让剧团把他领回去。

军、工宣队研究了一下，觉得问题不大，影响不好，决定开一个小会，在队里批评批评他。

会上发言很热烈，每个人都说了。有人念了好几段毛主席语录。有一位能看"三列国"③的管箱的师傅掏出一本《雷锋日记》，念了好几篇，说："你瞧人家雷锋，风格多高。你瞧你，什么风格！——你简直的没有格！你好好找找差距吧！拿人家

349

五个羊蹄。五个羊蹄，能值多少钱！你这么大的人了！小孩子也干不出这种事来！哎哟哎哟，你叫我说你什么好噢！我都替你寒碜。"军代表参加了这次会，看大家发言差不多了，就说："郝有才，你也说说。"

"说说。我这叫'爱小'，贪小便宜。贪小便宜吃大亏呀！我怎么会贪小便宜？我打小就穷。我爸死得早，我妈是换取灯的④……"

军代表不知道什么是"换取灯的"，旁边有人给他解释半天，军代表明白了，"哦。"

"我打小什么都干过。拣煤核，打执事⑤……"

什么是打执事，军代表也不懂，又得给他解释半天。

"哦。"

"后来，我拉排子车，——拉小绊，我力气小，驾不了辕，只能拉小绊。

"有一回，大夏天，我发了痧，死过去了。也不知是哪位好心的，把我搭在前门门洞里。我醒过来了，瞅着瓮券上的城砖：'我这是在哪儿呐？'……"

三分队的出身都比较苦，类似的经历，他们也都有过，听了心里都有点难受，有人眼圈都红了。

"后来，我拉了两年洋车。

"后来，给陈××拉包月。"陈××是个名演员，唱老生的。

"拉包月，倒不累。除了拉大爷上馆子——"

"上馆子？陈××爱吃馆子？"军代表不明白。

又得给他解释："上馆子就是上剧场。"

"除了拉大爷上馆子，就是拉大奶奶上东安市场买买东西。"

军代表听到"大爷"、"大奶奶"，觉得很不舒服，就打断了他："不要说'大爷'、'大奶奶'。"

"对！他是老板，我是拉车的。我跟他是两路人。除了，……咳，陈××爱吃红菜汤，他老让我到大地餐厅去给他端红菜汤。放在车上给他拉回来。我拉车、拉人，还拉红菜汤，你说这叫什么事！"

军代表听着，不知道他要说到哪里去，就又打断了他："不要扯得太远，不要离题，说说你对自己的错误的认识。"

"对，说认识。我这就要回到本题上来了。好容易，解放了，我参加了剧团。剧团改国营，我每月有了准收入，冻不着，饿不死了。这都亏了共产党呀！——中国共产党万岁！"

他抽不冷子来了这么一句，大伙不能不举起手来跟着他喊："中国共产党万岁！"

"这以后，剧团归为样板团，咱们是一步登天哪！'板儿饭'，'板儿服'，真是没的说！可我居然干出这种丢人现眼的事，我给样板团抹了黑。我对得起谁？你们说：我对得起谁？嗯？……"

他问得理直气壮，简直有点咄咄逼人。

军代表觉得他再也说不出什么了，就做了简短的结论：

"郝有才同志的检查不够深刻。不过态度还是好的，也有沉痛感，一个人犯了错误，不要紧，只要改正了就好。对于犯错误的同志，我们不应该歧视他，轻视他，而是要热情地帮助他。"接着又说："对于任何人，都要一分为二。比如郝有才同志，他有缺点，爱打个小算盘。他也有优点嘛！比如，他每天给大家打开水，这就是优点。这也是为人民服务嘛！希望他今后能发扬优点，克服缺点，做一名无愧于样板团称号的文艺战士！"

会就开到了这里。

过了没多久，郝有才可干了一件十分露脸的事。他早起上班打开水，上楼梯的时候绊了一下，暖壶碰在栏干上，"砰！"把一个暖壶胆瓶⑥了。暖壶胆瓶了，照例是可以拿到总务科去领一个的。郝有才不知怎么一想，他没去总务科去领，自己掏钱，到菜市口配了一个。——而且没有告诉任何人。不过人们还是知道了，大家传开了："有才这回干了一件漂亮事！"——"他这样的人，干出这样的事，尤其难得！"见了他，都说："有才！好样儿的！"——"有才！你这进步可是不小哇！——我简直都不敢相信。"郝有才觉得美不滋儿的。

军、工宣队知道了，也都认为这是他们的思想工作的成果。

事情不大，意义不小，于是决定让他在全团大会上作一次讲用。

要他讲用，可是有点困难。他不认字，不能写讲稿。让别人替他写讲稿也不成，他念不下来。只好凭他用口讲。军代表把他叫去，启发了半天，让他讲讲自己的活思想，——当时是怎么想的，怎样让公字占领了自己的思想，克服了私心，最好能引用两段毛主席语录。军代表心想，他虽不识字，可是大家整天念语录，他听也应该听会几段了。

那天讲用一共三个人。前面两个，都讲得不错，博得全场掌声。第三个是郝有才。郝有才上了台，向毛主席像行了一个礼，然后转过身来，大声地说：

"毛主席教导我们说：甀了就甀了！"

大家先是一愣，接着都忍不住哈哈大笑起来。主持会议的军代表原来还绷着，终于憋不住，随着大家一同哈哈大笑。他一边大笑，一边挥手："散会！"

注释

① 本篇原载《大西南文学》1985年第九期；初收《汪曾祺自选集》，改题《讲用》，漓江出版社，1987年10月。

② 侃儿即行话，甚至可说是"黑话"。

③ 《三国演义》及《东周列国志》，合称《三列国》。凡能读《三列国》的，在戏班里即为有学问的圣人。

④ 取灯即早先的火柴。换取灯的即收破烂的。收得破烂，或以取灯偿值，

也有给钱的。

⑤ 执事是出殡和迎亲的仪仗，金瓜斧钺朝天凳，旗锣伞扇……出殡有幡、雪柳。打执事的都是穷人家的孩子。打一回执事，所得够一顿饭钱。

⑥ 瓨，北京土话，打碎了的意思。

安　乐　居①

　　安乐居是一家小饭馆，挨着安乐林。

　　安乐林围墙上开了个月亮门，门头砖额上刻着三个经石峪体的大字，像那么回事。走进去，只有巴掌大的一块地方，有几十棵杨树。当中种了两棵丁香花，一棵白丁香，一棵紫丁香，这就是仅有的观赏植物了。这个林是没有什么逛头的，在林子里走一圈，五分钟就够了。附近一带养鸟的爱到这里来挂鸟。他们养的都是小鸟，红子居多，也有黄雀。大个的鸟，画眉、百灵是极少的。他们不像那些以养鸟为生活中第一大事的行家，照他们的说法是"瞎玩儿"。他们不养大鸟，觉得那太费事，"是它玩我，还是我玩它呀？"把鸟一挂，他们就蹲在地下说话儿，——也有自己带个马扎儿来坐着的。

　　这么一片小树林子，名声却不小，附近几条胡同都是依此命名的。安乐林头条、安乐林二条……这个小饭馆叫做安乐居，挺合适。

安乐居不卖米饭炒菜。主食是包子、花卷。每天卖得不少，一半是附近的居民买回去的。这家饭馆其实叫个小酒铺更合适些。到这儿来的喝酒比吃饭的多。这家的酒只有一毛三分一两的。北京人喝酒，大致可以分为几个层次：喝一毛三的是一个层次，喝二锅头的是一个层次，喝红粮大曲、华灯大曲乃至衡水老白干的是一个层次，喝八大名酒是高层次，喝茅台的是最高层次。安乐居的"酒座"大都是属于一毛三层次，即最低层次的。他们有时也喝二锅头，但对二锅头颇有意见，觉得还不如一毛三的。一毛三，他们喝"服"了，觉得喝起来"顺"。他们有人甚至觉得大曲的味道不能容忍。安乐居天热的时候也卖散啤酒。

酒菜不少。煮花生豆、炸花生豆。暴腌鸡子。拌粉皮。猪头肉，——单要耳朵也成，都是熟人了！猪蹄，偶有猪尾巴，一忽的工夫就卖完了。也有时卖烧鸡、酱鸭，切块。最受欢迎的是兔头。一个酱兔头，三四毛钱，至大也就是五毛多钱，喝二两酒，够了。——这还是一年多以前的事，现在如果还有兔头，也该涨价了。这些酒客们吃兔头是有一定章法的，先掰哪儿，后掰哪儿，最后磕开脑绷骨，把兔脑掏出来吃掉。没有抓起来乱啃的。吃得非常干净，连一丝肉都不剩。安乐居每年卖出的兔头真不老少。这个小饭馆大可另挂一块招牌："兔头酒家"。

酒客进门，都有准时候。

头一个进来的总是老吕。安乐居十点才开门。一开门，老吕就进来。他总是坐在靠窗户一张桌子的东头的座位。一年三百六十五天，天天如此。这成了他的专座。他不是像一般人似的"垂足而坐"，而是一条腿盘着，一条腿曲着，像老太太坐炕似的踞坐在一张方凳上，——脱了鞋。他不喝安乐居的一毛三，总是自己带了酒来，用一个扁长的瓶子，一瓶子装三两。酒杯也是自备的。他是喝慢酒的，三两酒从十点半一直喝到十二点差一刻："我喝不来急酒。有人结婚，他们闹酒，我就一口也不喝，——回家自己再喝！"一边喝酒，吃兔头，一边不住地抽关东烟。他的烟袋如果丢了，有人捡到，一定会送还给他的。谁都认得：这是老吕的。白铜锅儿，白铜嘴儿，紫铜杆儿。他抽烟也抽得慢条斯理的，从不大口猛吸。这人整个儿是个慢性子。说话也慢。他也爱说话，但是他说一个什么事都只是客观地叙述，不大参加自己的意见，不动感情。一块喝酒的买了兔头，常要发一点感慨："那会儿，兔头，五分钱一个，还带俩耳朵！"老吕说："那是多会儿？——说那个，没用！有兔头，就不错。"西头有一家姓屠的，一家子都很浑愣，爱打架。屠老头儿到永春饭馆去喝酒，和服务员吵起来了，伸手就揪人家脖领子。服务员一胳臂把他搡开了。他憋了一肚子气。回去跟儿子一说。他儿子二话没说，捡了块砖头，到了永春，一砖头就把服务员脑袋开了！结果：儿子抓进去了，屠老头还得负责人家的医药费。这件事老吕亲眼目睹。一块喝酒的问起，他详详细细叙述了全过程。坐在他对面的老聂听了，说：

"该！"

坐在里面犄角的老王说：

"这是什么买卖！"

老吕只是很平静地说："这回大概得老实两天。"

老吕在小红门一家木材厂下夜看门。每天骑车去，路上得走四十分钟。他想往近处挪挪，没有合适的地方，他说："算了！远就远点吧。"

他在木材厂喂了一条狗。他每天来喝酒，都带了一个塑料口袋，安乐居的顾客有吃剩的包子皮，碎骨头，他都捡起来，给狗带去。

头几天，有人要给他说一个后老伴，——他原先的老伴死了有二年多了。这事他的酒友都知道，知道他已经考虑了几天了，问起他："成了吗？"老吕说："——不说了。"他说的时候神情很轻松，好像解决了一个什么难题。他的酒友也替他感到轻松。他们几乎异口同声地说：

"不说了？——不说了好！添乱！"

老吕于是慢慢地喝酒，慢慢地抽烟。

比老吕稍晚进店的是老聂。老聂总是坐在老吕的对面。老聂有个小毛病，说话爱眨巴眼。凡是说话爱眨眼的人，脾气都比较急。他喝酒也快，不像老吕一口一口地抿。老聂每次喝一两半酒，多一口也不喝。有人强往他酒碗里倒一点，他拿起酒碗就倒在地下。他来了，搁下一个小提包，转身骑车就去"奔"酒菜去了。他"奔"来的酒菜大都是羊肝、沙肝。这是为他的猫"奔"的，——他当然也吃点。他喂着一只小猫。"这猫可仁义！我一回去，它就在你身上蹭——蹭！"他爱吃豆制品。熏干、鸡腿、麻辣丝……小葱下来的时候，他常常用铝饭盒装来一些小葱拌豆腐。有一回他装来整整两饭盒腌香椿。"来吧！"他招呼全店酒友。"你哪来这么多香椿？——这得不少钱！"——"没花钱！乡下的亲家带来的。我们家没人爱吃。"于是酒友们一人抓了一撮。剩下的，他都给了老吕。"吃完了，给我把饭盒带来！"一口把余酒喝净，退了杯，"回见！"出门上车，吱溜——没影儿了。

老聂原是做小买卖的。他在天津三不管卖过相当长时期炒肝。现在退休在家。电话局看中他家所在的"点"，想在他家安公用电话。他嫌钱少，麻烦。挨着他家的汽水厂工会愿意每月贴给他三十块钱，把厂里职工的电话包了。他还在犹豫。酒友们给他参谋："行了！电话局每月给钱，汽水厂三十，加上传电话、送电话，不少！坐在家里拿钱，哪儿找这么好的事去！"他一想：也是！

老聂的日子比过去"滋润"了，但是他每顿还是只喝一两半酒，多一口也不喝。

画家来了。画家风度翩翩，梳着长长的背发，永远一丝不乱。衣着入时而且合体。春秋天人造革猎服，冬天羽绒服。——他从来不戴帽子。这样的一表人材，安乐居少见。他在文化馆工作，算个知识分子，但对人很客气，彬彬有礼。他这喝酒真是别具一格：二两酒，一扬脖子，一口气，下去了。这种喝法，叫做"大车酒"，过去赶大车的这么喝。西直门外管这叫"骆驼酒"，赶骆驼的这么喝。文墨人，这样喝法的，少有。他和老王过去是街坊。喝了酒，总要走过去说几句话。"我给您添点儿？"老王摆摆手，画家直起身来，向在座的酒友又都点了点头，走了。

我问过老王和老聂："他的画怎么样？"

"没见过。"

上海老头来了。上海老头久住北京，但是口音未变。他的话很特别，在地道的上海话里往往掺杂一些北京语汇："没门儿！""敢情！"甚至用一些北京的歇后语："那么好！武大郎盘杠子——上下够不着！"他把这些北京语汇、歇后语一律上海话化了，北京字眼，上海语音，挺绝。上海老头家里挺不错，但是他爱在外面逛，在小酒馆喝酒。

"外面吃酒，——香！"

他从提包里摸出一个小饭盒，里面有一双截短了的筷子、多半块熏鱼、几只油爆虾、两块豆腐干。要了一两酒，用手纸擦擦筷子，吸了一口酒。

"您大概又是在别处已经喝了吧？"

"啊！我们吃酒格人，好比天上飞格一只鸟（读如"屌"），格小酒馆，好比地上一棵树。鸟飞在天上，看到树，总要落一落格。"

如此妙喻，我未之前闻，真是长了见识！

这只鸟喝完酒，收好筷子，盖好米饭盒，拎起提包，要飞了："晏歇会！——明儿见！"

他走了，老王问我："他说什么？喝酒的都是屌？"

安乐居喝酒的都很有节制，很少有人喝过量的。也喝得很斯文，没有喝了酒胡咧咧的。只有一个人例外。这人是个瘸子，左腿短一截，走路时左脚跟着不了地，一晃一晃的。他自己说他原来是"勤行"——厨子，煎炒烹炸，南甜北咸，东辣西酸。说他能用两个鸡蛋打三碗汤，鸡蛋都得成片儿！但我没有再听到还有什么特别的手艺，好像他的绝技只是两个鸡蛋打三碗汤。以这样的手艺自豪，至多也只能是一个"二荤铺"的"二把刀"。——"二荤铺"不卖鸡鸭鱼，什么菜都只是"肉上找"，——炒肉丝、熘肉片、扒肉条……他现在在汽水厂当杂工，每天蹬平板三轮出去送汽水。这辆平板归他用，他就半公半私地拉一点生意。口袋里一有钱，就喝。外边喝了，回家还喝；家里喝了，外面还喝。有一回喝醉了，摔在黄土坑胡同口，脑袋碰在一块石头上，流了好些血。过两天，又来喝了。我问他："听说你摔了？"他把后脑勺伸过来，挺大一个口子。"唔！唔！"他不觉得这有什么丢脸，好像还挺光彩。他老婆早上在马路上扫街，挺好看的。有两个金牙，白天穿得挺讲究，色儿都是时兴的，走起路来扭腰拧胯，咳，挺是样儿。安乐居的熟人都替她惋惜："怎么嫁了这么个主儿！——她对瘸子还挺好！"有一回瘸子刚要了一两酒，他媳妇赶到安乐居来了，夺过他的酒碗，顺手就泼在了地上："走！"拽住瘸子就往外走，回头向喝酒的熟人解释："他在家里喝了三两了，出来又喝！"瘸子也不生气，也不发作，也不觉有什么难堪，乖乖地一摇一晃地家去了。

瘸子喝酒爱说。老是那一套，没人听他的。他一个人说。前言不搭后语，当中夹杂了很多"唔唔唔"：

"……宝三，宝善廷，唔唔唔，知道吗？宝三摔跤，唔唔唔。宝三的跤场在哪儿？知道吗？唔唔唔。大金牙、小金牙，唔唔唔。侯宝林。侯宝林是云里飞的徒弟，唔唔唔。《逍遥津》，'欺寡人'——'七挂人'，唔唔唔。干嘛老是'七挂人'？'七挂人'，唔唔唔。天津人讲话：'嘛事你啦？'唔唔唔。二娃子，你可不咋着！唔唔唔……"

喝酒的对他这一套已经听惯了，他爱说让他说去吧！只有老聂有时给他两句：

"老是那一套，你贫不贫？有新鲜的没有？你对天桥熟，天桥四大名山，你知道吗？"

瘸子爱管闲事。有一回，在李村胡同里，一个市容检查员要罚一个卖花盆的款，他插进去了："你干嘛罚他？他一个卖花盆的，又不脏，又没有气味，'污染'，他'污染'什么啦？罚了款，你们好多拿奖金？你想钱想疯了！卖花盆的，大老远地推一车花盆，不容易！"他对卖花盆的说："你走！有什么话叫他朝我说！"很奇怪，他跟人辩理的时候话说得很明快，也没有那么多"唔唔唔"。

第二天，有人问起，他又把这档事从头至尾学说了一遍，有声有色。

老聂说："瘸子，你这回算办了件人事！"

"我净办人事！"

喝了几口酒，又来了他那一套：

"宝三，宝善廷，知道吗？唔唔唔……"

老吕、老聂都说："又来了！这人，不经夸！"

"四大名山"？我问老王：

"天桥哪儿有个四大名山？"

"咳！四块石头。天桥过去真有那么一座小桥，——后来拆了。桥头一边有两块石头，这就叫'四大名山'。你要问老人们，这永定门一带景致多哩！这会儿都没有人知道了。"

老王养鸟，红子。他每天沿天坛根遛早，一手提一只鸟笼，有时还架着一只。他把架棍插在后脖领里。吃完早点，把鸟挂在安乐林，聊会天，大约十点三刻，到安乐居。他总是坐在把角靠墙的座位。把鸟笼放好，架棍插在老地方，打酒。除了有兔头，他一般不吃荤菜，或带一条黄瓜，或一个西红柿、一个橘子、一个苹果。老王话不多，但是有时打开话匣子，也能聊一气。

我跟他聊了几回，知道：

他原先是扛包的。

"我们这一行，不在三百六十行之内。三百六十行，没这一行！"

"你们这一行没有祖师爷？"

"没有！"

"有没有传授？"

"没有！不像给人搬家的，躺箱、立柜、八仙桌、桌子上还常带着茶壶茶碗自鸣钟，扛起来就走，不带磕着碰着一点的，那叫技术！我们这一行，有力气就行！"

"都扛什么？"

"什么都扛，主要是粮食。顶不好扛的是盐包，——包硬，支支楞楞的，硌。不随体。扛起来不得劲儿。扛包，扛个几天就会了。要说窍门，也有。一包粮食，一百多斤，搁在肩膀上，先得颤两下。一颤，哎，包跟人就合了糟了，合适了！扛熟了的，也能换换样儿。跟递包的一说:'您跟我立一个!'哎,立一个!"

"竖着扛?"

"竖着扛。您给我'搭'一个!"

"斜搭着?"

"斜搭着。"

"你们那会拿工资?计件?"

"不拿工资,也不是计件。有把头——"

"把头?把头不是都是坏人吗?封建把头嘛!"

"也不是!他自己也扛,扛得少点。把头接了一批活:'哥几个!就这一堆活,多会扛完了多会算。'每天晚半晌,先生结账,该多少多少钱。都一样。有临时有点事的,觉得身上不大合适的,半路地儿要走,您走!这一天没您的钱。"

"能混饱了?"

"能!那会吃得多!早晨起来,半斤猪头肉,一斤烙饼。中午,一样。每天每。晚半晌吃得少点。半斤饼,喝点稀的,喝一口酒。齐啦。——就怕下雨。赶上连阴天,惨啰:没活儿。怎么办呢,拿着面口袋,到一家熟粮店去:'掌柜的!''来啦!几斤?'告诉他几斤几斤,'接着!'没的说。赶天好了,拿了钱,赶紧给人家送回去。为人在世,讲信用:家里揭不开锅的时候,少!……

"……三年自然灾害,可把我饿惨了。浑身都膀了。两条腿,棉花条。别说一百多斤，十来多斤，我也扛不动。我们家还有一辆自行车，凤凰牌，九成新。我妈跟我爸说：'卖了吧，给孩子来一顿！'丰泽园！我叫了三个扒肉条，喝了半斤酒，开了十五个馒头，——馒头二两一个，三斤！我妈直害怕：'别把杂种操的撑死了哇！'……"

"您现在每天还能吃……？"

"一斤粮食。"

"退休了？"

"早退了！——后来我们归了集体。干我们这行的，四十五就退休，没有过四十五的。现在扛包的也没有了，都改了传送带。"

老王现在每天夜晚在一个幼儿园看门。

"没事儿！扫扫院子，归置归置，下水道不通了，——通通！活动活动。老呆着干嘛呀，又没病！"

老王走道低着脑袋，上身微微往前倾，两腿又得很开，步子慢而稳，还看得出有当年扛包的痕迹。

这天，安乐居来了三个小伙子：长头发、小胡子、大花衬衫、苹果牌牛仔裤、尖头高跟大盖鞋，变色眼镜。进门一看："嗨，有兔头！"——他们是冲着兔头来了。这三位要了十个兔头、三个猪蹄、一只鸭子、三盘包子，自己带来八瓶青岛啤酒，一边抽着"万宝乐"，一边吃喝起来。安乐林喝酒的老酒座都瞟了他们一眼。三位吃喝了一阵，把筷子一摔，走了。都骑的是亚马哈。嘟嘟嘟……桌子上一堆碎骨头、咬了一口的包子皮，还有一盘没动过的包子。

老王看着那盘包子，撇了撇嘴：

"这是什么买卖！"

这是老王的口头语。凡是他不以为然的事，就说"这是什么买卖！"

老王有两个鸟友，也是酒友。都是老街坊，原先在一个院里住。这二位现在都够万元户。

一个是佟秀轩，是裱字画的。按时下的价目，裱一个单条：14—16元。他每天总可以裱个五六幅。这二年，家家都又愿意挂两条字画了。尤其是退休老干部。他们收藏"时贤"字画，自己也爱写、爱画。写了、画了，还自己掏钱裱了送人。因此，佟秀轩应接不暇。他收了两个徒弟。托纸、上板、揭画，都是徒弟的事。他就管管配绫子，装轴。他每天早上遛鸟。遛完了，如果活儿忙，就把鸟挂在安乐林，请熟人看着，回家刷两刷子。到了十一点多钟，到安乐林摘了鸟笼子，到安乐居。他来了，往往要带一点家制的酒菜：燉吊子、烩鸭血、拌肚丝儿……佟秀轩穿得很整洁，尤其是脚下的两只鞋。他总是穿礼服呢花旗底的单鞋，圆口的或是双脸皮梁靸鞋。这种鞋只有右安门一家高台阶的个体户能做。这个个体户原来是内联陞的师傅。

另一个是白薯大爷。他姓白，卖烤白薯。卖白薯的总有些邋遢，煤呀火呀的。白薯大爷出奇的干净。他个头很高大，两只圆圆的大眼睛，顾盼有神。他腰板绷直，甚至微微有点后仰，精神！蓝上衣，白套袖，腰系一条黑人造革的围裙，往白薯炉子后面一站，嘿！有个样儿！就说他的精神劲儿，让人相信他烤出来的白薯必定是栗子味儿的。白薯大爷卖烤白薯只卖一上午。天一亮，把白薯车子推出来，把鸟——红子，往安乐林一挂，自有熟人看着，他去卖他的白薯。到了十二点，收摊。想要吃白薯，明儿见啦您哪！摘了鸟笼，往安乐居。他喝酒不多。吃菜！他没有一颗牙了，上下牙床子光光的，但是什么都能吃，——除了铁蚕豆，吃什么都香。"烧鸡烂不烂？"——"烂！""来一只！"他买了一只鸡，撕巴撕巴，给老王来一块脯子，给酒友们让让："您来块？"别人都谢了，他一人把一只烧鸡一会的工夫全开了。"不赖，烂！"把鸡架子包起来，带回去熬白菜。"回见！"

这天，老王来了，坐着，桌上搁一瓶五星牌二锅头，看样子在等人。一会儿，佟秀轩来了，提着一瓶汾酒。

"走啊！"

"走！"

我问他们："不在这儿喝了？"

"白薯大爷请我们上他家去，来一顿！"

第二天，老王来了，我问：

"昨儿白薯大爷请你们吃什么好的了？"

"荞面条！——自己家里擀的。青椒！蒜！"

老吕、老聂一听：

"嘿！"

安乐居已经没有了。房子翻盖过了。现在那儿是一个什么贸易中心。

一九八六年七月五日晨写完

注释

① 本篇原载《北京文学》1986 年第九期；初收《汪曾祺自选集》，漓江出版社，1987 年 10 月。

子孙万代①

　　傅玉涛是"写字"的。"写字"就是给剧场写海报，给戏班抄本子。抄"总讲"（全剧），抄"单提"（分发给演员的，只有该演员所演角色的单独的唱词）。他的字写得不错，"欧底赵面"。时不常的，有人求他写一个单条，写一个扇面。后来，海报改成了彩印的，剧本大都油印了或打字了，他就到剧场卖票。日子还算混得过去。

　　他有个癖好，爱收藏小文物。他有一面葡萄海马镜，一个"长乐未央"瓦当，一块藕粉地鸡血石章，一块"都陵坑"田黄，一对赵子玉的蛐蛐罐，十几把扇子。齐白石、陈衡恪、姚茫父、王梦白、金北楼、王雪涛。最名贵的是一把吴昌硕画的，画的是枇杷，题句是"鸟疑金弹不敢啄"。他不养花，不养鸟，没事就是反反覆覆地欣赏他的藏品。这些小文物大都是花不多的钱从打小鼓的小赵手里买的。小赵和他是街坊，收到什么东西愿意让傅玉涛过过眼，小赵佩服傅玉涛，认为他懂行。

傅玉涛也确实帮小赵鉴定过一些字画瓷器，使小赵卖了一个好价钱。

一天，小赵拿了一对核桃，请傅玉涛看看，能不能卖个块儿八毛的。傅玉涛接过来一看，用手掂了掂两颗核桃，说：

"哎呀，这可是好东西！两颗核桃的大小、分量、形状，完全一样，是天生的一对。这是'子孙万代'呀！"

"什么叫'子孙万代'？"

"这你都不懂，亏你还是个打小鼓的呢！你看，这核桃的疙瘩都是一个一个小葫芦。这就叫'子孙万代'。这是真'子孙万代'。"

"'子孙万代'还有真假之分？"

"真的葫芦是生成的，假'子孙万代'动过刀，有的葫芦是刻出来的。这对核桃可够年份了。大概已经经过两代人的手。没有个几十年，揉不出这样。你看看这颜色：红里透紫，紫里透红，晶莹发亮，乍一看，像是外面有一层水。这种色，是人的血气透进核桃所形成。好东西！好东西！——让给我吧！"

"傅先生喜欢，拿去玩吧。"

"得说个价。"

"咳，说什么价，我一毛钱收来的。"

"那，这么着吧，我给两块钱，算是占了你的大便宜了。"

"傅先生，您这是干什么！咱们是老街坊，我受过你的好处，一对核桃还过不着吗？"

傅玉涛掏出两块钱，塞进小赵的口袋。

"傅先生！傅先生！唉，这是怎么话说的！"

傅玉涛对这一对核桃真是爱如性命，他做了两个平绒小口袋，把两颗核桃分别装在里面，随身带着。一有空，就取出来看看，轻轻地揉两下，不多揉。这对核桃正是好时候，再多揉，就揉过了，那些小葫芦就会圆了，模糊了。

文化大革命。

红卫兵到傅玉涛家来破四旧，把他的小文物装进一个麻袋，呼啸而去。

四人帮垮台。

傅玉涛不再收藏文物，但是他还是爱逛地摊，逛古玩店。有时他想也许能遇到这对核桃。随即觉得这想法很可笑。十年浩劫，多少重要文物都毁了，这对核桃还能存在人间么？

一天，他经过缸瓦市一个小古玩店，进去看了看。一看，他的眼睛亮了：他的那对核桃！核桃放在一个玛瑙碟子里。他掏出放大镜，隔着橱柜的玻璃细细地看看：没错！这对核桃他看的次数太多了，核桃上有多少个小葫芦他都数得出来。他问售货员："这对核桃是什么人卖的？"——"保密。"——"原先核桃有两个平绒小口袋装着的。"——"有。扔了。——你怎么知道？"——"小口袋是我缝的。"——"？"傅玉涛看了看标价：外汇券 250。这时进来了一个老外。老外东看看，西看看，看见这对核桃。

"这是什么？"

售货员答："核桃。"

"玉的？"

"不是玉的。就是核桃。"

"那为什么卖那么贵？"

售货员请傅玉涛给老外解释解释。

傅玉涛说：

"这不是普通的核桃，是山核桃。"

"山核桃？"

"这种核桃不是吃的，是揉的。"

"揉的？"

傅玉涛叫售货员把玻璃柜打开。傅玉涛把两颗核桃拿在手里，熟练地揉了几圈。

"这样。"

"揉？有什么好处？"

"舒筋活血。"

"舒，筋，活，血？"

"您看这核桃的色，红里透紫，紫里透红，这是人的血气透进了核桃。"

"血——气？"

"把核桃揉成这样，得好几十年。"

"好几十年？"

"两代人。"

"两代人，揉一对核桃？"

"Yes！"

"这对核桃，有一个名堂，叫'子孙万代'。"

"子孙万代？"

"您看这一个一个小疙瘩，都是小葫芦。"傅玉涛把放大镜给老外，老外使劲地看。

"是雕刻的？"

"No，是天生的。"

"天生的？噢，上帝！"

"这样的核桃，全中国，您找不出第二对。"

"我买了！"

老外付了钱，对傅玉涛说：

"Thank You，——谢谢你！"

老外拿了这对子孙万代核桃，一路上嘟哝：

"子，孙，万，代！子孙万代！"

傅玉涛回家，炒了一个麻豆腐，喝了二两酒，用筷子敲着碗也唱了一句西皮慢三眼：

　　"我好比笼中鸟有翅难展……"

一九九三年八月二十七日

注释

① 本篇原载 1993 年 12 月 1 日《大公报》；初收《汪曾祺全集》第二卷，
　　北京师范大学出版社，1998 年 8 月。